愛經典

閱讀經典，成為更好的自己。

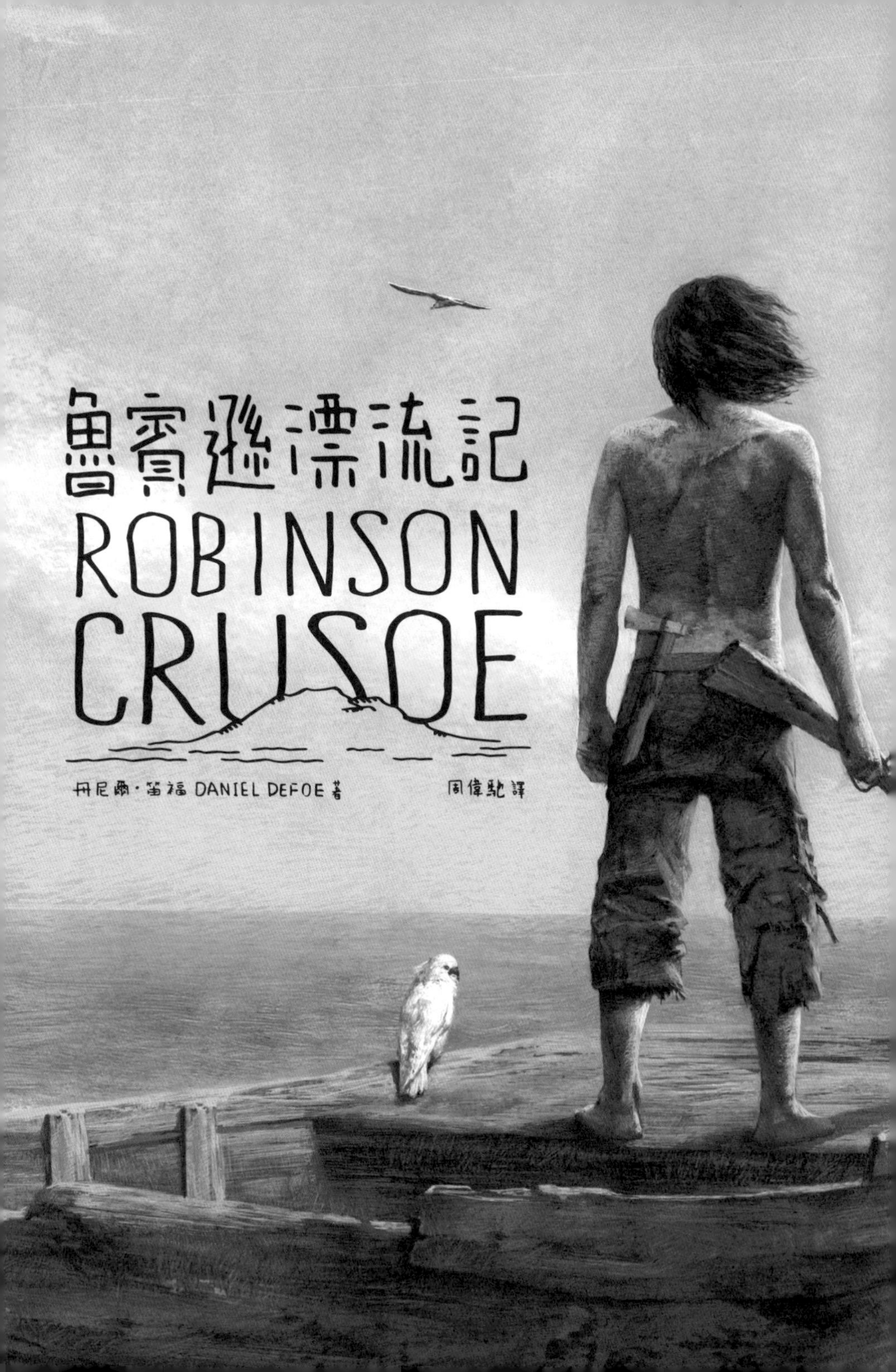
魯賓遜漂流記
ROBINSON
CRUSOE
丹尼爾・笛福 DANIEL DEFOE 著
周偉馳 譯

沉睡已久的良心甦醒了，我開始悔恨我過去的生活。

在人生最糟糕的時刻，忍耐足以戰勝一切。

任何東西，堆積多了就應送給別人，我們所能享受的，
也只不過是能使用的那部分，多了也沒用。

我學會了多看我處境中的光明面而少看陰暗面，多想我所享有的而少想我所缺乏的。

若不是落到相反的境地，我們從來不明白自己真實的處境，
若不是落到一無所有的地步，我們也從來不珍惜現在所享有的一切。

對危險的恐懼要比視而可見的危險本身可怕一萬倍。

呆坐在這兒盼望著搆不著的東西，那是枉然的。

我這一生，可以說是上帝手中的一枚棋子，歷經了人世間少有的滄桑。以愚蠢始，以歡喜終，超出了我當初的期盼。

緣起

愛經典

卡爾維諾說：「『經典』即是具影響力的作品，在我們的想像中留下痕跡，並藏在潛意識中。正因『經典』有這種影響力，我們更要撥時間閱讀，接受『經典』為我們帶來的改變。」因為經典作品具有這樣無窮的魅力，時報出版公司特別引進大星文化公司的「作家榜經典文庫」，期能為臺灣的經典閱讀提供另一選擇。

作家榜經典文庫從二〇一七年起至今，已出版超過六十本，迅速累積良好口碑，不斷榮登豆瓣讀書暢銷榜。本書系的作者都經過時代淬鍊，其作品雋永，意義深遠；所選擇的譯者，多為優秀的詩人、作家，因此譯文流暢，讀來如同原創作品般通順，沒有隔閡；而且時報在臺推出時，每部作品皆以精裝裝幀，質感更佳，是讀者想要閱讀與收藏經典時的首選。

現在開始讀經典，成為更好的自己。

作者簡介

丹尼爾・笛福

Daniel Defoe, 1660-1731

英國小說之父，英國文學中最具開創性的傳奇大師。

生於倫敦富商家庭，兄弟姐妹三人，他排行第三。五、六歲時就親歷了倫敦的三大災難：瘟疫、大火，及荷英戰爭。十歲左右，母親逝世，求學期間，即大量閱讀、學習寫作。

成年後經商，數次破產；關注時局，創作大量政治諷刺詩和政論文章，曾因文獲罪，一度入獄。後創辦《評論》，成為英國報刊業的先驅。

五十九歲時，發表第一部長篇小說《魯賓遜漂流記》，小說首次以令人震驚的真實感和跌宕起伏的精彩故事，塑造了世界文學史上的經典人物形象——富有冒險精神、永不妥協、愛好旅行、對大海深情、對信仰虔誠、對經商和實際事務極其精明的「魯賓遜」。

此後十二年，笛福又陸續發表多部長篇小說、詩歌、傳記等作品，奠定文學大師地位。最終卻因躲避債務，逝於寄宿的旅社。

作家榜推薦詞

一個鄉下孩子讀到魯賓遜，可能夢想看管滿山羊群；一個城市孩子遭遇魯賓遜，可能夢想買下一座荒島，帶上心愛的人一起去看星星。據說從前它是歐洲每個男孩閱讀的第一本樂趣之書，今天，它的樂趣被各國的翻譯家帶給了這個星球的一代代讀者。

這是好故事的魔力。年輕的魯賓遜不安於舒適的生活，到大海上去經歷種種冒險，後來他所搭乘的航船遇上狂風巨浪，在加勒比海旁的一個孤島上遇難沉沒，除了魯賓遜，其他人全都溺水身亡。魯賓遜在島上蓋房、養羊，讀聖經，把荒島變成自己的獨立王國，一個嶄新的世界。他在這座荒島上，度過了將近二十八年之久的光陰。最後，他幫助一位途經此處的船長平息了海員叛亂，得以返回英國。

非常冒險、非常傳奇，也非常有趣。好萊塢編劇「教父」羅伯特·麥基說故事是生活的比喻，我以為它更是生活的身上取下的一塊骨頭。魯賓遜的原型是英國海員塞爾柯克，一七〇四年，他因與船長發生爭執，被船長拋棄在太平洋一個荒島上，他在島上生活了四年。之後，被一艘途經該島的英國船隻救了下來。

船長出版了《環球航行記》，裡面披露了塞爾柯克的事蹟，這本書轟動一時。於是全英國幾乎人盡皆知。讓笛福提筆寫下這個故事還有更深層的理由。作為英國報刊之父，笛福的人生經歷坎坷、複雜多變，他四海遊歷、他多次經商、他坐牢、他破產，人生經歷了十三次大起大落。最終，在七十一歲這一年，他因為躲避債主而客死在寄宿的旅館裡，孤苦伶仃地結束了他多姿多彩的一生。

他說：「我寫的是一個人二十八年受盡折磨的真實經歷。他的遭遇與我的生活完全可以對比。」這當然遠遠不夠，從人類的精神歷險上看，它還應當是一篇與世隔絕的寓言：島上的世界，簡樸、平和、滿足；外面的世界，貪婪、暴力、自私。漂流是歷經人世的滄桑，而孤島是救贖之地。最終魯賓遜在這裡經歷了肉身與靈魂的救贖。

笛福的本意是要所有人從魯賓遜的境遇中體會到上帝的天意與慈恩，並且沒有忘記為苦難的世人奉上一則偉大的箴言：在人生最糟糕的時刻，忍耐足以戰勝一切。

美國《生活》雜誌評選人類有史以來最佳書籍，《魯賓遜漂流記》排名在《唐吉訶德》之後，榮獲亞軍。為什麼一部小說能征服一代代人？為什麼直到今天它依然能引起讀者莫大的興趣？

都德認為它創造出了莎士比亞也沒有創造出的英國形象；高爾基認為它是任何一位不可征服者的聖經；偉大的盧梭認為它是一本自然教科書，要使一個人擺脫庸俗的偏見而對事物做出恰當的判斷的方法，就是成為像魯賓遜一樣孤獨的冒險者。

我的理解是，每個男人心中，都有大海星辰、都有一個渴望冒險與風暴的魯賓遜。我永不妥協，因為我有一顆冒險的心！這才是生命存在的祕密。

何三坡

二〇一八年七月三十一日　於雲間

目次

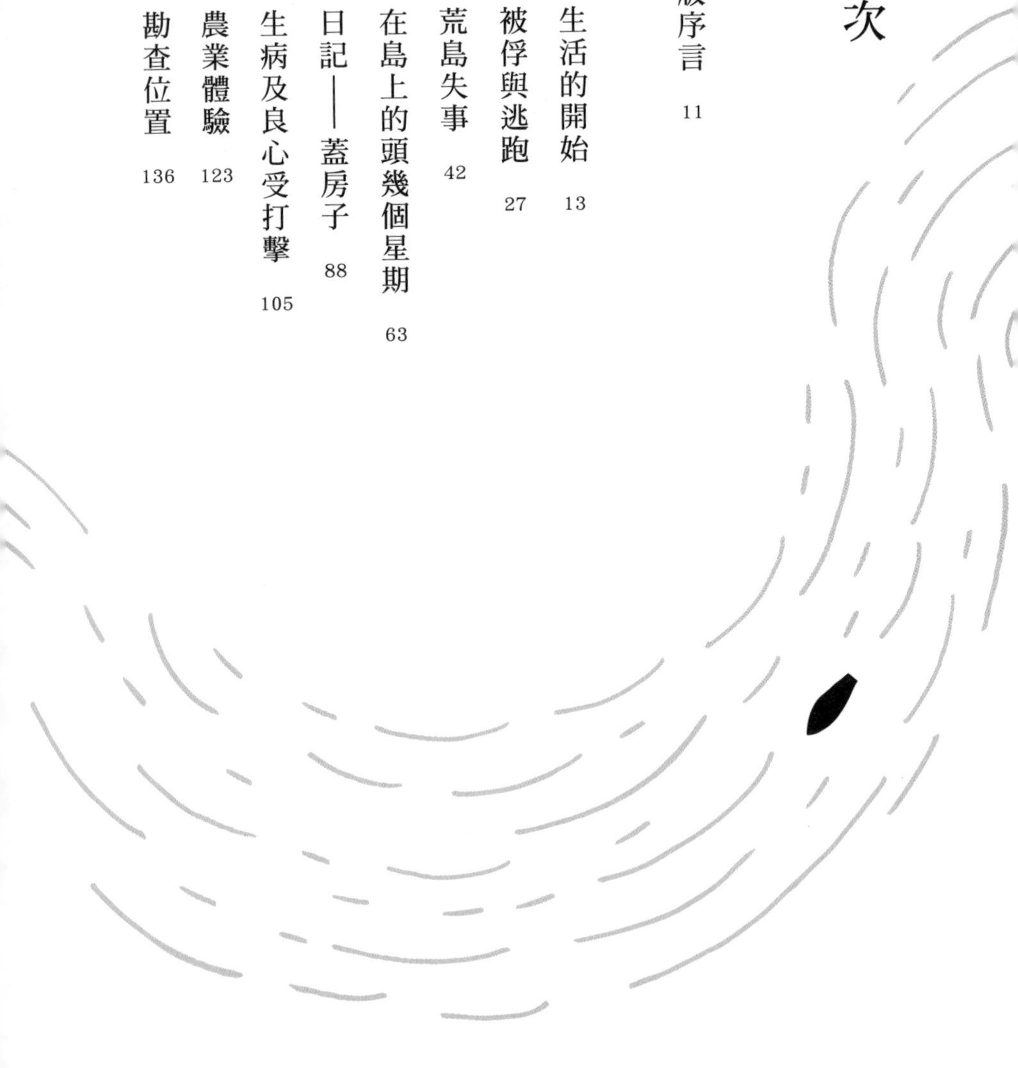

原版序言

假如世界上真有什麼普通人的故事值得公之於眾，並且一旦出版，就會為公眾所接受，那麼，編者認為，這部自述便是如此。

編者認為，這個人一生的奇遇，超出了此前一切的怪談異聞；他的遭遇詭譎多變，為一般人所難以承受。

故事的講述謙遜而肅穆，且像智者誨人那般，常常以身說法，揭示遭遇之中的宗教寓意，在我們一切多變的境遇中都驗證並榮耀上天的智慧，而不管事情的發生是順心還是逆意。

編者相信，這裡所講述的事情都是歷史事實；裡面沒有任何虛構的痕跡。編者認為，讀者對這類故事一般只是讀個大概，原稿潤色與否，對讀者的消遣或者教誨都沒什麼兩樣。因此，編者認為，他能出版此書就是為讀者做了一件大好事，無需再饒舌致意了。

1 ＝ 生活的開始

一六三二年，我生於約克市的一戶體面人家。我們不是本地人。我父親是來自不來梅的外邦人，他先是住在赫爾，做生意發了家，後來金盆洗手，搬到了約克市，在那裡娶了我母親。我母親娘家姓魯賓遜，是當地大戶。這麼一來，我的名字就起成了「魯賓遜．克羅伊茨拿」。但是，由於英國人常發訛音，我們就被叫成了「克盧梭」，不只如此，現在連我們自己也這麼稱呼、這麼拼寫了。我的朋友也都這麼叫我。

我有兩個哥哥。大哥是駐法蘭德斯英國步兵團的中校，他在敦克爾克附近跟西班牙人打仗時陣亡了。要知道，這個步兵團的指揮官曾經是著名的洛克哈特上校。至於我二哥混得怎樣，我一無所知，就像我父母對我後來的下落毫不知情一樣。

作為家裡的老三，我從小就沒正經學藝，老是心猿意馬，一心想著雲遊四方。我的父親業已老邁，但還是讓我享受了不錯的教育，既在家裡受教，又到免費的鄉村學校讀書，並且計畫讓我去攻法律。但我除了航海，對什麼都打不起精神。對航海的興致使得我極力反對父親的意願，反對母親的懇求和朋友的勸告。在我的天性中，似乎潛伏著某種致命的東西，直接讓我陷身於苦難之中。

我父親是一個睿智而又莊重的人，他預見到我的計畫後，就提出了嚴肅而精到的反對意見。一天早上，他把我叫到他的臥室——他因患有痛風病而不能走遠——就此問題十分懇切地規勸了我一番。他問我，除了喜歡四處瞎逛外，我還有什麼理由離開祖國和父母之家呢？而我在家鄉本可以經親友引薦，在社會上立足，透過自己的勤奮努力，發家致富，過上舒服安逸的生活。他告訴我，那些遠赴海外冒險創業，不走尋常路，揚名立萬的人物，不是因絕望鋌而走險，就是因發財心切，或資產豐裕，這對我而言，都要麼是「過」，要麼是「不及」。我正好處在中間位置，亦可稱為中產階級。以他長期的經驗，中間位置是世上最好的位置，對人的幸福來說最適宜的位置，既不會陷入體力勞動者的不幸與艱辛、勞累和苦難，也不會受累於上層階級的傲慢與奢侈、野心和妒嫉。他告訴我，我可以從這麼一件事來判斷這一位置的幸福，那就是，別的人都羨慕這一位置。君王常常哀歎生於帝王之家的不幸後果，寧願處在卑微與高貴兩端的中間。智者也把中道當作適宜的標準，祈求自己既不貧窮也不富裕。

他對我說，只要我認真觀察，就會發現，上層社會和下層社會總是共同分享了生活的災禍，而中間階級災禍最少，也不會像上下層那樣榮衰不定。並且，他們的身心不會陷入形形色色的焦躁不安，像那些過著邪惡生活且揮霍無度的人，或者像那些辛苦勞動而缺衣少食的人，這都是由其生活方式自己招來的。中間階層的生活方式有一切的美德和享受，平安和富足就如僕人一般，常伴著中產之家。節制、中庸、安寧、健康、合群，所有令人喜愛的消遣、人人渴望的樂趣，都是中產階級可以享受到的福分。這樣的生活方式，使人平靜安穩地度過一生，舒舒服服。不必勞心勞力，為每天的麵包發愁，淪為生活的奴隸；也不必為窘境所迫，身心都不得安頓；更沒有妒火攻心，或被野心攪擾。而是在安逸的環境裡，平順地在世上度過，有滋有味地享受著生活之甜，沒有一絲苦楚。他們感到幸福，隨著時日的流逝，他們越發地體會到這一點。

隨後，他態度誠懇地以最慈愛的方式勸我，不要鬧小孩脾氣，不要自找苦吃。無論是從常理來說，還是從我所出生的階層來說，我都不會有這些苦惱。我無需為麵包打拚，他會為我安排好一切，努力使我過上他推薦給我的這種生活。如果我過得不順暢不快樂，那完全是我的命或自作自受，與他無關。他已經盡了自己的職責，知道我的行為將傷害我自己，並因此已警告過我。總之，如果我願意如他所願地待在家裡，他就會盡力幫我。他從不鼓勵我遠走高飛，也因此跟我將來的不幸沒有關係。最後，他告訴我，大哥可作前車之鑒。他也曾經同樣誠懇地勸大哥不要去低地國家打仗，但說服不了他，大哥年輕氣盛，還是參了軍，在那裡喪了命。雖然他說，他會一直為我祈禱，但他也敢說，只要我邁出這愚蠢的一步，上帝也不會保佑我的。以後當我孤立無援、籲求無門時，會有閒暇來自我反省，後悔沒有聽從他的勸告。

依我看，他談話的最後一部分真是具有先見之明，儘管我覺得他自己並不清楚這點——我注意到他淚流滿面，尤其是在說到我那喪命的大哥，以及以後當我孤立無援、追悔莫及時，他更是情難自抑，不得不中斷了談話。他說，他傷心得很，沒法再說下去了。

我被這次談話著實感染了。說真的，還能怎麼樣呢？我決心不再想遠遊的事，而要按照父願老老實實地待在家裡。但是，哎呀，過不了幾天，我就把自己的決心忘得一乾二淨。長話短說，幾個星期後，為了擺脫父親的嘮叨，我決定悄悄地離開他。不過，在我起意時，我並沒有倉促行事，而是趁我母親心情較好時找到她，說我一心一意想要出海看世界，除此之外什麼事都下不了決心，父親最好同意我，省得逼我離家出走。我現在年已十八，無論是去當學徒或當律師助手都已太晚。我敢肯定，即使去了我也會在做到滿師前就逃走，逃到海邊。倘若她跟我父親說，讓我乘船航海一次，如果我回家後不喜歡航海了，我就不會再遠遊了。我發誓，一定會以加倍的勤奮彌補我損失的時間。

這使我母親非常氣惱。她跟我說，她很清楚，在這樣的事情上跟父親說是沒有任何用的。因為他對此事的利害關係太清楚，絕對不會答應我傷害自己。她還納悶，在我跟父親談過話後，怎麼還會想著這類事情，要知道父親還從來沒有跟我這樣和藹溫和地談過話呢！簡而言之，如果我要自我毀滅，沒人會幫我。我不用指望他們會同意我。就她來說，她不願幫我自我毀滅，免得將來我說，我母親促成了我的毀滅而我父親沒有。

儘管我母親拒絕了我，但我後來聽說，她還是把我們的談話報告給了父親。我父親聽了後很擔心，歎了一口氣說：「這孩子如果待在家裡，或許會幸福，但如果出海，卻會成為有史以來最慘的可憐蟲。我不能答應他。」

此後不到一年，我逃了出來。在這段時間裡，我繼續固執地對要我幹點正經事的提議置若罔聞，還時常向我父母遊說，叫他們不要這麼費心違逆我的癖好。有一天，我偶然來到了赫爾市，當時並沒有出逃的念頭。但是在那兒我碰到了一個朋友，他正要乘他父親的船去倫敦。他慫恿我跟他們一起去，說不用我花一分錢。這是他們用來誘人遠航的老招。我既不和父母商量，也沒有帶一句話給他們，就離開了，心想他們總會聽到消息的。我沒有祈求上帝的保佑，也沒有要我父親的祝福，對環境和後果毫無考慮，就在一六五一年九月一日，登上了一艘開往倫敦的船。上帝知道，那是一個凶日！我相信，沒有一個年輕人不幸的冒險經歷，會開始得比我更早，也更持續不息了。船駛出亨伯河不久，風就開始狂吹，波濤洶湧而來。由於我以前從沒出過海，身體說不出地噁心，心裡也被嚇壞了。我開始認真地檢討自己的所作所為，我因擅自離家，放棄義務而受到上帝的懲罰，這再正當不過。我父母所有的良言相勸，父親的眼淚和母親的懇求，一齊來到了我心頭。我的良心尚未到冥頑不化的地步，它責備我藐視忠告，違背了對上帝和對父親的責任。

風暴越發猛烈，海面越發高聳，儘管和我以後許多次見到過的相比壓根算不了什麼，甚至與我幾天後見到的也不能相提並論，但在當時，對於我這樣一個啥都不懂的航海雛鳥來說，卻已夠驚心動魄的了。我覺得每一道波浪都會把我們吞噬，船每次翻滾到浪渦裡時，我都以為它再也浮不起來了。在心靈的陣痛中，我發了許多誓、下了許多決心，倘若上帝在這次航海中饒了我的小命、讓我的雙腳重新登陸，我就會立馬回到父親身邊，在有生之年再也不踏上甲板一步了。我會接受父親的勸告，再也不讓自己吃這樣的苦頭了。現在我看清了他關於中間階層生活的觀察是多麼有益，他所有的日子是多麼安逸、多麼舒適，從未禁受過海裡的風暴或岸上的艱難。我決心像一個真正的回頭浪子那樣，回到父親身邊。

這些明智而清醒的思想在風暴持續期間一直未曾停息，甚至在風暴過後一段時間還繼續存在。第二天，風力減弱，海面稍平，我開始適應。不過，我整天都心情沉重，還有一點點暈船。到了晚上，天氣清朗，風也平息了，傍晚美麗迷人。太陽清清楚楚地落下去，第二天早晨又清清楚楚地升起來。海面平靜無風，或幾無風聲，太陽照耀。我覺得，這是我見過最令人愉悅的景致了。

晚上我睡得很好，也不暈船了，精神也振作了。看著前一天還翻滾不止的可怕大海，這麼快就變得如此平靜而悅目，我心裡有些驚異。慫恿我上船的朋友，似乎怕我堅定決心，向我走來。「喂，兄弟」，他拍了拍我的肩膀說，「現在感覺如何？昨晚吹了點風，我保證你一定被嚇壞了吧？是不是？」「吹了點風？」我說，「那是一場可怕的風暴！」「風暴？別傻了，」他回答說，「你叫它風暴？哦，這根本算不上什麼。只要船況良好、海面寬闊，像這樣的一絲風根本不算什麼。不過兄弟你是剛出海的新手，也怪不得你。來吧，我們弄碗甜酒，把一切都忘了吧！看這天氣多好啊！」為少提傷心話，我們走上了水手的老路：甜酒調好了，我喝了個半醉。那晚我縱情胡鬧，拋棄了我所有的懺悔、對過去行為的所有反省，以及對未來的所有決心。簡而言之，當風暴一過，海面重又風平浪靜，我思想的糾結也就告終，我對被大海吞噬的恐懼擔心也就煙消雲散，往日的渴望又捲土重來，完全忘記了在危急中發下的誓言。不過，我有時也發現，某些反省和嚴肅的想法還會竭力冒出頭來。但我會擺脫它們，就像從瘟疫中逃脫出來一樣，令自己重新振作。我酗酒、找朋友做伴，很快就控制住了這些我所謂的「衝動」，不讓它們死灰復燃。五、六天下來，我就像那些決心不再受良心糾纏的年輕人一樣，取得了完全的勝利。為此我還要遭受另一次磨鍊。上帝的旨意，就像在大部分情景裡所顯示的那樣，決定讓我再也找不到任何逃避的藉口。既然我不將這次脫險視為上帝的拯救，那下一次風暴就會非常兇猛，連我們之中，人最壞、心腸最硬的傢伙都得承認陷入了危境，祈求上帝的仁慈。

我們在海上的第六天到達了雅茅斯港的錨地。風一直在逆著吹，天氣倒是平靜。我們在上次風暴之後只走了少許的海程，因此不得不在這裡拋錨停泊。七、八天後，風仍是逆著吹——這是西南風——在此期間，大批來自新堡的船也到了這同一個錨地，把它當作公共港口，在這裡等到順風後再駛入河道[1]。

我們不該在這裡停太久，本該趁著潮水駛入河口，但那時風勢強勁，在我們停泊四、五天後，吹得更猛。然而，由於錨地優良，一直被視同港口，泊位安全，我們的裝備也頗為結實，我們的人也就麻痹大意，一點也沒有意識到危險，照舊尋歡作樂，悠閒度日。到了第八天早上，風力大增，全體船員都動了起來，一齊動手拉下了中帆，把船上物件都捆緊紮好，讓船盡可能地安泊。到了中午，海浪高漲，船頭好幾次鑽到水中，似乎湧進了好幾個大海。有一兩次我們還以為脫了錨，船長命令把備用大錨放下，這樣我們就在前頭放了兩個錨，並把錨索放到最長。

這次可真是刮起了可怕的風暴。這次我在那些水手的臉上都看到了驚恐的表情。船長儘管警覺地保衛著船隻，他在艙房進進出出時，我卻也聽見他自言自語，「上帝啊，可憐我們吧！我們都要完蛋了，都要沒命了！」在最初的紛亂中，我茫然無措，只是一動不動地躺在自己位於船頭的船艙裡。我無法描述我當時的心情。我不會像第一次那樣懺悔，我已經踐踏了它，並且狠心違逆了它。我以為死亡的苦澀業已過去，這次也只不過像第一次一樣。但正如我剛才所說，當我聽到船長經過我身邊說我們都要完蛋了時，我還是著實被嚇壞了。我從船艙裡走出來向外看去，只見海面上滿目淒涼，前所未見。海如山高，每隔三、四分鐘就向我們傾倒一次。我四下觀望，周圍一片慘況。兩艘停在我們旁邊的船，由於載貨太重，已經砍掉了船側的桅杆。我們的人大喊起來，原來，一艘停在我們前面一英里外的船沉沒了。另有兩艘船被風吹得離了錨地向海裡飄去，船上的桅杆一根也不剩了。倒是輕舟境況要好點，在海上行駛沒那麼吃力，不過也有兩三隻輕舟被風刮得只剩下一張帆，從我們旁邊飛掠而過。

到了傍晚，大副和水手長懇求船長讓他們砍掉前桅，船長卻不願意。水手長抗議說，如果他不願意砍，船就會沉沒。船長只好同意了。他們砍掉前桅後，主桅失了平衡，船晃得厲害，他們只好把主桅也砍掉了，這樣甲板上就變得空蕩蕩了。

1 指耶爾河河道。

誰都可以設想一下我在這種情況下的心情。我只是一個航海新手，不久前那次風浪就把我嚇了個半死。現在若有人要我描述當時的想法，可以說，我害怕自己一再反悔，重又回復內心的掙扎，這種恐懼相當於對死亡之恐懼的十倍。這種恐懼加上對風暴的恐懼，讓我對當時情境難以描述。但最糟糕的情況還在後頭。風暴越刮越猛，就連那些水手都承認，這麼大的風暴前所未見。我們的船隻很好，但吃水太深，在海裡顛簸不定，因此水手會時不時地大叫船要沉了。我的一個好處是，還不明白「要沉了」是什麼意思，問過別人後才知其意。風暴劇烈，我看到非同尋常的一幕，船長、水手長和其他較別人敏銳的人都在祈禱，時時刻刻都感到船有沉到海底的危險。在半夜裡，更是雪上加霜，一個到船艙底去巡視的人大喊船底漏水了，另一個人則說艙底積水已有四英尺了。所有的人手都被叫去抽水。一聽到這話，我就感到我的心臟停止了跳動，從坐著的床邊摔了下來，倒在船艙裡。還好有人把我叫醒了，並告訴我，雖然我以前什麼也不會，現在卻可以跟別人一樣去抽水。聽了這話我精神來了，到了抽水機邊，非常用心地工作起來。正當大家忙碌時，船長看到幾艘小煤船因為禁不起風浪，不得不向海裡漂去，當它們靠近我們時，船長就下令鳴槍，作為求救的信號。那時我對此絲毫不懂，還以為船身破裂，或發生了什麼可怕的事。總之我受驚過度，暈死過去了。在這種時候，人人都只管自己的性命，哪有心思來管我的死活？有一個人走到抽水機邊接替我的位置，他以為我已經死了，就把我一腳踢到旁邊，任我躺在那裡。過了好一陣子我才蘇醒過來。

我們繼續排水，但水越積越厚，顯然，船就要沉了。儘管風暴勢頭略減，船卻不可能撐到駛進港口了。船長只得不斷地鳴槍求救。有一艘輕舟從我們前面順風漂過，放下一隻小艇來救我們。小艇冒了最大的危險來靠近我們，但我們卻無法下到艇上，艇也靠不到我們船邊。最後，小艇上的人全力划槳，冒著生命危險來救我們，我們的人則從船尾拋下一根纜繩，繩子上帶有浮標，盡量把繩子放長。他們費了好大的力氣才抓住了纜繩。我們慢慢地把他們的小艇拖到我們船尾旁邊，全部都登上了他們的小艇。這時，無論我們還是他們，誰都別想再回到各自的大船上去了。大家一致同意，就任小艇隨波逐流，只是盡可能把它向岸邊划去。我們的船長向他們承諾，如果小艇在岸邊觸礁，他會給他們船長賠償。我們的船就這樣半划半漂著，一直向北方駛去，最後差不多到了溫特頓岬角。

我們離開大船不到一刻鐘，就看到它沉下去了。那時我終於明白了船在海上沉沒是怎麼回事。我必須承認，當水手告訴我船在沉沒時，我幾乎不敢抬眼看。因為在那時，與其說是我自己爬到了小艇上，不如說是他們把我拋了進去，我的心臟彷彿停止了跳動，一半是由於害怕，一半是由於想到前途未卜而頓生恐懼。

當此險境，水手仍舊奮力划槳，試圖靠岸。每當小艇被沖上浪尖時，我們就能看到岸邊有許多人在沿線奔來跑去，想在我們靠近時救助我們。但我們的小艇寸步難進，難以靠岸。最後，我們竟划過了溫特頓的燈塔。海岸在此向西通往克羅默，陸地終於擋住了一點風的威勢。我們不無艱難地上了岸，總算安全登陸了，隨後徒步去往雅茅斯。在那裡，我們這些受難者受到了熱情款待，當地長官為我們找了不錯的住處，幾個商人和船主給了我們足夠的盤纏，隨我們的願或去倫敦，或回赫爾。

那時，我要是還有點頭腦，就會回到赫爾、回到家裡，就會很幸福，我的父親就會像我們有福的救主所講的那個寓言裡的父親一樣，宰殺肥牛犢來迎接回頭的浪子。[2] 因為他聽說我搭乘的船隻在雅茅斯錨地遇難沉沒後，過了很長時間才確認我並沒有被淹死。

但是我的厄運一直固執地推著我走，無法抵擋。儘管有幾次我也聽到了理性的疾呼，我也在經過衡量後決定回家，卻無力做到。這我不知道怎麼說，也不想說，這是一種神祕的支配一切的定數，它驅使著我們成為自我毀滅的工具，即使毀滅近在眼前，我們也要眼睜睜地看著自己往火坑裡跳。確然，正是這一無可避免的劫數，使我無法擺脫厄運，使我違背清醒的推理和冷靜的規勸，對初次航海中所遇到的兩次教訓充耳不聞。

我的朋友，就是船長的兒子，他曾幫我橫下心來跟他走，現在卻比我膽小了。我們被安置在幾個不同的地點住宿，兩三天後他才見到我，這是我們到達雅茅斯後第一次說話。我是說，他一看見我，我就注意到他的腔調變了。他神色憂鬱，不時搖頭，問我怎麼樣了，他向他父親介紹了我是何人，是怎麼趕上這趟船試航一次，以便將來出海的。他父親轉向我，帶著嚴肅和關切的口吻說：「年輕人，你不該再出海了；你該把這次經歷當作一個明確無誤的凶兆，說明你不該當水手。」「怎麼了，先生，」我說，「你也不再出海了嗎？」「這是另一回事，」他說，「這是我的職業，因此是我的職責。但你這次試航，已經領教了老天爺讓你品嘗的滋味，你再堅持下去，不會有好結果。也許由於你的緣故，我們這次才大禍臨頭，就像約拿上了開往他施的船一樣[3]。」「請問，」他接著說，「你是什麼人？為什麼要出海？」於是我把自己的故事簡略地跟他說了一下，他聽到最後，忽然變得怒氣沖沖。「我造了什麼孽，竟招來你這樣的倒楣鬼上了我的船？你即使出一千鎊，我以後也不會再跟你上同一條船了！」我覺得，他這麼說，是因為損失慘重，因此心煩意亂，在我這裡發洩一通。他本來是沒有權利對我發脾氣的。不過，他接著又鄭重其事地跟我談話，勸我回到父親身邊，別再惹惱老天爺來毀了自己。他對我說，我應該看出，老天爺一隻可見的手在跟我作對。「年輕人，」他說，「相信我

2 見《路加福音》浪子回頭的故事。（文中涉及聖經的典故和引文皆出自聖經和合本，下不贅述。）

3《舊約．約拿書》1：1，上帝命約拿去尼尼微傳道，約拿違命乘上開往他施的船，中途風浪大作，水手們驚懼求神，占卜結果，證明約拿觸怒神而引來了風暴。他們把約拿投入海中後，立即風平浪靜。

吧，你如果不回家，不管你去哪兒，都只會受苦和失望，屆時，你父親的話將在你身上應驗不爽。」

我們很快就分道揚鑣了，因為我對他的問題很少回答，後來也沒再見過他。他去了哪裡我也一無所知。至於我，口袋裡有了些錢，就走陸路去了倫敦；一路上我都在絞盡腦汁思考，到底該走什麼樣的生活道路，我是該回家還是去航海，到了倫敦也沒停止思考。

一想到回家，恥辱之感就立即抵消了歸家之念，我馬上就想到了鄰居會怎麼笑我，我不僅會羞於見到父親母親，還會羞於見到每一個人。從那時起我就常常觀察到，一般人的脾氣，尤其年輕人的，是多麼的古怪無常、缺乏理性，也就是說，他們不以犯罪為恥，反以悔改為恥，不以犯傻為恥，反以迷途知返為恥。事實上，如果他們回頭是岸，才會被人尊為智者。

這樣的生活狀態，我過了好一陣子。我不確定該幹些什麼、該走怎樣的生活道路。對於回家，我極不情願，十分抗拒。這樣過了一段日子，對海難的記憶漸漸淡忘，本就微弱的回家念頭也隨之淡去，最後竟煙消雲散，我重又嚮往起航海來。

2 二 被俘與逃跑

那當初使我離開老家的邪惡力量——它使我想入非非，妄圖發財，使我如著了魔，對一切忠告都充耳不聞，甚至對我父親的懇求和命令也裝聾作啞——我是說，正是這不管是什麼的同一種力量，讓我選中了所有事業中最慘的一個。我登上了一艘開往非洲海岸的船，用水手的行話說，到幾內亞[1]去。

我最大的不幸是在以往的冒險中，沒能讓自己當上水手。如果能當水手，儘管我可能會比平時辛苦一點，卻也可以瞭解一個普通水手的日常工作和職責，到一定時候，即便當不了船長，也說不定還能勝任個副手或助手。但是，我的命就是總是選擇最糟糕的

1 這裡的「幾內亞」是指非洲西海岸向大西洋凸出的一大片廣大區域，「幾內亞」是歐洲十七、十八世紀時對非洲西部的通稱。讀者應將此處指代地區的「幾內亞」與現代意義的「幾內亞共和國」區別開來。

那個，這次也不例外。口袋裡裝了幾個銅板、穿了身體面衣服，我也就像往常那樣，以紳士的身分上了船。這樣，我就在船上無所事事，也什麼都沒有學到。

在倫敦，我人生第一次交到了一個非常好的朋友，這種好事通常不會降臨到像當時的我這樣一個放蕩不羈、誤入歧途的年輕人身上的。魔鬼通常不會忘了早早地就給他們布下陷阱，但這次卻放過了我。我先是結識了一位船長，他去過幾內亞海岸。他在那裡混得很成功，決定再走一遭。他對我的談話很有興趣，因為那時我的談吐還不討人嫌。他聽我說想要見見世面，就告訴我說，如果我跟他一起走，就什麼錢也不用花，我可以跟他一起吃飯，做他的同伴。如果我想隨身捎帶點什麼，只要是做生意允許的，他都會提供一切方便，也許我還能賺點錢。

我欣然接受了他的盛情，和這位船長建立了真摯的友誼。他是一個誠實而樸素的人。我隨他出海，也捎了點貨物。由於我這位船長朋友的誠實無私，我賺了一筆不少的錢。因為我聽從他的指導，買了一批玩具和其他小玩意，共值約四十英鎊。這四十英鎊是透過我的幾個親戚的幫助籌來的。我給他們寫信，我相信他們接信後就告訴了我父親，起碼告訴了我母親，由他們贊助了這麼多錢，成就了我的第一筆生意。

我可以說，這是我所有冒險中唯一一次成功的航行，這得歸功於我的船長朋友的正直和誠實。從他那裡，我還獲得了不少數學知識和航海規則，學到了如何記航海日誌和觀測天文。長話短說，明白了一些作為水手需要瞭解的事情。他樂於教，我也樂於學。總而言之，這次航行使我既成了水手，也成了生意人。這次航行，我帶回了五鎊零九盎司金砂，回到倫敦後換到了約三百英鎊，賺了不少。這使我更加躊躇滿志，但也由此導致了我的完全毀滅。

不過，即使是在這次航行中，我也有倒楣的事。特別是我們主要是在北緯十五度南下直到赤道一帶的海岸做生意，那裡天氣極為炎熱，我患了嚴重的熱病。

我儼然成了一個做幾內亞生意的商人了。不幸的是，我的朋友在抵達英國後不久就過世了。但我決心再走同一條航線，就坐同一條船，上次航程中的大副現在成了船長。這是最倒楣的一次航行。我只帶了我新賺的錢裡面的一百英鎊，剩下的兩百英鎊我放在已故船長的遺孀那裡，她對我同樣公正。但在這次航行中我卻屢遭不幸。第一件倒楣事是這樣的：我們的船正開往加那利群島，或者說群島跟非洲海岸中間的領域，一天清早吃驚地發現，一艘來自薩累的土耳其海盜船正扯足了帆全速追來。我們也把所有桅杆上的帆都張滿了，試圖跟他們保持距離。但是發現海盜船比我們快，要不了幾個小時就會趕上我們。我們準備戰鬥了。我們船上只有十二門炮，那些流氓卻有十八門。大約下午三點，海盜追上了我們，他們本想攻擊我們的船尾，卻錯撞到了後舷上。我們把八門炮搬到了這邊，對著他們一齊開火，他們不得不一邊還擊，一邊後退。他們共有約二百號人，一齊用槍向我們射擊。我們的人隱蔽得好，無一受傷。海盜船準備再次發起進攻，我們也準備自我防衛。不過這一次它從我們後舷的另一側靠了上來，六十個海盜一擁而上，登上了我們的甲板，將帆索亂砍一通。我們用小火槍、短柄矛和火藥包還以顏色，把他們擊退了兩次。但是，不幸之事還是少說為妙，最後，我們的船廢了，三人死、八人傷，只得投降，全都成了俘虜，被押送到薩累，那是屬於摩爾人的一個港口。

我在那裡得到的待遇，並沒有我原先設想的那麼可怕，我也沒有像其他人一樣被送到皇宮裡去，而是被海盜船長留了下來，作為他的戰利品，成了他的奴隸。我又年輕又靈敏，適合為他做事。我從商人變成了可悲的奴隸，這一驚人的變故，徹徹底底把我打醒了。現在我回想起父親說過的話，他說我會混得很慘、沒人會來救我，真是有先見之明，現在全都應驗了。我現在的處境不能再糟了。老天爺的手打倒了我，我完蛋了，沒人能來救我。唉！但我的磨難才剛剛開始，這還只是開頭的一點苦味，下面我再接著細表整個故事吧。

從我的新主人或保護人把我帶到他家裡開始，我就盼望著他再次出海時把我帶在身邊，我相信他總有一天會被西班牙人或葡萄牙人的戰艦俘獲，到那時我就可以重獲自由了。但我的這個盼望很快就幻滅了。因為他出海時並不帶我，而是把我留在岸上照看他的小花園，做奴隸通常要做的家務。他從海上航行回來時，則命令我睡到船艙裡看管船隻。

在這裡我只想著怎麼逃走、用什麼法子逃走，但發現一丁點可能性都沒有，這個想法沒有一丁點合理性。因為我沒有任何人可以交流，也沒有任何人可以結伴出逃。除了我，沒有別的奴隸；除了我，在那兒沒有一個英國人、愛爾蘭人或蘇格蘭人。所以，在兩年的時間裡，儘管我經常用這個想法來自娛自樂，卻永遠看不到能付諸行動的最小機會。

大約兩年之後，出現了一個意外的情況，這使我重新產生了爭取自由的念頭。我的主人在家裡待的時間比原來要長，我聽說是因為缺錢，他沒有為自己的船配置出海所必需的設備。他常常坐一隻舢舨去港口外的錨地捕魚，每星期一兩次，遇上好天氣，次數更多。他總是要帶上我跟一個叫馬列司科的年輕人幫他划船，我們令他非常愉快，我捕魚也確實頗有一手。有時他會派我和他的一個摩爾人親戚，以及那個叫馬列司科的小夥子，為他去海上打一盤魚來。

有一天早上，風平浪靜，我們出海捕魚。海上起了霧，越來越濃，雖然離岸邊不到半里格[2]，卻看不到海岸了。我們划了一天一夜，方向也沒有搞清楚。早上太陽一照，

2 里格，長度單位，一里格約為三英里。

才發現我們划向了海裡，而不是划到了岸邊，起碼離岸有兩里格之遠。我們費了很大的力、冒了很大的險，才重新回到岸邊，因為那天早上風很大，我們還都飢腸轆轆。

我們的主人受了這次災禍的警告，決定以後要照顧好自己。他掠來的我們的英國船上有一隻長艇，他把它用了起來，並決定以後乘它出海捕魚時都要帶上指南針和一些食物。他命令船上的木匠——也是一個英國奴隸——在長艇的中間造出一個小艙，就是像駁船上的那種小艙，艙後留一點空間，可容一人站在那裡掌舵並拉帆索。

艙前面也有一點空間，可容一兩人站在那裡掌帆。長艇上用的帆叫作三角帆，帆杆橫垂在艙頂上。小艙建得很低，但非常舒適，可容他和一兩個奴隸睡，還可擺一張桌子吃飯，桌子帶有幾個小抽屜，裡面放了幾瓶他喜歡的酒，還有麵包、大米和咖啡。

我們經常坐這艘船外出捕魚。因為我捕魚最靈巧，他從來沒有不帶我去的。有一次，他約好了要跟當地頗有名望的兩三個摩爾人乘這艘長艇出海遊玩或是捕魚，他為他們作了額外的準備，預備了許多酒菜，頭天晚上就送到了艇上。他還命令我把他大船上的三把短槍放到長艇上，備好火藥和子彈。這些東西原來都放在他的大船上。看來他們打算在捕魚之外，還要打鳥了。

我照他的指示把事情辦妥。第二天早上，長艇洗乾淨了，旗子掛好了，一切都安排停當，只等客人大駕光臨。不料到了時候，主人卻獨自一人上了長艇，告訴我客人臨時有事來不了，但要在他家吃晚飯。他吩咐我跟往常一樣，帶上摩爾人和年輕人，乘長艇為他們捕一些魚。他吩咐我，一旦打到了魚，就馬上送回家。這些事我都準備一一照辦。

這時，我那爭取自由的老念頭又湧上腦海，因為我現在發現，我似乎有一隻小船可以支配了。主人剛走，我就準備裝備自己，不是為了出去捕魚，而是為了航海。儘管去哪裡我還不知道，也沒有考慮過，但只要能離開這個地方，去哪兒都好。

我的第一個計策是找個藉口，對那個摩爾人說，為我們在船上準備些吃的，我們總不能吃主人的麵包吧。他說我說得對，就拿來了一大筐當地的甜餅乾和三罐淡水，搬到艇上。我知道主人裝酒的箱子放在哪裡，看那箱子的樣子，顯然就是從英國人手裡搶來的戰利品。趁摩爾人上岸的時候，我把酒搬上了長艇，彷彿原來就為主人放在那兒似的。我還搬了一大塊蜜蠟到艇上，它大概有六十磅。我還拿了一包粗線、一把斧頭、一把鋸子和一個錘子，這些東西以後都有大用，尤其是蜜蠟，可以用來做蠟燭。我又對他玩了另一個花招，他天真地掉進了陷阱。這個摩爾人的名字叫伊斯梅爾，大家都叫他馬利或莫利，我也這麼叫他。「馬利，」我說，「我們主人的槍在船上，你能不能弄點火藥和子彈來？或許我們還能為自己打幾隻水鳥[3]呢！我知道他把火藥放在了大船上。」

3 原文alcamies (a fowl like our curlews)，相當於英國杓鷸的一種海岸鳥。

「好吧，」他說，「我這就去拿。」果然，他拿來了一個大皮袋，裡面裝了一磅半火藥，或者還要多一點。還拿來了另一個大皮袋，裡面有五、六磅鉛沙彈和一些子彈。他把這些都扔到了艇上。與此同時，我在大艙裡找到了主人的一些火藥，我從箱子裡找出一隻大酒瓶，把裡面的殘酒倒到另一個瓶子裡，把火藥裝進大酒瓶裡。把一切所需之物都裝備好之後，我們就出港打魚去了。海港入口堡壘裡的士兵都認識我們，對我們不加注意。我們出港不到一海里，就落了帆開始捕魚了。這時風向東北偏北，與我之所願正相違背。因為如果吹南風，我肯定能駛到西班牙海岸，至少抵達加的斯灣。但我決心已下，不管刮什麼風，我都要離開我現在所待的這個可怕的地方，其他的一切就聽天由命吧！

我們打了一會兒魚，但什麼也沒打著——因為魚兒上鉤時，我並不把魚拉上來，免得他看見——我對摩爾人說：「這樣下去不行，不能這樣伺候主人。我們必須走得遠一點。」他一想這樣也沒有壞處，就同意了。他站在船頭，扯起了帆；我在後面掌舵，讓船駛出了將近一里格，然後停下來，做出要捕魚的樣子。我把舵交給男孩來掌握，自己往前跨到摩爾人那裡，弓下腰，像要在他身後找什麼東西。我出其不意地用雙臂抱住他的褲襠，一下子就把他投到海裡去了。他馬上就浮上來，像個木塞似地游了起來，他向我叫喚，求我把他拖到船上，說他願意跟我到天涯海角。當時沒什麼風，他很會游泳，緊跟在船後，很快就能爬上來。我走到艙裡，拿出一支鳥槍，把槍對著他的腦袋說，我不想害他，只要他乖乖地不鬧，我就不會害他。「不過，」我說，「你游得很好，完全可以游到岸邊。可是如果你靠近船邊，我就打爆你的頭，因為我決心獲得我的自由。」於是他就掉轉方向，向岸邊游去，我毫不懷疑他能輕鬆地游到岸邊，因為他是游泳好手。

我本可以帶上摩爾人，而淹死男孩的，但我怎麼也不能信任摩爾人。摩爾人走後，我轉向男孩——大家叫他蘇里[4]——對他說：「蘇里，假如你效忠於我，我會使你成為一個男子漢大丈夫。」那男孩對我笑了笑，神色天真地說，我不能不信任他，他發誓效忠於我，願隨我走遍世界。

那摩爾人正在游水，我還在他的視線之內。我讓船直接向大海駛去，而不是順風漂流，我這樣做是為了讓他們以為我是在駛向直布羅陀海峽（事實上，任何有頭腦的人都會這麼做）。但誰會想到，我們會一路向南，駛向真正野蠻人的海岸，在那裡整族整族的黑人會用獨木舟包圍我們、滅了我們；在那裡我們無法上岸，而只能被野獸吃掉，或被更殘忍的食人族吃掉。

4 又名馬列司科。

因此一到傍晚，天幕變暗時，我就改變了航向，直接向東南稍微偏東的方向駛去，好讓船沿著海岸線航行。惠風時至，海面平滑，我張帆行船，十分愜意。次日下午三點，當我看到陸地時，我相信已在薩累以南不下一百五十英里之外，已超出摩洛哥皇帝的領地，或附近任何國王的轄地，處處都杳無人煙。

但是我被摩爾人嚇破了膽，生怕再次落入他們手中，因此我就馬不停蹄，不靠岸、不停錨，加上風勢又順，竟然一路狂奔了五天。接著，風向南吹，我猜測即便他們派船來追我，到現在也會甘休。因此我就駛向岸邊，在一條小河的河口下錨。我對此地一無所知，這是何地、什麼緯度、哪個國家、哪個民族、什麼河流，一概不知。我什麼人也看不到，也不想看到任何人。我最想要的是淡水。傍晚，我們駛進了小河，決定一到天黑就上岸，探一探岸上的情況。但一到天黑下來，我們就聽到不知為何的各種野獸的吠叫聲、吼叫聲和嚎叫聲，十分恐怖，可憐的男孩都快被嚇死了，乞求我等天亮了再上岸。「好吧，蘇里，」我說，「那我就不上岸了。但白天我們可能會看到人，他們可能跟獅子一樣凶。」「那我們給他們一槍，」蘇里笑了，說，「把他們趕逃（跑）。」蘇里說的這種英語是在我們奴隸中間溝通時用的。不過，看到男孩這麼快活，我也很高興，就給了他一點酒（從主人的酒箱裡）讓他壯壯膽。畢竟，蘇里的建議不賴，我聽了進去。我們下了錨，靜靜地躺了一晚。我說「靜靜」，是指根本沒有睡著，因為兩三個小時後，就有各種各樣的大型巨獸（我們不知怎麼稱呼牠們）來到海邊，下到水裡，又是打滾又是洗澡，圖個涼爽。牠們發出各種嚎叫聲和咆哮聲，為我平生所未聞。

蘇里被嚇壞了，我也差不多。更令我們驚恐的是，我們聽到一頭猛獸向我們的船游過來。我們看不到牠，但憑牠的吹氣聲可知是一頭龐然大物。蘇里說這是一頭獅子，我想可能是。可憐的蘇里對著我哭喊，要我起錨把船划走。「不行，」我說，「蘇里，我們可以把錨繩連同浮標一起拋下，向海裡漂一漂，牠們不會跟得太遠的。」我這話剛說完，就覺得那頭野獸（不管牠是什麼東西）離我只有兩槳的距離了，令我吃了一驚。我馬上走到艙裡，拿起槍，對準牠開了一槍，牠立刻調過頭，向岸上游去了。

槍聲一響，就從岸邊和後面高坡上傳來了漫山遍野的野獸咆哮嚎叫聲，其可怕的情景難以描述。我有理由相信，這些野獸以前從未聽到過槍聲。這也讓我確信，我們晚上不可上岸，至於白天怎麼上岸就是另外一件事了。因為無論是落入野人之手，還是落入獅虎之口，都一樣糟糕。至少我們看到了兩者一樣危險。

可是無論如何，我們總得上岸到什麼地方去弄點淡水，因為我們只剩下不到一品脫水了。問題是在什麼時間、什麼地方去弄。蘇里說，如果我讓他帶一個罐子上岸，他會去那兒找找看是否有水，給我帶一些水回來。我問，為什麼要他去，而不是我去，讓他留在船上呢？男孩一句感人的話讓我從此喜歡他了。他說：「如果野人來了，就讓他們吃我，你可以逃走。」「好吧，蘇里，」我說，「我們可以一起逃走。如果野人來了，我們可以幹掉他們，他們誰也吃不到。」我給了蘇里一片甜麵包吃，又從前面提到的主人的酒瓶子裡倒了點酒給他喝。我們把船拉到離岸邊距離合適的地方，就蹚水上岸了，除了槍彈和兩個水罐，什麼也沒有帶。

我不敢走到看不到船的地方，害怕野人駕著獨木舟沿江而下。但是男孩看到一英里外有一塊低地，就信步走去。不久，我看到他向我跑來，以為有野人在追趕他，或受到了野獸的驚嚇，我就跑過去幫他。當我跑得近些時，看到有東西在他肩上掛著，原來是他打死的一頭野獸，像是一隻兔子，但顏色不一樣，腿也要長一些。我們都很高興，這可是很好的肉食啊。然而更令我高興的是，瘦弱的蘇里告訴我，他發現了上好的淡水，而且沒有看到野人。

不過我們後來發現不必這麼費力去找淡水，因為在小溪稍往上處，潮水一退，就能取到淡水。海潮並沒深入小河多遠。這樣，我們就把水罐都灌滿了，用獵來的兔子飽餐一頓，然後準備上路了。在那方土地上，我們沒有看到任何人類的腳蹤。

由於我以前來過這個海岸，很清楚加那利群島和維德角群島就在這個海岸不遠的地方。但由於我沒有工具來觀測現在到了哪個緯度，而且也不確知或一點也不記得它們是在哪個緯度，因此也不知道上哪兒去找它們，或從哪裡出發駛向它們。否則我就可以很容易地找到它們了。但我的希望是，沿著這海岸行駛，一直走到英國人往來做生意的路線，在那裡我總會遇到英國船隻，他們會搭救我們的。

據我認真分析，我現在所處的地方必定是在摩洛哥皇帝的領土和黑人領土之間，這裡是一片荒原，無人居住，到處都只有野獸。由於害怕摩爾人，黑人已經捨棄了這片土地，遷往更南的地方，摩爾人因為它貧瘠荒涼，認為它不宜居住。這樣一來，由於到處都是獅虎豹和其他猛獸，這片土地就被兩方拋棄了，摩爾人只把它當作打獵場，每次來都有兩三千人，弄得跟一支軍隊似的。實際上，我們沿岸走了約一百英里，白天只見一片荒地，杳無人煙，晚上但聞野獸嚎叫，別無他響。

有一兩次，在白天，我以為我看到了特內里費峰，就是加那利群島中特內里費山的最高峰，我極想冒一下險，把船駛過去。但試了兩次，都被逆風吹了回來，海浪也太高，我的小船無法駛去。於是，我只好回到初心，繼續沿岸行駛了。

離開那個地方後，有幾次，我又不得不登陸尋找淡水。特別有一天清早，我們在一個相當高的小岬角下了錨，那時正在漲潮，我們把船停在那兒，想等潮水上來後再往裡走。蘇里眼比我尖，向我低聲叫喚，要我最好離岸遠點。「你瞧，」他說，「那邊山下一個大怪物正在睡覺呢！」我向他指的地方望去，果然看到一個大怪物，那是一隻可怕的巨獅，正躺在海岸上熟睡，山影剛好掩護住了牠。「蘇里，」我說，「你可以上岸幹掉牠！」蘇里很害怕地說：「我幹掉牠？牠一嘴就可以把我吞了。」他是說獅子一口就可以把他吃了。我不再跟男孩說話，命令他靜靜地躺著，我拿起了最大的一支槍，口徑幾乎跟步槍一樣，在槍裡裝上了大量火藥，還裝進兩顆大子彈，把槍放好。接著我又在另一支槍裡裝進了兩顆子彈。我們共有三支槍，我在第三支槍裡裝進了五顆小子彈。我舉起第一支槍，盡全力瞄準獅子，對著牠的腦袋開了一槍，但牠躺著時，一條前腿放在鼻子上面，因此子彈正好打中了這條腿，傷了膝蓋，把骨頭打斷了。牠吃了一驚，咆哮而起，卻發現前腿斷了，就又倒了下去。隨後牠用三條腿站了起來，發出我所聽過的最可怕的吼聲。我有點吃驚沒有打中牠的腦袋，不過，我馬上拿起了第二支槍，想到牠開始要跑了，就又開了一槍，這次打中了牠的腦袋，我欣慰地看到牠倒了下來，低吼了一聲，躺下來垂死掙扎。這下子蘇里膽子大了，要我讓他上岸。「好，你去吧！」我說。男孩就跳進水裡，用一隻手舉著槍，用另一隻手向岸邊游去，走近獅子，把槍口對準牠耳朵，在腦袋上補了一槍，這才結果了牠的性命。

這在我們實在是場遊樂，卻代替不了食物。為了這樣一個毫無用處的野獸，我竟然浪費了三份火藥和彈丸，真的後悔不迭。不過，蘇里說他可以從獅子身上弄下點東西，他走到船邊問我要斧頭。我問他：「蘇里，你要幹嘛？」蘇里說：「我要砍下牠的頭。」但蘇里砍不下牠的頭，只好砍下了牠的一條腿，帶了回來。那條腿可是一條龐然大腿。

我卻尋思，也許獅子的皮會有點用，因此決心想辦法把獅子皮剝下來。蘇里和我就去剝皮，蘇里在這方面可比我拿手多了，我笨手笨腳，不知從何下手。我們兩個人花了一整天剝皮，最後總算把皮剝了下來，把它攤開在船艙頂上，兩天後陽光就把它曬乾了，以後我就墊著它睡覺。

3 ＝ 荒島失事

這次停岸之後，我們繼續向南走了十一、二天，食品越來越少，只能省著點吃。除了不得不尋找淡水外，我們很少靠近岸邊。我的計畫是到甘比亞或塞內加爾河去，就是說，到維德角附近，在那裡我有望遇到歐洲的船隻。如果遇不到，那我就不知道要到哪裡去了，我只有去尋找那些群島，要不就得在黑人當中完蛋。我知道，所有從歐洲出發的船隻，不管是往幾內亞的還是往巴西的，還是去東印度群島的，都要經過維德角或那些群島。總之，我將自己的整個命運都押在它身上了，我要麼遇到一條歐洲船隻，要麼就徹底完蛋。

正如我說的那樣，一旦我下定決心，又走了十來天後，就開始看到岸上又有人了。有兩三個地方，當我們駛過時，我們看到岸邊有人站著注視著我們，我們還能看到他們渾身黝黑，一絲不掛。我一度想要靠近岸邊走向他們，但蘇里是一個好參謀，他對我說：「別去，別去。」不過我還是駛近海岸，好和他們說說話，我發現他們沿著海岸跟著我們跑了很遠。我觀察到，他們手裡沒有武器，只有一個人手裡有一根細長的棍子，蘇里說那是一把標槍，他們在很遠處就可以投中目標。因此我就跟他們保持著一定的距離，並盡可能地用手勢跟他們交談，特別做出要吃飯的手勢。他們招手要我把船停下來，他們會給我拿些肉來。於是，我落下了頂帆，他們中間的兩個人跑到村子裡去了，不到半個小時後又跑了回來，手裡拿了兩條乾肉和這裡出產的一些穀類。我們不知道這是什麼肉，也不知道這是什麼穀，但是我們願意接受，不過怎麼接受呢，在這個問題上我們兩方產生了分歧，因為我不想冒險靠近他們，他們也害怕我們。但他們找到了我們雙方都能接受的一個辦法，他們把食物放在岸邊，然後退後到一個較遠的地方，站在那裡，在我們把食物拿上船後，再走得近一點。

我們用手勢對他們表示感謝，因為我們無以回報，但是突然來了一個機會，使我們大大地還了他們的人情。因為正當我們在岸邊停著的時候，忽然從山上向海邊旋風般衝來了兩隻巨獸，一隻追逐著另一隻（在我們看來是這樣）。到底是公獸在追逐母獸，還是在嬉戲玩耍或爭鬥拚命，我們無從判斷，也說不清牠們是平常如此還是這次出了例外，我相信是後者。因為，首先，這類凶殘猛獸一般只在夜晚出沒，很少會在大白天出現；其次，我們發現那些人極度恐懼，尤其是女人。那個手拿標槍的人並沒有走，但其餘的人全都望風而逃了。但是，這兩頭猛獸並沒有向黑人撲去，倒是直接向海裡跑去，一頭栽進水裡，並且游起水來，好像是在嬉鬧一般。最後，牠們中的一個開始向我們的船隻游來，這真是出乎我的意料。不過我早已作好準備，已盡可能迅速地裝滿了彈藥，並且命令蘇里把另外兩支槍也裝好。牠一進入我的射程，我就開了火，直接擊中了牠的腦袋。牠立刻就沉到了水裡，但瞬間又浮了起來，然後沉沉浮浮地似乎在奮力求生，事實上也確實是在求生。牠很快就游到了岸邊，但是牠受了致命傷，加上嗆水窒息，還未爬上岸就死了。

那些可憐的黑人看到我槍口噴出的火焰、聽到槍聲時的驚訝表情，真是難以形容。他們有的差點嚇死，帶著恐懼倒了下去，好像死了一樣。不過，當他們看到野獸死了，沉到了水裡，又看到了我打招呼讓他們到岸邊來，他們才大起膽子走上前來，開始搜尋那隻野獸。我憑著牠留在水裡的血跡找到了牠，在牠身上圍上一根繩子，將繩頭扔給黑人，讓他們去拖曳。他們把牠拖上了岸，發現是一隻很奇特的豹子，渾身斑紋，精美得令人歎絕。黑人們佩服地舉起雙手，揣測著我是用什麼把豹子打死的。

另一頭巨獸被槍聲和火光嚇壞了，爬上了岸，立馬跑回了山林裡，由於距離較遠，我也認不出牠是什麼野獸。我很快發現，黑人想吃豹子肉，當然我也願意送給他們，作一個人情。當我向他們示意可以拿走時，他們萬分感激。他們馬上就動手了，儘管沒有刀，卻用鋒利的木片剝開了豹子皮，其嫺熟快捷比我們用刀剝更勝一籌。他們給了我一些肉，我拒絕了，示意我把肉全部送給他們，但希望他們能把皮留給我，他們很慷慨地把皮給了我，並且給我送了許多糧食，儘管我不知道這是什麼東西，卻收下了。接著，我示意他們給我們一點水。我把我們的一個水罐拿出來，把罐口朝下，表示裡面空了，希望能夠裝滿水。他們馬上向他們的朋友叫喚，不久出來了兩個女人，帶著一大缸水。缸是泥做的，我猜測是用陽光曬製而成。她們把水缸放在那裡，跟先前那樣。我派蘇里帶著三個水罐到岸邊，把水罐都灌滿了。那兩個女人跟男人一樣赤身裸體。

現在，我有了根莖和穀類糧食，也有了水。我離開了友好的黑人，繼續向前走了十一天，沒有靠過岸。後來，我看到一片陸地，長長地凸在海中，離我大約有四、五里格之遠。那時海水平靜，我便遠離海岸，向那裡駛去。最後，在離這片陸地約兩里格的地方，眼前一分為二，我清清楚楚看到了另有一片陸地，凸起在海洋那一方。這時，我深信不疑，這就是維德角，這些島就是維德角群島。但它們都離我很遠，我不知該如何是好。因為如果刮起大風，我可能哪一個地方都到不了。

我憂心忡忡，不知如何是好，走到艙裡坐了下來。蘇里正掌著舵，突然叫了起來：「主人，主人，一艘帆船！」這個傻小子被嚇昏了頭，以為這一定是他主人派來抓我們的船，我卻知道，我們早已走得夠遠，他們鞭長莫及了。我跳出船艙，不僅立刻就看到了船，還看出了是一艘葡萄牙船。我猜想，它是駛往幾內亞海岸，向著黑人去的。但是當我觀察船的行跡時，很快就領悟到它們另有去向，並不打算靠近海岸。因此，我就拚命駛向大海，並決心盡可能跟他們搭上話。

我扯足了帆，發現也拐不到他們的航道上去，等不到我發出信號，他們就會駛過去。我滿帆全速追趕一陣後，開始絕望了，他們卻似乎從望遠鏡裡看到了我們，發現是一隻歐洲小艇，以為它必定屬於一隻失事大船，因此就落下帆等我們趕上。我大受鼓舞。我船上本有原主人的旗子，我就向他們搖旗求救，並且放了一槍，他們都看到了。後來他們告訴我，他們雖然沒聽到槍響，卻看到了煙霧。看到這些信號後，他們非常友好地把船停了下來等我。大約三小時後，我才靠近了他們。

他們用葡萄牙語、西班牙語和法語問我是誰，但我都不懂。最後船上有個蘇格蘭水手跟我打招呼，我回答了他，告訴他我是個英格蘭人，我在薩累逃脫了摩爾人的奴役。他們叫我上船，十分友好地收留了我，還有我所有的那些東西。

誰都會相信，這對於我真是一個天大的喜訊，我竟然能夠絕處逢生、逢凶化吉。我馬上對船長表示，願意將我的一切獻給船長，以報救命之恩。但他慷慨地告訴我，他什麼也不要，我的東西會在我到達巴西後完完整整地交回給我。「因為，」他說，「我今天救了你的命，說不定哪天我也會被人救，說不定哪天我會處於同樣的田地。此外，」

他接著說，「我把你帶到巴西，離你的祖國那麼遠，如果我把你的東西都拿走了，你就會餓死在那兒，那我豈不是又殺死了我救活的生命？不，不，英格蘭先生，我送你去是出於仁愛，你的那些東西可以讓你在那裡買些生活用品，給你提供回家的盤纏。」

他的建議一片仁慈，做事也正義凜然。他命令海員，誰也不許碰我的東西。後來，他把每一樣東西都收歸自己保管，他給了我一張清單，以便我以後索回，單子中甚至有我的三個陶罐。

他看到我的小艇相當不錯，就告訴我，他想買下來供他的大船用，並且問我要多少錢。我告訴他，他對我如此慷慨，我是不會向他開價的，他願開什麼價都可以。於是，他對我說，他會先給我一張八十比索[1]的手簽的票據，到了巴西見票即付。到那裡後，如果有人出更高的價，他可以補差價。他還想出六十比索或更高點買下男孩蘇里，不過我卻不願拿這筆錢。我不是不願意把他給船長，而是不願意出賣這可憐男孩的自由。在我爭取自由的一路上，他對我的幫助可說是毫無二心。當船長從我這裡知道緣由後，認為有理，就提出一個折衷的方案：他可以跟男孩簽一個約，倘若這男孩皈依基督教，十年之後就還他自由。基於此，加上蘇里說願意跟他，我就把他交給了船長。

1 比索（pieces），當時西班牙銀幣，上面都打上了一個「8」字。

去巴西的路上十分順利，大約二十二天後我到了托多蘇斯桑托斯灣，又名萬聖灣。我又一次化險為夷了，現在得考慮考慮下一步該做什麼了。

船長對我的慷慨大方，真是數不勝數。他不僅不收我的船費，還給了我二十達克特[2]買我船上的豹子皮，四十達克特買我的獅子皮。他把我船上所有的東西都如數奉還了。我願意賣的，他都買下了，比如酒箱、兩支槍、一塊蜜蠟（其他的我都做成蠟燭了）。總之，我賣掉所有的貨物，得到了二百二十比索。帶著這筆錢，我登上了巴西的海岸。

此後不久，船長把我推薦到了一個跟他一樣誠實的好人家裡，這人有一個甘蔗種植園和一個製糖作坊。我跟他待了一段時間，學到了種植甘蔗和製糖的手藝。我看到了種植園主的生活如何優渥，以及他們是如何暴富的，我就下了決心，如果我能獲准留在那裡，也去做一個種植園主。我還決定想法子把我寄存在倫敦的錢匯到巴西來。為了獲得入籍證書，我傾囊而出，買了大批土地，又根據將要從英格蘭收到的錢數，制定了一個種植和定居的計畫。

我有一個鄰居名叫威爾士，他是來自里斯本的葡萄牙人，但父母都是英國人。他的處境跟我頗為相似。我叫他鄰居，是因為他的種植園與我的相鄰，我們也常有來往。我的資財不高，他的也一個樣。有兩年我們都不種其他作物，只種糧食。不過我們卻開始發展起來，土地也走上了正軌，因此第三年我們種了些菸草，還各自弄了一大片土地，準備來年種甘蔗。但我們都缺乏人手。我現在前所未有地感覺到，讓男孩蘇里離開真是大錯特錯。

可是，天哪！我這個人總是做錯事，從來沒有搞對過，這已不足為奇了。我不想後悔，只好繼續前行。我現在的工作跟我的天性相去甚遠，跟我所喜歡的生活也直接相悖。為了它，我可是離家出走，違抗了父親的好言相勸的。不，我現在就要步入中等階級，或底層生活的上等層次，這正是我父親從前所規勸我過的生活。而這種生活，假如我決心去過的話，待在家裡就可以舒舒服服過上了，何必像我現在所做的那樣滿世界地勞苦自己呢？我常常對自己說，我本來在英格蘭、在朋友們之間就可以過上這樣的日子，何必非得跑到遠在五千英里外的這片荒原、在陌生人和野蠻人之間過同樣的生活呢？這裡是如此之遠，與外界不通音訊，誰也不知道我的下落。

每當我想到自己的境況，就悔恨交加。我無人可以攀談，只有這個鄰居可以偶爾交流。我無事可做，只有用這雙手去勞動。我從前常說，我就像一個人被棄置荒島，舉目四望，只有自己。但是，當一個人把他們目前的處境跟處於更糟境遇的人相比時，老天

2 當時歐洲多國通用的金幣或銀幣名。

會逼著他們換一下位置，讓他們以親身的經歷，體會先前生活的幸福。老天這麼做是公正的。我常常不公正地把我當時過的生活跟荒島上的生活相提並論，而真正地在荒島上與世隔絕，正是我後來命中註定要過的生活。老天爺這麼做是多麼公正啊！我當時的生活假如繼續過下去的話，是很可能蒸蒸日上、極為富足的。

在我好心的朋友——就是把我從海上搭救起來的船長——回到巴西時，我籌辦種植園的計畫多少有了點進展。他的船停在那裡裝貨，準備接著航行三個月左右。當我告訴他我在倫敦還留有一點資本時，他給了一個友好誠懇的建議。「英格蘭先生，」他說，他總是這麼稱呼我，「如果你給我一封信，給我一封正式委託書，讓那位在倫敦為你保管錢款的人把錢匯到里斯本，交給我所指定的人，再置辦一些在這兒有用的貨物，上帝保佑，我會把你的貨物帶回來。不過，由於世人總是屈從於偶然和災難，我建議你只動用你一半的錢款，也就是一百英鎊，先冒一下險。如果一切順利，你再用同樣的辦法要回另一半。即使失事了，你也還有另一半來救濟自己。」

這是一個萬全之策，出於赤誠，我不得不確信這是能採取的最佳辦法。因此我就照船長的要求，給保管我錢款的女士寫了一封信，又寫了一封委託書，交給葡萄牙船長。

我給英國船長的遺孀寫了一封信，詳細講述了我的冒險經歷：我的被俘、逃跑，以及如何在海上遇到葡萄牙船長、他行為舉止的仁慈、我現在的境況，並把我所需錢款的必要事項也說了一通。當這位誠實的船長去到里斯本時，他透過在那裡的英國商人找到了辦法，不僅把我的要求，還把我的故事都原原本本地傳達給了一個在倫敦的商人，後者又把它原原本本地告訴了她。她聽到後，不僅交付了錢，還自掏腰包給葡萄牙船長送了一份厚禮，以感謝他對我的仁慈和友愛。

倫敦商人照船長所列的清單用這一百英鎊買了一批英國貨，直接運到里斯本船長那裡，船長把貨物安全地送到了巴西。在這些貨物當中，有一些是我沒有提出要買的（因為我在種植園的事情上是個新手，沒有想到這些東西），而他仔細地帶來了各種工具、鐵器和種植園必需的器具，對我大有用處。

貨物抵達時，我喜出望外，以為自己發大財了。因為我的好管家，也就是船長，用我朋友送他的那份厚禮即五英鎊，買了一個僕人送給我，服務契約為六年。船長不接受我的任何回報，只是拿了一點我自己種的菸草，這也是我一定要他收下他才拿走的。

還不止於此。我的貨物都是道道地地的英國貨，比如布料、毛料、粗呢等，在巴西尤其珍貴和受歡迎，我找到了辦法把它們高價賣出，大賺了一筆，足足是原價的四倍多。現在，我遠遠超過了我那可憐的鄰居——我是說在種植園的發展上。我所做的第一件事，就是買了一個黑奴，以及一個歐洲僕人。我指的是另外一個僕人，並非船長從里斯本帶來的那個僕人。

但是，發得快，垮得也快。我就是這樣子的。第二年，我的種植園大獲成功。我從地裡收穫了五十捆菸草，除了供應當地人的需要外，還剩下很多。這五十捆，每捆都超過一百磅，都認真曬烤過，被我存放了起來，等待里斯本來的船隊。隨著生意的發展、財產的增加，我的頭腦又開始充滿了不切實際的計畫和夢想，而這些東西常常會毀掉生意場上最優秀的頭腦。

假如我能維持現在所處的狀態，就大可從容地享受降臨在我身上的幸福生活。為此，我父親曾懇切地規勸我過一種平靜、恬淡的生活，他曾充滿感情地描述的中等階層生活，就是充滿了這種幸福的生活。但是有另一些東西攪和了進來，使我仍舊任意妄為，造成了自己所有的不幸，尤其是增添了自己的過錯，使我後來有暇回想時加倍地悔恨。所有這些災難都是由於我明目張膽地執著於我那愚蠢的遨遊世界的癖好，並執意實現這一癖好，恰好這違反了大自然和神旨向我昭示的盡職的生活之道，以及以一種美好而平淡的追求方式做好我自己的清晰圖景。

正如我從前離開父母遠走高飛一樣，現在我又不滿現狀了。我必須走，離開我現在已擁有的幸福景象——在新的種植園裡做一個富有而成功的人士，我浮想聯翩，想做個快速發家致富的暴發戶，而不走尋常逐漸積累的老路。這樣我就再次把自己拋入了有史以來人類不幸中最深的深淵。否則，我也許還能安享此世的生活和健康。

現在正好講到我故事的這部分了。你可以想像，現在我在巴西生活了四年，開始靠種植園發財致富，不僅學會了當地語言，還在聖薩爾瓦多，就是我們的港口，結識了一幫同為種植園主的朋友，以及商人。我在跟他們聊天時，常常提起兩次去幾內亞的事：跟那裡的黑人做生意的方式，很容易就能用一些廉價的小玩意——比如珠子、玩具、小刀、剪子、斧子、玻璃珠等等——不僅換來金砂、幾內亞糧食和象牙等，還能換來大量的黑奴供巴西使用。

他們總是聚精會神地聽我談起這些話頭，聽到買賣黑奴的那部分更是在意。那時買賣黑奴剛開始成為一門生意，還沒有怎麼發展。販賣黑奴是要定約，並有西班牙或葡萄牙國王的准許證的，在公共市場上是一門壟斷的生意，因此巴西買進的黑奴極少，而且價格奇高。

一天，跟幾個我熟識的商人和種植園主在一起時，我又很有興致地談起了這些事。第二天早上，他們之中的三個人跑來找我，告訴我說，他們昨晚對我所說的事情認真思考了一番，特來向我提一個私下的建議。在確認我會嚴守祕密後，他們說，他們有意裝備一條船去幾內亞。他們跟我一樣都有種植園，但最缺乏的還是奴僕。由於無證買賣黑奴是非法的，他們回來後不能公開地販賣黑人，因此他們只是想去幾內亞一次，私下帶一些黑人上岸，分派在他們自己的種植園裡。一言以蔽之，問題就是，我是否願意管理船上的大批貨物，並負責幾內亞海岸交易這一部分。他們提出，我不必出資，就可享有同等數量的黑奴。

必須承認，對一個居無定所，並無自己的種植園要照管的人來說，這是一個誘人的提議。因為這麼做很有前景，可望賺一大筆錢。但是對於業已入行且有所建樹的我來說，即使什麼也不做，只是繼續我早已開始的事業，三年或四年過去，加上從英格蘭拿回的另一百英鎊，到那時，再加上那點小小的積蓄，不愁掙不出個三、四千英鎊的家當來，而且還會不斷地增加——我竟然還會去考慮這樣的航行，簡直就是荒謬。對此，一個處在我這種境況的人必會產生罪疚感。

但是我生來就是自我毀滅者，不能抵禦這項提議的好處，就像當初一心要浪遊，而將父親的苦口良言棄諸耳後。長話短說，我告訴他們，我會全心全意地跟他們前往，條件是在我外出期間他們要照料我的種植園，倘若我出了事，就按我的意願處理它。對此，他們都一口答應，立了字據合約。我也立了一份正式的遺囑，安排我的種植園和財產。跟過去一樣，我將那救過我命的船長立為我的全權繼承人，但他要照我的意願處理我的財產：一半財產歸他，一半運往英格蘭。

總之，我盡一切可能，謹慎地保護著自己的財產、維持著我的種植園。我要是能用一半的心思來關心自己的利益，判斷什麼該做什麼不該做，我就斷然不會放棄如此蒸蒸日上的事業、拋下發家致富的大好前景，而踏上這次航行的。海上總是凶險難測，更別提我自己也清楚，我總是命中註定要遭遇特別的不幸。

可是，我卻被命運驅使，盲目地服從於自己的妄念而不是理性。這樣，船裝好了、貨物備好了、同伴們也按照協議辦好了一切。我在一六五九年九月一日這個凶時上了船，八年前，正是在這同一天，我在赫爾離開了父母親，只為了反抗他們的權威，而不顧我自己的利益。

我們的船載重一百二十噸，裝有六門炮，人員除了船長、船長的小傭人和我之外，還有十四人。船上沒什麼大宗貨物，只有一些適合跟黑人做生意的小玩意，比如珠子、玻璃製品、貝殼等零碎雜貨，特別是小鏡子、小刀、剪子、斧子等。

上船當天，船就開了。我們沿著自己的海岸向北航行，計畫到達北緯十度或十二度後橫渡大西洋，駛向非洲。這是當時去往非洲的一般路線。天氣良好，只是過分炎熱，我們一路都是沿著自己的海岸行駛，直到抵達聖奧古斯丁角頂頭。從那裡，我們向海中駛去，陸地逐漸消失。我們保持東北偏北的航向，似乎要向費爾南多·德·諾羅尼亞島駛去，再離開那些小島向西行駛。我們沿著這條路線航行了大約十二天後穿過了赤道。根據我們最後的觀測，大約到了北緯七度二十二分的地方。在這時，一場猛烈的龍捲風或颶風捲過來，把我們打得暈頭轉向。它起於東南方，刮到西北方，接著又變成了東北風，它刮得太厲害了，一連十二天讓我們一籌莫展，只得讓船隨波逐流，聽任命運和怒風的擺布。在這十二天裡，不必說我是每天都擔心被波濤吞滅，船上的每一個人也都不指望能活命了。

在此危急之中，我們除了要面對風暴的恐懼，還要面對死亡的威脅，我們的一個人已死於熱病，另一個人和小傭人則被浪濤沖走。到了第十二天，天氣稍微平靜，船長盡其所能做了一番觀測，發現我們大約處在北緯十一度，經度卻到了聖奧古斯丁角以西二十二度，因此是到了圭亞那海岸，或巴西北部，越過了亞馬遜河，而向著那條被稱為「大河」的奧里諾科河漂去。他開始徵詢我的意見，該走哪條路線，因為船已漏水，損壞嚴重，他想要直接回到巴西海岸。

我對此極力反對。我跟他一起研究了美洲沿岸的航海圖，得出的結論是，在那無人之地，我們沒法得到救助，除非駛入加勒比群島一帶，再下決心駛往巴貝多群島。只要我們在海中航行，能避開墨西哥灣的逆流，或許能比較容易行駛，有望在十五天內到達。然而，若沒有人來幫助我們的船和我們的人，我們是不可能航行到非洲海岸的。

帶著這一計畫，我們改變了路線，向西北偏西方向駛去，希望能抵達某個英屬島嶼，在那裡得到救助。但我們的航行卻不由自主，在北緯十二度十八分處，第二場風暴席捲了我們，以同樣的凶猛把我們捲到了西邊，使我們遠遠偏離了平常的貿易航線。我們即便不會葬身海底，也會被野人吃掉，遑論回到自己的國家了。

在此危急之中，風繼續狠吹著，在凌晨，我們之中的一個人大喊了一聲：「陸地！」我們還來不及從船艙裡探出頭來，想看到我們身在世界的何處，船就一頭撞到了沙地上，瞬間就動彈不得了。海浪如此凶猛地衝擊著它，讓我們以為自己馬上就要完蛋。我們立即跑到密封艙裡，以躲避海浪海沫。

一個人若非曾身歷其境，是難以描述或設想在這種境遇下、人的驚慌之情的。我們對自己身在何處或被沖到了何地一無所知，不知它是島嶼還是陸地，不知它是無人區還是有人區。這時風勢仍猛，儘管比原先略減了一點，我們卻已不再指望船能再支撐下去而不被撞成碎片了，除非是出現奇蹟，風馬上轉頭就走。總而言之，我們坐在那裡，面面相覷，時刻都等著死亡來臨，每一個人也都準備著進入另一個世界。因為我們在此岸世界已無能為力了。我們現在唯一的安慰，也是我們現在所有的安慰，是跟我們的預料相反，船還沒有破碎，船長說，風力開始減弱了。

現在，儘管我們以為風力稍弱了，船卻撞上了沙地，卡得太緊，無法脫身，我們確實陷入了可怕的境地，別無他法，只能先盡力救自己一命。風暴來臨之前，我們船尾曾有一隻小艇，但它先是被船舵撞破，接著脫離大船，它要麼是沉沒了，要麼是順海漂散了。因此我們對它毫無指望。我們船上還有另一隻小艇，但要怎麼把它拋到海裡去卻沒把握。但是，我們沒有時間爭論，因為我們感覺到大船分分秒秒都要垮了，還有人告訴我們說，它其實早就破了。

在此危急之中，我們的船長抓住小艇，在其餘人的幫助下，把它拋到了大船的一側，讓所有人都爬上小艇，然後放開它，將我們十一個人的性命都交給了上帝的仁慈和狂野的風。儘管風雨業已減弱，海濤卻仍在排山倒海地向岸上撲去。荷蘭人把風暴中的大海稱為「瘋狂的大海」，真是再貼切不過了。

如今我們的處境真是非常淒慘。我們都清清楚楚地看到了，海浪如此之高聳，小艇難以保全，我們也不可避免地要被淹死。至於揚帆行駛，我們並沒有帆，即使有帆，也毫無用處。因此我們奮力划槳，向著陸地划去，儘管心情沉重，像在走向刑場。因為我們都知道，當小艇靠近岸邊，它會被浪花撞成成百上千的碎片。然而，我們只能以最誠懇的方式，把我們的靈魂交託給上帝。風把我們驅向海岸，我們用自己的雙手加速自己的毀滅，盡力朝陸地划去。

岸邊的情況如何，是岩石還是沙地，是峭壁還是淺灘，我們一無所知。唯一的希望，唯一能合理地得到的最渺微的希望是，假如我們能夠找到一處海灣或河口，在那裡或許能憑著運氣將船駛進去，或划進一塊陸地的背風處，那裡能夠風平浪靜。但這種好事並沒有出現，隨著我們越來越靠近岸邊，陸地反而顯得比海洋更為猙獰。

在我們划著船，或不如說被風浪驅趕著，走了算來約有一里格半之後，一排巨浪如山峰聳立，從我們後面席捲而至，實實在在地給了我們致命一擊。它來勢極猛，瞬間就把船掀翻，將我們彼此拋開，連說聲「天啊」的時間都沒有，就統統被波濤吞噬了。

我沉入水中時，心緒混亂，難以言喻。儘管我們擅長游泳，卻沒法浮出頭來吸一口氣。最後波浪驅使著我，或不如說運載著我，走了相當長的一段距離，將我推到了岸邊，而它自己則氣力耗盡，終於回去了，把我留在了半乾的陸地上，但我早已在水中被嗆了個半死。我呼吸尚在，頭腦也還清醒，看到自己如願上了陸地，就站起身來，盡快奮力地向陸地走去，免得另一波浪頭襲來把我捲回海中。但我發現對此無能回避。因為我看到，海浪緊跟在我身後，如大山高聳、如仇敵發怒，我根本就沒辦法也沒力氣抵抗。我唯一能做的事，只是屏住呼吸，盡量浮在水面上，如此這般透過浮游來保存我的呼吸，瞄準岸邊，在浪濤來時讓它負載著我向著岸邊漂去，而不是把我再度捲回大海。

波濤再次向我沖來，瞬間把我壓到二三十英尺的水下，我能感覺到自己被一股迅猛的力量帶向岸邊，走了很長的距離。我屏住呼吸，幫助自己拚命向著岸邊游去。我憋氣都快憋爆了，這時我覺得自己正在浮出水面，令我忽然間大感寬慰的是，我發現自己的頭和手已伸出了水面。儘管這不過是兩秒鐘的事，卻給了我極大的寬慰，也給了我呼吸和新的勇氣。我又被水捲入了好一陣子，但不久我又伸了出來。我發現水已耗盡了它的力氣，開始退回去了，我與回潮搏鬥，感覺到兩腳觸到了沙地。我靜靜地站了一會兒以恢復呼吸，待到海水從身上退去，我就拔腿盡全力向岸邊跑去。但這也不能使我免於大海的怒氣，它又從我身後向我撲來。我又像以前那樣，兩次被海浪舉起，推向前去，推向一處平坦的海岸。

這兩次中的後一次差點要了我的命，因為海浪如以前那樣趕著我上了岸，或不如說一把將我推到了岩石上，它用力過猛，讓我一下失去了知覺，無力逃命。因為這一推撞中了我的側面和胸口，讓我差一點透不過氣來。倘若它緊接著再來一次，我必定早就在水中憋死。但在波濤回來之前，我已恢復了一點體力，看到自己要再次被海水淹沒，就決定緊抱著岸石，盡可能屏住呼吸，直到海浪退回。現在，海浪已不如先前那麼高了，我抓住岩石，等浪頭減弱時就一陣狂跑，我離岸越來越近，下一陣浪頭即使從我頭上滾過，也不能吞沒我，把我捲走了。輪到下一次跑時，我終於上了岸，令我大感欣慰的是，我爬上了岸上的岩石，坐在草地上。我擺脫了危險，海浪再也搆不到我了。

我現在著了陸，岸上很安全，就開始仰天長望，感謝上帝救了我的命，因為幾分鐘前，我還幾乎毫無希望。現在我相信了，當一個人如我這般從墳墓裡逃出生天時，他那種喜出望外的狂歡，該是如何地難以言表。我對一種習俗也不會感到奇怪了，就是當一個作惡者絞繩在頸，越勒越緊，眼看就要斷氣時，忽然赦免令到了——我要說，我不會感到奇怪，與赦免令一道，他們還帶來了一位外科醫生，在告訴他這個消息的時候，還給他放血治療，免得他因狂喜而暈死過去。

因為突如其來的狂喜，會如悲傷一般，教人茫然無措。

我高舉雙手，在岸邊走來走去，我要說，我整個人都陷入了對自己得救的沉思裡去了。我做出了一千種難以描述的姿勢和動作。我想到了我所有的同伴都被淹死了，除了我，沒有一個人得救。說到他們，我後來再也沒有看到他們，或他們的任何跡象。我只看到了他們的三頂簷帽，一頂無簷帽和兩隻不成對的鞋子。

我向那艘擱淺了的船放眼望去，海上煙波四起，霧茫茫一片，船離岸很遠，我幾乎看不到它了。我不由想，上帝啊，我怎麼可能上岸了呢？

對我處境中這個令人欣慰的部分，我自我安慰了一番。我環顧四周，看看我在何等地方、接下來要做些什麼，很快就發現欣慰減少了，一言以蔽之，我雖得救，處境卻極為可怕。我全身溼漉漉的，沒有衣服可換、沒有東西可吃、也沒有東西可喝。我也看不到什麼前景，不是被餓死，就是被野獸吞掉。使我尤其苦惱的是，我手頭沒有武器，既不能靠獵殺動物來維持生存，也不能在面對想要殺我的生物時自我防衛。簡而言之，除了一把刀子、一隻菸斗、一小盒菸葉，我一無所有。這就是我的所有財產了。這將我拋入了極度的痛苦中，我到處亂跑，像個瘋子。夜幕降臨，我心情沉重，如果這裡真有什麼猛獸夜裡出來覓食的話，將會有什麼樣的命運在等著我？

在那時，我能想到的唯一的辦法，是爬上近處一棵看起來像樅樹卻有刺的枝繁葉茂的樹，我決定在那裡坐上一晚，並想一想明天我該怎麼死，因為我實在還看不出活下去的前景。我從海岸向裡面走了八分之一英里左右，想看看能否找到一點淡水喝，令我大喜的是，竟然找到了。我喝了水後，往嘴裡放了點菸草以防餓。我走到樹那裡，爬了上去，努力把自己安頓好，免得在睡覺時摔下來。我砍了一根樹枝，做了一根棍子以防身，然後就爬到了樹窩裡。我疲憊至極，很快就睡著了，睡得真是又香又甜，我相信，很少有人能在我這樣的處境下睡得這麼香甜的。一覺醒來，我的精神煥然一新，以前從沒有這樣過。

4 ═ 在島上的頭幾個星期

我醒來時，天已大亮，天氣清朗，風暴止息，海洋不再如之前般怒色澎湃。但是最令我驚異的是，那艘在沙地裡擱淺的船在夜裡因漲潮而漂浮，被沖得遠遠的，到了我前面提到的那塊岩石那裡，就是我被大浪撞傷了抱著它的那塊岩石。船離我所在的岸邊不到一英里地，直挺挺地杵在那兒。我希望自己能登上甲板，至少可以搶救些必需品為我所用。

當我從樹上的窩裡爬下來，再次環顧四周時，發現的第一個東西是小艇，它被風浪掀翻了，現在躺在沙地上，就在我右手邊兩英里遠的地方。我沿著海岸一路走去想搆到它，但發現在我和它之間隔著一泓海灣，約有半英里寬。因此我又折了回來，我更想爬上大船，希望能找到一些東西滿足我目前生存之所需。

午後不久，海面十分平靜，浪潮遠遠退去，我可以走到離船約四分之一英里之處。

在這裡，我不禁悲從中來，因為我清清楚楚地看到，假如我們當初待在船上，便都能平安無事——就是說，我們全都可以安然上岸，我也不必為了像現在這樣孤苦伶仃、孤立無援而如此悲慟。想到這點，我不禁潸然淚下。但是，因為這於事無補，我便決定，只要可能，就爬上船去。因此我就扯下衣服——因為天氣極其炎熱——涉入水中。但當我臨到船邊時，困難卻更大了，不知道怎樣才能登上甲板。因為，船擱淺在那兒，高出水面，我伸手所及抓不到任何東西。我繞著船游了兩圈，第二圈時我撈到了一小截繩子，我奇怪在游第一圈時怎麼沒有發現。它掛在船頭，低低垂下，我費了好大的力氣才抓住它，在它的幫助下我爬進了船的前艙。我發現底艙已漏，船裡盡是水，但由於它擱淺在一片堅硬的沙灘或不如說陸地上，船尾翹起在沙岸上，船頭低垂，幾乎都浸在海水裡。這樣，它的後半側便沒有進水，都是乾燥的。你可以想到，我的第一件事就是搜尋並查看哪些東西已受損、哪些東西還是好好的。首先，我發現船上的食物都是乾的，還沒有被水浸到，完全可以吃。我走進麵包房，往口袋裡裝滿了餅乾，我邊找別的東西邊吃餅乾，因為我沒有時間可以浪費。我在大艙裡發現了一些甘蔗酒，我喝了一大杯，我還真的需要喝多點來提提神，以直面眼前的一切。現在，我只想要一隻小艇，用來運載將對我十分必要的許多東西。

呆坐在這兒盼望著搆不著的東西，那是枉然的。我所處的絕境激發了我動手的念頭。我們船上有幾根備用的帆杠，還有兩三塊大木板，以及一兩根多餘的中桅，我決定由此著手。只要搬得動的，我都拋下船去。在把這些木頭拋下船之前，我先用繩子把它們捆好，以免被水沖走。做完這些後，我下到船邊，把這些木頭拉向我，又把這四根木頭捆在一起，兩頭盡可能紮緊，紮成一隻木筏的樣子，再在上面橫放了兩三塊短木板，我上去走了走，還不錯，但它不能夠吃重，木塊還是太輕了。於是我又動手，用一把木匠的鋸子將一根多餘的中桅一鋸為三，將它們加固到木筏上。這工作頗為費力，但我因急於要裝備自己的必需品，也就幹了下來，遠遠超出了我平時的能力。

木筏現在足以承載相當的重量了。我的下一個關注點是要裝些什麼，怎麼才能保住木筏，不被浪頭打溼。不久我就想出了辦法。我先是把我能拿到的厚木板、薄木板都鋪在筏上，認真想了一下我最需要的東西是什麼。我拿來三個海員用的箱子，我把箱子打開並倒空，然後放低了吊到筏子上。第一個箱子裡我放滿了食物，有麵包、大米、三塊荷蘭起士、五片乾羊肉（我們主要賴以維生），以及一點剩下的歐洲穀物，它們本是用來餵養我們帶到海上的家禽的，但是那些家禽都被宰掉了。還有一些大麥和小麥，但是令我非常失望的是，這些都被老鼠啃光或糟蹋了。對於酒類，我發現了屬於船長的幾箱，裡面有一些烈酒，還有五、六加侖椰子酒。我把酒直接放在筏子上，因為沒有必要把它們放在箱子裡，沒有空間了。我在做這些事時，發現潮水開始漲起來，儘管還很平穩。我看著自己留在岸邊沙灘上的外衣、襯衫、背心已全部漂走，好不狼狽，因為我游水上船時，只穿了一條及膝的亞麻褲和一雙襪子。不過，這卻逼著我去搜尋一些衣服，船裡衣服夠多的，但是我只挑了些現在要穿的，因為我眼裡還有別的東西急需找到，尤其是岸上幹活的工具。我找了很久，才找到了木匠的箱子，這對於我真是一大獎品，非常有用，在那時比一整船的金子都要值錢。我把它原原本本地搬到筏子上，也不費時打開看一眼，因為我大致知道裡面裝了些什麼東西。

我的下一個關注點是彈藥和武器。大艙裡有兩支很好的鳥槍和兩把手槍。我先把它們拿了來，順帶拿了幾隻裝火藥的角筒，一小包子彈和兩把老舊得生鏽的劍。我知道船上有三桶火藥，但不清楚我們的炮手藏哪兒去了。然而我一番好找後終於找到了，兩桶還是乾的，保存良好，第三桶卻進了水。我把兩桶好的跟武器都放到了筏子上。現在，我覺得東西已經裝得夠滿了，開始思忖在既沒有帆也沒有槳和舵的情況下，怎麼才能把這些東西運到岸上去。即使是最輕的一陣風也能夠讓我所有的航行全部落空。

有三件鼓舞我的事情：第一，海面平靜安穩；第二，正在漲潮，水向岸邊湧去；第三，微風拂面，吹向陸地。這樣，我找到了原屬於小艇的兩三支斷槳，還在箱子裡的工具之外，找到了兩把鋸子、一把斧子和一個錘子。帶著這些貨物，我就從海裡向岸上駛去。最初一英里左右，筏子走得很順當，只是有一點點偏離我昨天著陸的地方。我由此察覺到那裡有一股水流直向岸邊流去，於是就希望在那裡發現一條小溪或河流，我可以用來作為港口，登岸卸貨。

正如我的想像，確實有一個港灣。在我面前展開了一個小小的陸地開口，我發現有一股強勁的潮水正向它湧去。我就盡量把筏子導向那裡，讓它漂在潮水中間。

但是在這裡，我又差點遭受了第二次沉船，倘若這事發生了，那我可真要心碎了。由於我對岸邊的情況一無所知，木筏的一頭擱淺在了沙灘上，而另一頭卻沒有擱淺，只差一點點，木筏上的貨物就會滑向漂在水裡的那一頭而沉到海裡了。我竭盡全力，背部死命頂著那幾個箱子，讓箱子保持原位，但即使使出了洪荒之力也不能撐開木筏。我只能保持原有的姿勢，一動也不敢動，盡全力抓牢箱子。我就這樣站了半個小時，在這段時間裡海水上漲，木筏浮起了一點。過了一會兒，水仍在上漲，木筏又重新漂浮了起來，我用槳把木筏向小溪入海口撐去，我順流而上，終於發現自己來到了小溪的河口。小溪兩邊都是岸，一股強勁的潮水正在奔湧。我向兩岸打量，以尋找一個適當的地方上岸，因為我不願在小溪中駛得太遠，我希望及早看到海上的船隻，因此就決定盡量在靠近海岸的地方落腳。

一番周折之後，我在小溪的右岸探得了一個小灣，便克服千難萬險，將木筏導向那裡，我用槳抵著河底，最後離小灣近得可以直接衝進去了。但在這裡，我又一次差點把貨物全都滑進了海裡。因為那處海岸相當陡峭——就是說坡度很大——沒有地方可以著陸。如果讓木筏一端靠岸，就會一頭翹得太高，而另一頭沉得太低，便會像上次那樣讓貨物陷入危險之中。我所能做的只能是等待潮水漲得再高一點。我把槳當作錨來用，讓筏子的一端抵著河岸，靠近一片平地。我希望潮水能流過這片平地。潮水果真流過來了。我一發現水位夠了——我的木筏吃水約一英尺——就把木筏撐到那塊平地上，把兩支壞槳插進平地裡，一頭一尾地把木筏固定住了。就這樣，我靜靜地停在那裡等著退潮，將木筏和貨物安全地留在岸上。

我接下來的工作是考察四周情況，尋找一個適合居住的地方，把我的東西安置好，以保證其免遭意外。我對自己身在何處一無所知，是在大洲上還是在一個島嶼上、是無人區還是有人區、是處在野獸環伺之中還是並非如此，統統都不清楚。離我一英里外有一座山，陡峭而高峻，高過了它北邊其餘的山丘。這些山丘構成了一道山脈。我拿出了一支鳥槍、一把手槍、一角筒的火藥，如此這般把自己武裝好後，就爬到那座山峰的頂端去俯瞰四周的情況。當我費盡周折、克服險阻爬到頂峰後，我看到了自己的命運，不禁萬分悲慟。原來，我是到了一個四面環海的島嶼，除了一些岩石外根本看不到陸地，而且這些岩石還離得很遠。西邊三里格外有兩座小島，都要比這座小一點。

我還發現，我所在的島嶼一片荒蕪，我有理由相信，這裡荒無一人，只有野獸縱橫，但是連野獸我也沒有看到一隻。至於野禽我倒是看到不少，卻不知其種類為何。我即便獵殺野禽，也不知哪種可以當作食物、哪種不可以。我在返回的路上射下了一隻大鳥，當時牠正棲在一片大樹林的一棵大樹上。這一聲槍響，我猜測是這裡受造以來的第一次。我剛放了一槍，便聽到從林子的各個角落飛起數不勝數的飛禽，種類繁多，牠們都叫著自己的調子，混合成一片呼號聒噪，每一種叫聲我都聞所未聞。至於被我射下的那隻造物，我覺得是一種老鷹，牠的毛色和喙看起來像，但爪子卻長得和普通的鳥一個樣。牠的肉酸腐難吃，並無用處。

我對這次的發現感到滿意，就回到了筏子那裡，動手把貨物搬上岸來，這把那天剩下的時間都花掉了。我不知道晚上該如何應付過去，也不知道該在哪裡歇息，因為我害怕躺在地面上，不知道會有什麼野獸把我吞掉。後來我才發現，其實沒有必要為此擔心。

不過，我還是盡我所能，用搬到岸上的箱子和木板把自己圍了起來，搭了一個像木屋一樣的住所，以便晚上歇息。至於食物，我還是看不出能拿什麼法子餵飽自己，只看到過兩三隻類似兔子的東西從我打鳥的林子裡跑出來過。

我現在開始考慮，我也許還可以從大船上拿來更多有用的東西，尤其是繩索、帆布這類東西，可以把它們搬上岸來。我決定只要可能，就再上一次大船。我清楚，如果再來一次風暴，它就會變成碎片，我決定把其他的事都放下，先把船上能拿的東西統統拿來。我在心裡思索，是否要撐著木筏去，但看起來不可行，因此我就決定趁退潮時像上次那樣上船。我確實也這樣做了，只不過這次是在離開小屋前脫掉了衣服，除了一件方格襯衫、一條短褲和一雙薄底鞋外，什麼也沒有穿。

我像上次一樣上了船，準備第二隻木筏。由於有了第一次的經驗，木筏造起來就沒有那麼笨重，貨物裝起來也沒那麼辛苦，卻帶回了幾件非常有用的東西。首先，在木匠的儲藏室裡我找到了滿滿兩三包釘子和螺絲釘，一把大鉗子，一兩打小斧頭，這些東西中最有用的是一個磨刀砂輪。這些東西我都安放在一起，再放上些屬於炮手的東西，特別是兩三隻鐵鉤、兩桶槍彈、七把短槍、一支鳥槍，還有一小堆火藥、一大袋小子彈、一大捲鉛板。最後這一件實在太重了，我沒法把它提起來抬到船邊。

除了這些東西，我還拿走了所有我能找到的衣服、一個備用的前桅中帆、一個吊床，和一些被褥。我把這些東西都放在了這第二條木筏上，把它們安全地運到了岸上，真是令我十分欣慰。

在我離岸期間，我擔心我留在岸上的食物會被野獸吃掉，但當我返回時，並沒有看到任何來訪者的跡象，只是在箱子上坐著一隻看起來像野貓的動物，牠一看到我走近牠，就跑開一段距離，然後靜止不動，很鎮定地坐在那裡，泰然自若，直瞪瞪地看著我的臉，彷彿是想要跟我結識似的。我用槍對著牠，但牠既然不知道槍的厲害，也就完全無視，牠也根本沒有要跑開的意思。我朝牠丟了一塊餅乾。順便說一句，我手頭並不寬裕，存糧不多，但還是分給了牠一塊。牠湊近過去，嗅了嗅，吃掉了餅乾，並望著我（像在乞求）要我再給一塊；但我謝絕了牠，不能再給了，於是牠就走開了。

第二批貨上岸後，儘管我想先把火藥桶打開，分成小包，因為火藥桶太大太沉，但我還是先動手用帆布做了一個小帳篷，為了支起小帳篷又砍出了幾根支杆。我把那些禁不起日曬雨淋的東西放在帳篷裡，再把空箱子和空桶圍在帳篷周圍以加固它，防止野人或野獸突然襲擊。

我做完這些事後，就用幾塊木板從裡面把帳篷門堵住，門外再豎上一個空箱子。我在地上支起了一張床，腦袋邊放了兩把手槍，床邊再放上一支長槍，這樣，我登島以後總算第一次躺到了床上，整個夜晚都睡得很安穩，因為我真是累壞了，白天睡得太少，整天都在辛辛苦苦地把所有這些東西從船上搬到岸上。

我相信，對於一個人來說，我現在擁有的所有種類的庫存堪稱空前了。但我仍然不滿足，因為只要船還是直挺挺杵在那兒，我就會認為應該把它裡面的東西都盡我所能地搬出來。所以每天退潮時我都會走到甲板上，拿走這個或那個東西。尤其是在第三次，我盡量拿走了索具，以及能找到的細繩和麻線，還有一塊備用的帆布，它本是用來修補風帆的，連那桶浸了水的火藥我也拿走了。總之，我拿走了所有的帆，從頭到尾一片不剩，我得把它們裁成碎片，一次盡可能多帶一點，因為現在對我來說帆沒有多大用處，帆布才有用。

但使我更得寬慰的是，在我這樣跑了五、六次，以為船上再沒有什麼值得我翻檢的東西之後，卻意外地發現了一大桶麵包、三桶甘蔗酒、一箱砂糖和一桶精麵粉。這令我頗為驚訝，因為我已不再指望能找到食物了，以為都被水浸泡過了。我迅速倒空了那一大桶麵包，把麵包用我裁好的帆布捆成一包包的，總而言之全都平安地運到了岸上。

第二天，我又到船上跑了一次，這次把它裡裡外外搜了個遍，帶走了一切可拿可搬的東西。我先從錨索開始，我把大索砍成許多截，這樣就搬得動了。我把兩條錨索和一根鐵纜以及我能拿下的鐵器都運到了岸上。我砍下了船上的前帆杠和後帆杠，以及一切我能砍下的東西，做了一隻大木筏，我把所有這些重傢伙都裝在木筏上運走了。不過我的好運氣現在開始離開我了。因為這隻木筏操縱不便，載重又過多，當它駛進我原來卸貨的小灣後，我不能如以前那般靈活地操控，結果它翻了，把我和貨物都摔落到了水裡。我自己倒沒受大傷，因為我已靠近岸邊；但貨物的大部分卻都丟了，尤其是我本指望著派上大用場的鐵器。不過，在退潮時，我還是在沙灘上撿到了絕大部分錨索片斷，還有一些鐵器，儘管花了不少力氣，因為我不得不潛到水裡把它們挖出來，這差事可不輕鬆，把我累得半死。這次之後，我每天都到船上去，把能拿的東西都拿了。

現在我到岸上已有十三天，到船上去已有十一趟，在這段時間裡我已經帶走了一雙手所能夠帶走的一切。我確信，假如天氣一直晴好，我可以將整條船一片一片地拆下來搬走。但在準備第十二次上船時，我發現起風了，不過我還是在潮低時登上了船。儘管我認為已把船艙搜了個遍，再也不會找到什麼東西了，卻還是發現了一個帶有不少抽屜的櫃子。在一個抽屜裡面，我發現兩三把剃刀、一把大剪刀、十幾套上好的刀叉。在另一個抽屜裡我發現了約值三十六英鎊的貨幣，一些是歐洲硬幣、一些是巴西硬幣、一些是西班牙比索，有的是金幣、有的是銀幣。

看到這些錢，我對自己笑著說：「噢，廢物！」我大聲說：「你們有什麼用呢？你們對我毫無價值——不值得帶到岸上。一把刀子就抵得上你們這一堆。我沒辦法花掉你們，你們就待在這兒吧，沉入海底吧，就跟那些不值一救的造物一般。」不過，我轉念一想，還是把這堆錢帶走了，把它們都包在一塊帆布裡面。我開始想著打造另一個木筏，但正當我著手準備時，發現天幕低垂，勁風吹起，不到一刻鐘的時間，就變成了一股狂風從岸上刮來。我馬上認識到，在岸風吹來時打造一隻木筏是徒勞無功的，我的任務該是在漲潮之前溜之大吉，否則根本回不到岸上去。因此，我就潛入水中，游過大船與沙灘中間的那道水灣。我游得甚為吃力，部分是由於我帶的東西太重，部分是由於水勢較強。因為風刮得正急，潮還沒有高漲，風暴卻已來臨。

但我回到了我的小帳篷家裡，我躺在那裡，我所有的財寶都環繞著我，十分安全。勁風吹了一夜，到了早上，我朝外一望，看哪，大船早已無影無蹤！我有一點吃驚，但回頭一想，就感到心滿意足了，因為我沒有浪費時間，也沒有偷懶，把船上所有有用的東西都搬了過來。即使我還有時間去，船上也沒什麼可拿走的了。

我現在不再想大船了，也不想再拿點什麼了，除非其殘骸裡有什麼東西漂上岸來。後來也確實有些零碎漂過來，但那些東西都沒多大用處。

我現在滿門心思都用在怎麼得到安全的保障、防禦野人或野獸的問題上，假如島上有野人或野獸的話。我想到了許多種對策，還有怎麼造房子——比如該不該挖個地穴，或在地上支個帳篷。總之，我決定兩樣都來。至於對策和房子，不妨在這裡詳細講講。

我很快就發現目前待的地方不適合定居，因為它處在一個低窪的沼澤地上，靠近大海，我相信這不利於健康，尤其還因為附近沒有淡水。因此我決心找到一個健康點也方便點的地方。

我考慮了自己的處境，覺得有幾件事是比較適合我：第一，健康而新鮮的淡水，正如上面所說；第二，房子能避開太陽的曝曬；第三，能保證安全，避開野獸或野人的攻擊；第四，能看到大海，倘若上帝派遣的船隻出現在我的視野裡，我就不會錯過獲救的良機，對此我是不會全然放棄盼望的。

在尋找滿足這幾個條件的地方時，我發現了一座突起的小山旁邊有一塊小平地，小山面對平地的這一側陡峭如牆，因此不會有任何人或獸從山頂奔襲而來。在山岩的一邊有一塊稍稍凹進去的空地，好像一個洞穴的大門或入口，但實際上根本就沒有洞穴或入口通到山岩裡面。

我決定就在這塊空地前面平坦的綠地上支起我的帳篷。這塊平地的寬度不會大於一百碼，長度是寬度的兩倍，它橫亙在我門前就像一塊綠草地。在平地的盡頭，地勢不規則地下降，直延伸到海邊的低地。這裡處在小山的西北偏北一邊，因此就避開了每天白天的毒日曝曬，當太陽轉到西南方向照到這兒時，也接近日落了。

在我支起帳篷前，我在空地上畫了一個半圓形，其半徑離山岩約有十碼，從半圓的起點到終點即直徑是二十碼。

沿著這個半圓，我插了兩排結實的杆子，把杆子釘到地下，直到杆子像木樁一樣牢牢地豎立，最大的一頭伸出地面約五英尺半，頂上削得尖尖的。兩排木樁之間的距離不會超過六英寸。

然後，我拿來從船上砍下的錨索片斷，沿著半圓形將它們一段一段地纏繞在兩排木樁上，一直堆到頂上，再把一些兩英尺半高的杆子插進去，緊靠在木樁上，像柱子上的橫條。這個籬笆是如此結實，以致無論是人還是野獸都沒法走進來，也沒法攀越過來。這可花了我不少的時間和精力，尤其是在樹林裡砍木樁，把木樁拖到空地上、再釘到地下。

至於這地方的入口，我並沒有做門，而是做了一架短梯，從籬笆頂上越過去，進去之後再挪開梯子。這樣一來，我就覺得我四面都受到保護，塵囂遠隔，晚上可以高枕無憂了，否則我會徹夜難眠的。當然，從後來發生的事情來看，對我所擔心的敵人，我根本用不著如此謹慎小心。

我花了無數的精力把我的財富，我所有的食品、武器和儲備，一股腦地搬到了這個籬笆或堡壘裡。我搭了一個大帳篷防雨，那裡一年中有一段時間暴雨頻密。我把帳篷做成了雙重的，裡面是一個小一點的帳篷，上面罩了一個大一些的帳篷，大帳篷上再蓋上一塊柏油帆布。那是我從船帆裡留下來的。

我也不再睡在當初帶上岸的那張床上，而是睡在一張吊床上，這張吊床還真不錯，它原本是屬於船上大副的。

我把所有的食品，以及所有易於受潮的東西都搬進了這個帳篷。把所有的東西都搬進來後，我就把迄今為止一直敞開著的入口堵上了。此後就如我上面所說，我就用一把短梯進進出出。

我做完這些事後，就開始在岩壁上打洞，把挖出來的泥石從帳篷運到外面，沿著籬笆堆成一個土臺，高出地面約有一英尺半。這樣我就挖出了一個洞穴，就在帳篷後面，它的作用如同地窖。

我花了不少精力和時間做這些事，最後總算大功告成。現在，我再回過頭來追述幾件縈繞在我心頭的事情。在我打算搭帳篷挖地洞的時候，烏雲密布，暴雨傾注，一道閃電突然扯起，之後是自然而來的一聲霹靂。一個念頭像閃電一樣迅速衝進了我的腦海，使我比對閃電本身更吃驚：「啊，我的火藥呀！」當我想到，一聲霹靂就能令我的火藥盡數炸毀，我的心就猛地下沉了。因為不僅我的防衛要靠它，我獲得食物也完全要靠它。當時我只擔心火藥，而沒有想到自己的安危，沒有想到一旦火藥爆炸，我連是誰害了我都不會知道呢！

這件事給我留下的印象如此之深，以致暴雨過後我放下了一切工作，包括蓋房子和紮堡壘，轉而去做包裹和盒子，把火藥分開，將它們一點一點地裝進小包，只希望萬一有事，也不會同時著火爆炸。我把它們分得很開，使之不可能一包著火，就傳到另一包。這個工作我花了兩個星期才做完，我把大約兩百四十磅重的火藥分成了不少於一百個小包。至於那桶浸溼了的火藥，我不擔心它有什麼危險，就把它放在新挖的洞穴裡面，這籬笆內的洞穴，我稱之為廚房。至於剩下的火藥，我則把它們藏在岩石裡的各個小洞裡，這樣可以避免受潮。我在放置的地方都很小心地作了記號。

在做這件事的間隙，我每天都帶著槍至少出門一次到周圍轉轉，看能不能獵獲點食物，再熟悉一下島上有些什麼物產。第一次外出，我便發現了島上有山羊，這真是令我大大地滿意。不過這也給我帶來了煩惱，因為牠們十分害羞，十分狡猾，跑起來還非常快，要走近牠們成了世上最困難的事。但我也不為此感到沮喪，毫不懷疑我遲早總能打到一隻的。這事不久就成真了。我發現牠們常常出沒的地方後，就在那裡守株待羊。我觀察到，當牠們在山谷裡發現我時，即使牠們正在山岩上，也會恐懼地跑開。但是如果牠們正在山谷裡吃草，而我在山岩上時，牠們就不會注意我。由此我總結出，由於牠們兩眼的位置，牠們的視線只能向下直視，不容易看到在牠們之上的物體。因此後來我就用了下面這個方法：總是先爬到山岩上，在牠們上面，這樣就常常百發百中。我朝這些動物開了第一槍，打死了一隻母山羊，她正在給她的一隻小羊餵奶，這令我心裡很難過。因為當母羊倒下時，小羊仍舊靜靜地站在她身邊，直到我走過去把母羊抬起來。還不只是這樣。當我肩上扛著母羊回家時，小羊也跟著我走，一直走到我的圍籬前面。我放下母羊，把小羊抱在雙臂裡，跨過籬笆，希望把牠馴養起來。但牠就是不吃東西，我只好把牠也殺了吃了。這兩隻羊的肉供我吃了很長一段時間，因為我吃得很省。我要盡量節約糧食，尤其是麵包。

安頓好住處後，我發現絕對還需要一個地方來生火燒柴。為此我做了些什麼、我又是怎麼擴挖我的洞穴、做了哪些方便措施，我會在適當的時候談一談。現在我先略微談一談我自己，以及我對於生活的想法，你不難猜出，我的想法是不會少的。

就我現在的處境，可以說前景黯淡。我被暴風雨驅趕到這座島上，遠離了我們原定的航行路線，遠得有幾百里格遠，逸出了人類通常的貿易路線，對此，我有充足的理由視之為老天的旨意，在這座孤島上，以這種與世隔絕的方式，了此殘生。想到這些，我總是會滿臉熱淚。有時我會疑惑，為什麼上帝會這樣毀滅祂的造物，使之如此悲慘、如此無助、如此被拋棄、如此全然沮喪，以致讓人無法感謝這樣的生活？

但是總是有一些東西馬上向我轉身，審查這些念頭，並且責備我。特別是有一天，當我手裡拿著槍走在海邊，正沉思著我目前的處境這個問題時，理智從另一方面勸誡我說：「是的，你陷入了與世隔絕的處境，這是真的。但是，請你記住，你們另外那些人呢？你們上船時不是有十一個人嗎？那十個人呢？為什麼他們沒有得救，你沒有喪命？為什麼單單挑出了你？是在這裡好呢還是在那裡好呢？」然後我指了指大海。禍兮福之所倚，還有禍不單行，我本應該想到的。

然後我又想到，我有充足的糧食儲備，要是大船沒有從觸礁的地方浮起來，如此漂近海岸，使我有時間從它裡面拿出一切東西，我還不知道會怎麼樣呢！（這可是十萬分之一的機率啊！）倘若我只是像我剛剛上岸時那樣，沒有任何生活必需品，沒有什麼設備和工具，我又會怎樣呢？「尤其是，」我大聲說（對我自己），「我如果沒有槍、沒有彈藥、沒有工具來從事製造和工作，沒有衣服、被褥、帳篷或任何遮蓋物，又會怎樣呢？」現在，我充分擁有所有這些東西，即使彈藥用盡，不用槍，我也能夠過上自給自足的生活了。因此，我對於自己的生存就有了一種寬宏的看法，只要我活著，就無所匱乏。因為我從一開始就考慮到，若是發生意外情況，我會怎麼辦、以後要怎麼辦，不僅是在彈藥用盡之後，或是在健康和力氣衰退之後。

我得承認，我並沒有想到彈藥會在轟然一聲中盡數炸毀的情形，我是說火藥被閃電擊中。因此在電閃雷鳴中想到這一點時，這個念頭嚇了我一大跳。對此，我前面說過了。

我現在就要與一種寂寞的生活憂鬱地相伴了，這種生活是世界上聞所未聞的，而我將把它從頭到尾地按順序記錄下來。據我猜測，我是在九月三十日那天，以前面所說的方式踏上了這個可怕的島嶼。那時太陽差不多正在我頭頂，時間當在秋分。據我觀察，地點當在北緯九度二十二分。

在島上待了十天或十二天後，我忽然想到，缺乏書籍、筆和墨水，會讓我沒法按時間來計量，甚至連哪天是安息日都會忘記。為了防止這種情況發生，我便用刀子在一根大柱子上用大寫字母刻下：「一六五九年九月三十日我在此處上岸。」我把柱子做成一個大十字架，豎在我第一次上岸的地方。

在這根方柱的四邊上，我每天都用刀子刻上一道紋，每第七天就刻一道長一倍的紋，每個月第一天的紋則再長一倍。這樣，我就有了一個日曆，週、月、年都有了。

接下來，我要說一下，上面也提到過，我上過好幾次船，拿了許多東西，有些價值不大，但頗有用處，這些我前面忘記交代了。尤其是筆、墨、紙，以及船長、大副、炮手和木匠保存過的幾包東西，比如三、四個羅盤、幾個測量儀、刻度盤、望遠鏡、海圖和航海書籍，所有這些我都歸攏在一起，不管有用沒用。我還找到了三本保存完好的聖經，是跟我的貨物一道從英格蘭運來的，我上船時把它們跟其他東西裝在了行李裡。還有一些葡萄牙文的書籍。裡面有兩三本天主教的禱告書，以及幾本別的書，這些我都認認真真地保留了下來。我還忘不了船上曾有一條狗和兩隻貓，關於牠們異乎尋常的經歷，我會在適當的地方談到。這兩隻貓是我帶上岸的，至於那條狗，是在我把第一批貨物運上岸的第二天，牠自己跳出大船，游到我這邊的。在許多年裡牠都是我忠誠的僕人。我什麼都不缺，牠不必為我獵取動物，也不必當我的同伴幫我幹點什麼事，我只求牠能和我說說話，但這卻辦不到。如上所提，我找到了筆、墨和紙，但用得極省。我會向你們顯示，只要墨水還有，我就會把一切都如實記錄下來，但若墨水用盡，我就記不了了，因為我沒有辦法造出墨水來。

這使我想到，儘管我收集了許多東西，卻還是缺少不少東西。墨水就是其中一樣。還缺少鏟子、鶴嘴鋤、鐵鍬來挖地或鏟土，缺少針線和別針。至於內衣褲，雖然也缺乏，不久也就無所謂了。

缺乏工具使我工作吃力。我花了將近一年，才完全紮好我的小籬笆，或把居所圍好。木杆或木樁重得很，我只能選我搬得動的，在樹林裡花很長時間砍下來削好，再花更長時間搬回家裡。有時把一根樹幹砍好並搬回家要花兩天的時間，第三天才能把它打到地裡。為了把它打到地裡，我先弄來了一根重木頭，但後來想起自己還有一根鐵棍，可是即使用鐵棍，打樁這個工作還是非常吃力和辛苦的。

不過既然我有充足的時間去做，又何必在乎要做的事麻不麻煩呢？況且把那些事做完後，我也就無所事事了，至少我沒有預見到還有什麼事要做。剩下的無非是在島上到處走走看看、尋找食物，這是我每天都多多少少要做的事。

我現在開始嚴肅地思考起自己的處境以及所處的環境來，並把事態記錄下來。我這麼做並不是要把它們留給後來者看——我不太可能會有後繼者——我不過是為了發洩一下每天堆積在心頭的鬱悶。當我的理智開始控制我的沮喪，我就盡可能地安慰自己，我把好事壞事一一排列對比，看清楚了自己的情況還不是最糟的。我不偏不倚地把我所享受到的安慰和所遭受到的不幸列了出來，就像借方和貸方的表格一樣：

壞事	好事
我被拋到一個可怕的荒島上，沒有任何得救的希望。	但我還活著，沒有像船上其他同伴那樣被淹死。
可以說，我被揀選並孤立出來，與世隔絕，可謂不幸。	但我也被從全體船員中挑了出來，免受一死；那奇蹟般地將我從死裡救了出來的上帝，也能使我從這種境況中脫離出來。
我被從人類中分離出來，成了隱居者；被人類社會流放了。	但我不缺糧食，不致挨餓並死在荒野中。
我沒有衣服蔽體。	但我是在熱帶地區，在這裡我即使有衣服，也難得穿上。
我沒有任何防衛或手段來抵抗來自人或獸的攻擊。	但在我被拋入的這個島上並無野獸會來傷我，如我在非洲海岸上看到的那樣；假如我是在非洲遇到海難，又會如何呢？
我沒有人可以交談，也沒有人能來救我。	但是上帝神奇地把船送到岸邊，使我拿走了那麼多的必需品，讓我終身受用。

總而言之，這無疑證明了，世界上罕有我這樣的悲慘處境，但即使是在這樣的處境中，也既有負面的東西，又有值得感恩的正面的東西。讓這作為一種指示，使世人從世上最不幸的處境中得到些經驗教訓，那就是我們總是能從萬般不幸中找到一些寬慰自己的事，然後在好壞的對照描述中，記入貸方這一欄。

對自己的處境我心裡已稍覺寬慰，就不再眼巴巴地望著大海，指望看到船來——我是說，我放棄了這樣的事，開始努力安排自己的求生之道，盡可能地使事情變得容易。

我已描述過我的住所，那是一個山岩下的帳篷，周圍有結實的木樁和錨索圍繞。不過現在叫它圍牆更加合適，因為我在籬笆外用草皮堆出了一堵牆，約有兩英尺厚。隔了一段時間之後（我想是一年半吧），我又在牆和岩石之間搭了一些椽子，上面蓋了一些樹枝之類的東西以避雨。我發現一年之中總有一段時間雨會下得很猛。

我已說過我是怎麼把所有的東西都搬到圍籬裡，搬到我在帳篷後挖的那個洞穴裡的。現在我還要補充一下，那些東西起初都雜亂無序地堆在一起，占用了我所有的空間，讓我沒有地方轉身，因此，我就開始擴挖地洞，向地下深入。好在岩石是一種鬆散的沙石，很容易挖掘。當我發現我已十分安全，可以避開野獸的抓捕時，我就向旁邊挖去，向著右手邊的岩石挖去，然後再次轉向右邊，直到把岩壁挖穿了。我做了一個門，通向圍牆或堡壘的外面。

這使我不但有了出口和入口，作為我帳篷和貯藏室的後門，還讓我有了空間來儲藏東西。

現在，我開始致力於製作一些我發現急需用的必需品，特別是桌子和椅子。沒有這些東西，我是不能夠享受世上最起碼的樂趣的，我就既不能寫作或吃飯，也不能做其他一些沒有桌子就毫無樂趣的事了。因此我就開始動手了。這裡我必須說明一下。由於理性是數學的實質和源頭，所以，只要用理性去陳述和整合一切事情，對事情作出最理性的判斷，每個人就可以或遲或早地掌握任何一門工藝。我一生從來沒有使用過工具，但是，經過一段時間後，憑著勞動、應用和設計發明，我最後發現，我什麼也不缺，什麼都能做，有工具的話更是如此。即使沒有工具我也能造出許多東西，有些只是用了錛和小斧頭而已。也許沒有人會用我的方法造東西，並且像我這樣付出無盡的勞動。例如，如果我需要一塊板子，我別無他法，只能砍倒一棵樹，讓它橫在我面前，再用斧頭把兩面削平，削薄到成為一塊木板的樣子，然後再用錛把它刮得平滑。確實，用這種辦法，一棵樹只能做一塊板子，但我沒有別的解決辦法，只能付出耐心。我只有花費大量的時間和精力才能做出一塊木板，但反正我的時間和精力也不值錢，因此怎麼用都無所謂了。

如上所說，我首先打造了一張桌子和一把椅子，我使用的材料是我用筏子從大船上運回來的幾塊短木板。我用上面的方法做了一些板子後，就打造了一些大架子，寬度都是一英尺半，一層架著一層，沿著山洞排開，放置我所有的工具、釘子和鐵器。總之，把東西歸類存放，以方便取用。我在牆上釘了些小木釘，用來掛槍和一切可以掛的東西，這樣一來，如果有人到我的山洞來參觀，一定會覺得它像一個總倉庫，各種必需品應有盡有。這裡的每件東西都很順手，看到所有的東西都井然有序，特別是發覺所有的必需品都如此充足，我真是愉快至極。

現在，我開始記日記了，把每天做的事都記下來。起初我太忙了，不僅忙於勞動，而且心緒紛亂。假使寫日記，也會處處沉悶。比如，我必定會這樣說：「九月三十日。在我上岸並逃過了淹死的命運後，我並沒有感謝上帝救了我，而是先嘔吐，吐出大量灌進我肚裡的鹹水，稍微康復，在岸上跑來跑去，又是扭著手，又是拍著頭和臉，為自己的不幸大叫大嚷，喊著說，『我完蛋了，我完蛋了！』，直到筋疲力盡，不得不躺在地上休息，卻又不敢入睡，因為害怕被野獸吃掉。」

這之後的幾天，在我上船把能搬的東西都搬走後，我還是忍不住爬到一座小山的頂峰，向海裡望去，希望能看到船隻經過。我妄想過頭，產生了幻覺，看到遠處有一片帆影，滿心歡喜，然後定睛一看，看得眼都花了，卻什麼也沒有看到。我坐下來大哭，跟孩子似的，用我的愚昧增加了我的痛苦。

但這些事情多多少少都過去了，我把住所和一切家當安置妥當了，打造了一桌一椅，一切都有模有樣，我於是開始記日記了。我在這兒給你們盡量仔細地抄了一份（有些前面提到過的事會重複一下）。後來由於沒有墨水了，我不得不停止抄錄。

5 日記——蓋房子

一六五九年九月三十日。我，倒楣可憐的魯賓遜．克盧梭，在一場可怕的風暴中沉船失事，漂落到了這個荒涼不祥的島上。這個島我就稱之為「絕望島」吧。船上其餘的同伴全都淹死了，我自己也幾乎完了。

這天剩下的時間裡，我都在為自己的慘況悲痛不已。我既無食物、房子、衣服、武器，也無處可棲。我看不到任何得救的機會，前方等待我的只有一死。我要麼會被野獸吃掉，要麼會被野人殺死，要麼會因食物匱乏而餓死。夜晚來臨時我在一棵樹上入睡，只因害怕野獸。儘管整夜都在下雨，我卻睡得很香。

十月一日。清晨醒來，我吃驚地看到，那隻大船已隨漲潮浮起，被沖到海岸邊，靠近島嶼。使我寬慰的是，大船依舊杵在那兒，並未破裂，我希望在風力減弱時爬上甲板，拿到一些食物和必需品來救我自己。不過另一方面，想到遇難的同伴，我又悲從中來。我想像，如果我們都待在船上，也許可以把船保住，或至少不會像後來那樣都溺水而亡。假如都得救了，我們也許可以用大船的殘骸造一隻小艇，把我們載往世界其他地方。這一天大部分的時間裡，我都被這些念頭所困擾。後來，看到船裡都是乾燥的，我就走近離船最近的沙灘，游水上了船。這一天都在不停地下雨，不過還好沒有刮風。

從十月一日到二十四日。這些天我都忙於跑到船上去拿走能拿的一切，每次都是用筏子運上岸的。天總是下雨，間有好天氣。看來這是在雨季。

十月二十日。筏子翻了，上面的貨物都翻了，但水很淺，貨物又重，因此在退潮時我撈回了不少東西。

十月二十五日。整天整夜下雨，風一陣一陣的。在此期間船破成了碎片，風比以前更猛，船再也看不見了，只留下幾片殘骸，也只是在水位低時才看得見。我整天都忙於遮蓋和保全我拿來的貨物，不讓雨把它們淋溼。

十月二十六日。幾乎全天我都在岸上走來走去，看能不能找到一個地方來當我的住所，主要的考慮是保護自己，免在夜裡受到野人或野獸攻擊。傍晚時，我找到了一個適宜的地方，它位於一座山岩下。我畫出了一條半圓形，用作安營紮寨的地點，並決定沿著它圍上一道工事、一堵牆或堡壘，其構成物是纏繞著錨索的兩排木樁，外面再加上一層草皮。

從十月二十六日至三十日。我辛辛苦苦地把所有的貨物都搬進了新的居所，儘管在此期間暴雨不歇。

十月三十一日。在早上，我帶著槍支跑到島上覓食，也想探探環境。我殺死了一隻母羊，牠的小羊跟著我回來了，我也把小羊殺死了，因為牠不肯吃我餵牠的東西。

十一月一日。我把帳篷支在一塊岩石下，第一次在帳篷裡過夜。我盡可能地把它撐得大一點，裡面再打上幾根木樁，好用來掛起吊床。

十一月二日。我支起了箱子和木板，以及曾用來做木筏的木條，沿著我畫出來的半圓形的內側鋪開，用它們構築起了一道防禦工事。

十一月三日。我帶槍外出，殺了兩隻看起來像是鴨子的禽鳥，肉質鮮美。下午我開始動手打一張桌子。

十一月四日。今天早晨我開始安排我的工作時間，何時帶槍外出、何時睡覺，以及何時消遣。就是說，每天早上，如果不下雨的話，我要帶槍外出兩三個小時。接著工作到大約十一點鐘。然後有什麼吃什麼。從十二點到下午兩點我要躺下睡覺，天氣太炎熱了。然後到了晚上接著做事。今天和明天的工作時間都完全用在打造桌子上，因為我是一個手藝還不太熟練的工人，不過時間和生活的需要不久就會逼得我成為熟手的，我相信別的人也能如此。

十一月五日。今天我帶著槍和狗外出，殺了一隻野貓，其皮甚軟，肉卻難吃。我把殺掉的每隻動物的皮都剝了下來，保存起來。我回到海岸邊，看到許多不知其種類的水鳥。我看到兩三隻海豹時很吃驚，幾乎嚇了一跳，牠們在我凝視著還未認出是什麼東西時就鑽到了海裡，一瞬間逃走了。

十一月六日。早晨散步後，我又開始打造桌子，它雖然不太令我滿意，但總算完工了。不久後我學著改進了一下。

十一月七日。天氣又開始好起來。七、八、九、十日，以及十二日的一部分時間（因為十一日是禮拜天），我都在打造一把椅子。我費了大力才勉強做成椅子的樣子，但仍然不滿意，在做的時候就拆了好幾次。

附記：我不久就忘了做禮拜了。因為我忘記在木樁上刻紋記了，因此記不起哪天是哪天了。

十一月十三日。今天下雨，令我精神振作，大地涼爽。不過卻伴隨著霹靂閃電，把我嚇得不輕，怕火藥爆炸。風暴一過，我就決定盡量把火藥分裝成許多小包，以避免危險。

十一月十四、十五、十六日。這三天我都在打造小方箱子或盒子，可以用來貯存一磅或最多兩磅的火藥。我把火藥放進它們裡面後，就小心地放在不同的地方，彼此盡量隔得遠一點，以確保安全。其中有一天，我打死了一隻大鳥，肉質鮮美，但我不知道牠叫什麼鳥。

十一月十七日。今天我開始在帳篷後向岩壁挖掘，為了擴大空間，使生活更加方便。

附記：做這件事我最需要的東西有三樣，即：一把鶴嘴鋤、一把鐵鍬和一輛手推車或籮筐。所以我停下工作，開始思考怎麼滿足需要、打造工具。至於鶴嘴鋤，我用鐵棍替代，儘管有點重卻相當合適。至於鐵鍬或鏟子，做這個工作那是絕對必需的，沒有它我什麼也做不了，但要怎麼做我一點也不知道。

十一月十八日。次日，在樹林裡搜尋時，我發現了一棵巴西人所說的「鐵樹」，因為它異常堅硬。我費了好大的力氣才砍下了一塊，幾乎把我的斧頭都給毀了。把這塊木頭運回家也十分辛苦，因為它實在太重了。

這塊木頭異常堅硬，我沒有別的選擇，只能用很長的時間把它一點一點地切磋成一把鐵鍬或鏟子的形狀。鏟柄很像英格蘭用的那種，只是鏟頭的那部分沒有包上鐵，因此不能用很久。不過，派上我指定的用場還是綽綽有餘的。我相信，世界上沒有一把鏟子是做成這個樣子的，或者花了那麼長時間才做出來。

我仍舊匱乏，因為沒有籮筐或手推車。我是無論如何也做不出一隻籮筐的，因為沒有用來編織藤器的枝條類的東西，至少現在還找不到。至於手推車，我覺得除了輪子外，別的都能做出來。但對於輪子我毫無概念，我也不知道怎麼去做。此外，我也不可能為輪軸做一個鐵軸心，以使之轉動，所以我就放棄了。我做了一個灰斗似的東西，就是小工替泥水匠運泥灰的灰斗，把挖洞時挖出的泥土運出來。這對我不像做鏟子那麼難。不過，做這個東西和鏟子，加上想做一輛手推車而徒勞無功，卻至少花去了我四天——不算我早上帶著槍外出晃晃，帶回點吃的東西的時間。那已是我的作息習慣，很少有例外。

十一月二十三日。由於我在製造這些工具，別的工作就停下來了。工具做成後，只要精力和時間允許，我就繼續每天都工作。我整整用了十八天來擴大和深化我的山洞，以更方便地容納我的貨物。

附記：在這一段時間裡，我的工作主要是擴展洞室，使之成為我的貯藏室、倉庫、廚房、餐廳及地窖。至於我的住所，我將它留給帳篷。除非在雨季，雨水太大，帳篷漏水，渾身溼透，才不睡在帳篷裡。後來，我把圍牆裡的所有地方都蓋上長木條，相當於椽子，架在岩壁上，再在上面鋪一些菖蒲草和大樹葉，弄得跟一間茅屋似的。

十二月十日。我剛以為我的洞穴或窯洞已大功告成，一邊卻突然有一大片土從頂上掉了下來（可能是我挖得太大了）。落下的泥土太多，把我嚇壞了，我這麼害怕不是沒有理由的，要是當時我在洞裡，我說不定就成了自己的掘墓人。這樣一來，我又有許多工作要做了，我得把鬆土運到外面去，更重要的是，我得在洞頂支個天花板，確保不會再掉土。

十二月十一日。今天接著做昨天的事，用兩根支條撐住洞頂，每根支條上都放上兩塊木板。我到第二天才做完這件事，支起了更多的支條和木板，前後花了一星期才把洞頂補強了。洞裡一排排支條豎立著，把洞室分成了好幾間。

十二月十七日。從今天到二十號我都在安裝木架子，在木條上釘釘子，把一切能掛的東西都掛起來。現在門內算得上井然有序了。

十二月二十日。現在我把所有東西都搬到了洞裡，開始裝修房子。用木板搭了個碗架似的東西，好擺上吃的東西。但木板越來越少了。我還打造了第二張桌子。

十二月二十四日。整日整夜下大雨。沒有出門。

十二月二十五日。整天下雨。

十二月二十六日。沒有下雨，大地變得比原來涼爽，令人心情愉快。

十二月二十七日。打死了一隻小山羊，另一隻被打瘸了，因此我抓住了牠，用一根繩子把牠拉回了家。回家後，我把牠斷了的腿包紮好並夾上夾板。

附記：我精心照料這隻羊，牠活了下來，腿也恢復了，跟原來一樣結實。由於我撫養牠很久，牠變溫馴了，在我門前草地上吃草，不肯離開。這誘使我產生了一個念頭：我可以飼養一些溫馴的動物，在我的火藥和子彈用完後，為我提供食物。

十二月二十八、二十九、三十日。天大熱，無風，因此我不想出門，到晚上才出去覓食。整天在家裡整理東西。

一月一日。仍舊大熱，但我早上和晚上各帶槍外出一次，中午在家休息。傍晚我深入到島中間的山谷那裡，發現有大批山羊，牠們極度膽小，難以接近。不過，我決心試試能否帶上我的狗來獵獲幾隻。

一月二日。於是，第二天我帶著狗外出，讓牠追趕山羊，但我犯了個錯誤，因為牠們都轉過臉來對著狗，而狗也知道自己身陷險境，不敢靠近牠們。

一月三日。我動手修籬笆或圍牆，由於仍舊害怕受到攻擊，我決心把它修得又厚又結實。

附記：我在前面提過這堵牆，在這裡就把日記中的內容略過不提了。這裡提一下就夠了：我從一月二日到十四日，一直都在修建和使這堵牆更完備，儘管它不過才二十四碼長。它呈半圓形，從岩壁的一端圍到另一端，兩處相距約八碼。山洞的門正好就在圍牆中部的後面。

在這整段時間裡，我工作很賣力，而雨水耽誤了我很多天，不，有時一星期一星期地耽誤我。但我認為，一日不把這堵圍牆修好，我便一日不敢高枕無憂。我為每件事所花的勞動，簡直令人難以置信。尤其是把木樁從樹林裡帶回來，把它們打進地裡，因為我把它們做得太大了，大過了實際的需要。

圍牆造好後，我又在牆外加了雙重保險，堆上了一層草皮，牢牢地緊挨著圍牆。我想，即使有人上岸，也不會看出這裡有人居住。我這麼做非常明智，後來的事實證明了這一點。

在此期間，只要雨不大，我每天都要到林子裡走走，尋找獵物。我總是能在路上有所發現，可以給我帶來好處。特別要提的是，我發現了一種野鴿，牠們不是像林鴿那樣在樹上築巢，而是像家鴿那樣在岩壁築巢。我抓獲了一些幼鴿，想要馴化牠們，也成功了。但牠們長大後，卻都飛走了，也許是因為我很少餵牠們，因為我確實沒什麼東西可以餵牠們。不過我常常能找到牠們的巢，抓到幼鴿，那是不錯的美味。

如今，在料理家務的過程中，我發現還缺乏許多東西，這些東西是我不可能造出來的，確實，裡面一些我是造不來的。例如，我永遠也不可能箍出一隻桶來。前面提到過，我有一兩隻小桶，但我花了好幾個星期的時間，也不能照著它們的樣子造出一隻來。我既不能把桶底安上去，也沒法把那些薄板接駁得密不透水，因此只好放棄了這個念頭。

其次，我極度缺乏蠟燭，因此一到天黑，通常是下午七點，我就只好上床了。我記得在非洲冒險出逃的路上，我曾用一塊黃蠟做過一些蠟燭，但現在我早沒有黃蠟了。唯一的補救辦法是，每殺掉一隻山羊，我就把牠的脂油保留下來，放在一隻用泥巴做成、經太陽曝曬而成的小碟子裡，加進一點麻絮做燈芯，就做成了一盞燈。這給我帶來了光，儘管沒那麼亮，也不穩定，但好歹也像蠟燭了。

在我做這些事的時候，偶爾在翻東西時翻出了一個小袋子，我在前面隱約提過，裡面裝了用來餵家禽的穀物。我猜測這不是為這次航行準備的，而是早在從里斯本出發時就有的。袋子裡剩下的不多的穀物早就被老鼠咬囓完了，裡面除了穀殼和塵土，什麼也看不到。我打算將袋子另作他用（我因害怕閃電而將火藥分裝時，覺得這袋子可用），我把穀殼倒到了岩壁下的圍牆邊。

我是在前面提到的那次大雨之後扔掉這些東西的，扔完後我毫不在意，也不記得曾在那裡扔過東西，但是，大約一個月後，我看到有一些綠色的莖稈在地上抽了出來，我還以為是不認識的什麼植物呢！不過，又過了一段時間以後，我卻吃驚地，或者說震驚地看到，大約十到十二個穗子伸了出來，那可是全綠的大麥，跟我們歐洲——不，跟我們英格蘭的大麥一模一樣。

真是難以表達我看到這一幕時的震驚和困惑。此前我從不按照宗教戒律行事，實際上，我腦袋裡宗教觀念極少，對於發生在我身上的事，我認為只不過是出於偶然，或像我們輕輕鬆鬆地說的那樣，將之歸於天意，而不會深究這些事裡神旨的目的，或上帝統治世上萬事的秩序。但當我看到那裡長出大麥，而那裡的氣候我知道並不適合穀物生長，尤其是我搞不清它是怎麼來到這兒的，它著實讓我吃了一驚。我開始想到，上帝施行奇蹟，讓祂的穀物在無人播種時長了出來，是上帝為了讓我在這荒涼可悲之地活下來而採取的措施。

這令我心裡起了一點感動，讓我流下了眼淚，我開始為自己慶幸，這樣一種世間少有的奇蹟，居然能在我身上發生。更加令我驚奇的是，我在大麥旁邊還看到了，沿著岩壁稀稀落落地抽出了其他幾根莖稈，顯然是稻稈。這我認得出來，因為我在非洲航行時見過它們長的樣子。

我不僅把這些視為上帝為了讓我活命而賜給我的，還毫不懷疑在這座島上還會有更多的作物，因此我走遍了以前去過的島上的每一部分，翻遍了每一個角落，查過了每一塊岩石，看看是否還有穀物，卻一個都沒有找到。最後，我想到曾在那個地方抖過一個裝雞飼料的袋子，才不再驚異。我必須承認，隨著發現這原不過是一件平常事，我對上帝旨意的宗教感恩也就減弱了。不過，我還是本應為如此奇怪而意外的天意充滿感恩之情，就跟它是一個奇蹟一樣，因為這確實可能是降臨到我身上的神旨。在老鼠把其餘穀物都糟蹋完的時候，神旨命令或指派了那十粒或十二粒穀種不被破壞，彷彿是從天堂落下一般。再說，我又恰好把它們扔在那個特別的地方，在那裡它們可以在高高的岩壁陰影下馬上就抽條發芽，反之，假如我那時把它們扔在別的地方，它們可能早就被曬死，無影無蹤了。

到了成熟的季節，也就是六月底，我小心翼翼地留下了麥穗。我把它們一粒一粒地收好，決定再種一次，希望到時候能獲得足夠多的麥粒來做麵包。但是要到第四年我才讓自己吃上了麥子，即便如此也是吃得極省，對此，我下面會加以交代。因為第一次播種時，由於搞錯了季節，我損失了全部種子。我在旱季之前播了種，結果它們根本發不了芽，即使長出來了也長不好。這些都是後話了。

如上所說，大麥之外，還有二三十株稻子，我同樣小心翼翼地保存下來，用途一樣，或者說目的一樣——給我做麵包，或乾脆做成食物吃。因為我找到了辦法，不用烘烤，煮著吃也行。儘管後來我也烤著吃。

還是回到我的日記上吧。

我在這三、四個月裡為建好圍牆而異常勞苦，四月十四日我終於把它圍了起來，計畫著不是透過門而是透過一把梯子越過牆而進進出出，這樣從外面就看不出這裡是住人的了。

四月十六日。我做好了梯子，爬上梯子上到牆頂，然後把它抽起來放在牆內。圍牆是全封閉的，在裡面我有充足的空間，沒有誰能從外面闖進來，除非先翻過牆。

就在修好圍牆的第二天，我全部的勞苦幾乎就毀於一旦，我自己也差點完蛋。情況是這樣的：當我在帳篷後面，在洞穴入口正勞碌的時候，我被一件最為可怕而令我吃驚的事嚇壞了，因為在突然之間，我發現洞頂的泥塊塌了下來，我頭頂的山岩上也有泥巴塌了下來，我原先豎在洞裡的兩根支柱發出可怕的喀喳聲，突然斷裂了。我嚇破了膽，但還不知道是什麼原因，只以為是洞頂在坍方，像以前一樣呢！我害怕被埋在裡面，就跑到梯子那裡，也不想想自己在那裡也不安全，我越牆而過，害怕山上的石頭落下來砸到我。我剛踩到堅實的平地上，就清醒地意識到這是一場可怕的地震，因為我所站立的地面在大約八分鐘內搖動了三次。這三次搖動，足以把地面上公認最結實的建築也震翻。離我大約半英里遠靠近海邊的一座小山上，一塊巨石以我聞所未聞的可怕聲響轟然倒下，我感覺到它在海面上激起了強烈震動。我相信，海水下的衝擊比島上還要強烈。

我從未遇過地震，也沒有聽遇過的人談起，因此我一時嚇得魂不附體，呆若木雞。地動山搖令我腸胃痙攣，跟海上暈船一樣。但是岩石滾動的聲音驚醒了我，把我從發呆的狀態，喚到了恐懼的狀態，那時我除了擔心山石會落到我的帳篷和我全部家當上，將一切都埋葬外，沒有想到別的。這個念頭讓我的心再次沉了下去。

第三次震動結束後，過了一段時間，我覺得不會再有震動了，就開始鼓起了勇氣。但我還是不敢翻牆進屋，因為害怕被活埋，故此，只能靜靜坐在地上，垂頭喪氣，鬱鬱不樂，不知道怎麼辦。在這段時間裡，我也並沒有一丁點嚴肅的宗教思想，只不過說了句「主憐憫我吧！」這類常見的話，事情一過，這樣的話也就無影無蹤了。

我這樣坐著時，發現天色陰沉，烏雲密布，似要下雨。很快風就一點一點地吹起，不到半小時就刮起了最可怕的颱風。頃刻之間，海面上滿是泡沫，海岸上水花四濺，樹被連根拔起，真是一場可怕的大風暴。這持續了三個小時，然後才開始減弱。接著兩小時相當平靜，卻開始下起傾盆大雨。在這段時間裡我都坐在地上，驚恐萬分，十分沮喪。忽然我想到，這番風雨肯定是地震引發的後果，地震本身卻已過了，我可以再度回到洞室。有了這個想法，我的精神就恢復了，雨水也在幫著說服我，我就回到帳篷坐了下來。但是雨水太猛，帳篷快要被它壓倒，我不得不走進洞室，不過還是十分惶恐不安，怕山洞從頭頂塌下來。

這場驟雨促使我去做一件新的工作，就是在新修的圍牆下開一個洞，像一個排水口，把水排出去，否則水會把洞淹沒的。我在洞裡待了一段時間後，感到不會再有地震了，就開始變得鎮定了。為了打起精神，也因為確實想要喝，我走到我那個小小的儲藏室，喝了點甘蔗酒。這酒我平時很少喝，清楚一旦喝完就不會再有了。

那晚整夜都在下雨，第二天大半天也在下雨，因此我不能出門，但我心裡平復多了，開始考慮接下來要做什麼，結論是，假如這座島經常發生地震，那我就不能住在山洞裡，而必須在一塊開闊的地方蓋一座茅屋，用牆把它圍起來，就像在這裡一樣，避開野獸或野人的攻擊，獲得安全。我總結出，假如我待在現在這個地方，遲早會被活埋。

有了這些想法，我決定把帳篷從現在所在的地方搬走。它正好處在小山的懸崖之下。倘若再發生一次地震，帳篷肯定會被壓塌的。在接下來的兩天，即四月十九日和二十日，我都在思考把我的住所搬到哪裡去，以及怎麼搬過去。

由於害怕被活埋，我總是睡不安穩，而睡在外面，沒有任何圍牆護衛，也同樣令我無法入眠。當我環顧四周，看到一切東西都井井有條，想到自己隱藏在這裡是多麼愜意，多麼安全而遠離了危險，我又不情願搬走了。

與此同時，我又想到，要搬家得花許多時間，我目前還是必須住在這裡，直到建好新營地，建得安全無虞了，我才好搬過去。這樣決定之後，我心裡一時就安定多了，決心以最快的速度幹活，先用木樁和錨索建一堵圍牆，像以前那樣，圍牆建好後再在裡面搭起帳篷。不過在那邊完工及適合搬家之前，我還是得冒險住在原地。

四月二十二日。次日早上，我開始考慮將這個決定予以落實的工具問題。我的工具損失了很大一部分。我有三把大斧頭，不少小斧頭（我們為和印第安人做生意而帶了不少），但是因為劈砍多節的硬木頭，它們全都有了缺口，變鈍了。儘管我有一塊磨刀砂輪，卻無法轉動它來磨我的工具。這令我費了不少心思，就跟政治家在制定一個重大的政治決策、法官在判人生死一樣。最後，我想出了辦法，把一根繩子套在輪上，用腳轉動輪子，騰出兩隻手來磨工具。

附記：我在英國從未見過這樣的東西，或至少沒有注意過它怎麼樣，儘管在那裡它是到處可見的。此外，我的磨刀砂輪很大也很重。我花了整整一個星期才把這個機器做好。

四月二十八、二十九日。這兩天我都在磨工具，轉動砂輪的機器運行良好。

四月三十日。我覺察到食物已大大減少了，就檢查了一番，決定減為每天只吃一塊餅乾。這使我心裡很沉重。

五月一日。早上，我向海邊看去，只見海潮很低，一個看起來像桶一樣的大東西擱淺在岸邊。我走近後發現是一個小桶，還有兩三塊船隻的殘骸，是由最近那場颱風吹到岸邊來的。我看著那艘破船，覺得它比以前更高出水面了。我檢查了一下被沖上岸的小桶，馬上發現是一個裝火藥的小桶，但已經進了水，火藥粘在一起像石頭一樣硬。但我還是暫時把它滾到了岸上，然後踏上沙灘，盡量走近沉船，希望找到點東西。

6 生病及良心受打擊

當我走到船邊時，發現船被離奇地移位了。此前，船頭是埋在沙裡的，現在離地至少有六英尺高。至於船尾，在我上次上船搜刮後就被海浪擊得粉碎，脫離了船身，現在呢，看樣子是被海水顛到一邊去了。接近船尾處的沙地被拋高了，那裡原是一片水窪，約四分之一海里寬，我要接近破船非得游過它不可。現在可好了，退潮時我可以直接走到船上去。起初我對此很驚異，但很快就明白了，這必定是地震導致的。在強力影響下，船比以前更破了，日復一日地，許多東西被海水沖得鬆散，脫離船身，經不斷的風吹浪打，就漂到了岸上。

這完全改變了我搬家的計畫。那天，我特別忙碌，不斷探尋著上船的辦法，但發現已無物可拿，因為船裡都被泥沙堵塞了。不過，既然我已認識到凡事都不能絕望，就決心把船上能拆的東西都拆下來，我覺得，從它那裡拿來的任何東西都總是會有某種有途的。

五月三日。我著手用鋸子鋸一根橫梁，我猜想，它原來是支撐上甲板或後甲板的。我把它鋸下時，盡量把旁邊積得很高的泥沙清除掉，但是潮水漲上來了，我只得在那時暫時放棄了。

五月四日。我出去釣魚，但沒有抓到一條我敢吃的。我感到厭煩了，正要離開，卻釣到了一條小海豚。我用絞繩的麻線做了一根長釣魚線，但沒有魚鉤。不過我還是能時不時釣到魚，夠我吃的。釣來的魚我放在太陽下曝曬，曬乾了再吃。

五月五日。在破船上做事。又鋸斷了一根船梁，從甲板上取下三塊松木板，我把它們捆在一起，在漲潮時把它們漂到岸上。

五月六日。在破船上工作。從船裡面取下了幾根鐵條和其他鐵器。做得很辛苦，回家時非常累，想過放棄不幹了。

五月七日。再次去破船上，但不想再做事了。發現橫梁被鋸掉後，破船承受不住自身重量，業已碎裂。船的碎片似乎很鬆散，船裡面裂開了，我可以看到裡面，但裡面幾乎淤滿了沙子和水。

五月八日。到破船上去。帶著一隻鐵鉤去撬甲板。甲板現在很乾淨，上面沒有水或沙。我撬開了兩塊木板，也利用漲潮把它們送到岸上。我把鐵鉤留在破船上明天用。

五月九日。到破船上去。用鐵鉤撬到船身裡面，探到了幾個木桶，用鐵鉤撬鬆，但打不開。我探到了那捲英國鉛皮，也能撥動它，但太重了，搬不動。

五月十至十四日。每天都去破船上，拿走了不少木材、板子或木板，以及兩三磅重的鐵器。

五月十五日。我帶著兩把小斧，試著看能否砍下一塊鉛皮。我把一把小斧的斧口放在鉛皮上，再用另一把小斧去敲，但由於鉛皮是在水下一英尺半的位置，我沒法以斧敲斧。

五月十六日。連夜狂風，破船被海浪衝擊，顯得更破。我久立林中，打鴿為食，因浪潮太大，我不上破船。

五月十七日。我看到船的碎片被吹上了岸，在離我很遠、約有兩英里的地方，但還是決定去看看到底是什麼，發現是船頭的一部分，但它太重了，我帶不走。

五月二十四日。一連數日，我在破船上工作。我辛辛苦苦地用鐵鉤撬鬆了一些東西。潮水來時，竟有幾個木桶和兩個水手箱漂浮而出，但由於風是從岸上吹來的，那天漂上岸的東西只有幾塊木材和一桶巴西豬肉。但豬肉被海水和沙子糟蹋了。

除了必須覓食外，我這段時期天天都在船上工作，直到六月十五日。在此期間，我總是在漲潮時覓食、退潮時上船。這些天裡，我拿到了足夠的木材、木板和鐵器，如果我知道怎麼造船，那就可以打造一艘好艇了。我還先後弄到了好幾塊鉛皮，將近一百磅重。

六月十六日。下到海邊時，我發現了一隻大鱉或大海龜。這是我在島上第一次看到，看來，也許是我運氣不佳，以前一直沒有發現，其實島上不缺海龜。我後來才知道，假如我碰巧去到島的另一面，每天都可抓到成百上千隻海龜。但龜滿為患，或許我會吃牠們的苦頭。

六月十七日。我把那隻大海龜煮來吃了。牠肚裡有三打龜蛋，牠的肉對當時的我來說簡直是平生最佳美味。自從我來到這個可怕的地方後，我還只吃過山羊肉和鳥肉呢！

六月十八日。整天下雨，我閉門不出。此時雨水轉寒，我感受到涼意，這在那個緯度不太尋常。

六月十九日。病得不輕，發抖，彷彿天氣很冷。

六月二十日。徹夜無眠。頭劇痛，發燒。

六月二十一日。病重。清楚自己的處境：生了病，無人幫助。怕得要死。自從在赫爾市出發遭遇風暴以來，第一次向上帝祈禱，但對於我說了些什麼，或為什麼說，我自己也不清楚，思緒混亂。

六月二十二日。好了一點。但仍對生病感到憂懼。

六月二十三日。又加重了。發寒，發抖，頭劇痛。

六月二十四日。好多了。

六月二十五日。瘧疾凶猛，一發七小時，冷熱交織，渾身虛汗。

六月二十六日。好了一些。沒東西吃，帶上槍，但發現很虛弱。不過還是打了一隻山羊，費力拖回家，烤了一點吃。本想燉肉煮湯，但沒有鍋。

六月二十七日。瘧疾再度凶猛，我在床上躺了一天，不吃不喝。我快要渴死了，但身體太虛弱，站起來拿水喝的力氣都沒有。再次向上帝祈禱，但頭腦昏昏沉沉的。頭腦清醒時，我卻愚昧無知，不知道該說些什麼。我只是躺在那裡喊：「主啊，看顧我吧！主啊，憐憫我吧！主啊，對我發發慈悲吧！」我猜測就這麼喊了兩三個小時，寒熱退後，我沉沉睡去，直到半夜裡才醒來。醒來時，我發現自己精神抖擻，但身體虛弱，極度乾渴。可是由於我的住處沒有水，只得躺到天亮再說，因此我再次入睡。就在這第二次入睡時，我做了一個可怕的夢。

我夢到我正坐在地上，就在圍牆外面，就是地震後風暴驟起時我坐的地方，我看到一個人從一大片烏雲中降臨，他周圍是明亮的火花，光照到了地上。他周身明亮如火焰，因此我難以正眼凝視他。他的面容說不出地可怕，難以言喻。當他雙腳踩到地上時，我覺得地在發抖，正如在地震時一樣，我還覺察到，周圍的空氣都彷彿充滿了火光。

他一著地，就向我走來，手裡拿著一根長矛或武器，要來殺我。他走到不遠處一塊高地時，對我說話了——或者說，是我聽到了一個可怕得難以言喻的聲音。他講的話裡我能理解的一句是這樣的：「既然這一切都不能使你悔改，你現在就去死吧。」說完這話，他就舉起手中的長矛來殺我。

任何人讀到我這段記敘，都不會指望我能描述在這可怕的異象中我靈魂的恐懼。我是說，甚至在它還是一場夢時，我便夢到了這種恐懼。我也不可能描述在我醒後並發現這只是一場夢時，那仍舊留在我心裡的印象。

唉，我並不瞭解上帝！八年來，我一直不間斷地過著罪惡的航海生活，往來的也都是些像我一樣邪惡缺德、褻瀆神靈、沒有底線的人，早已把我從父親那裡接受的良好教導消磨殆盡。這麼多年來，我不記得自己有過向上仰望上帝的念頭，也不記得自己有過向內反思自己行為的思想。我完全被一種靈魂的愚昧所壓倒，既不渴求善，也意識不到惡。在一般的水手中，我是心腸最硬、輕率魯莽、作惡多端的一個，危難中不知敬畏上帝，得救後不知感恩上帝。

從前面的故事中，大家更容易相信我下面要補充的話。我雖然已遭遇到了種種災難，卻從未想到這是上帝之手在翻雲覆雨，或想到這是對我的罪——我悖逆父親的行為——的一種正義的懲罰、或我目前更大的罪的懲罰，或想到這是對我邪惡生活的全面的懲罰。當我遠赴非洲不毛之地的海岸，從未想到會遭遇什麼，或盼望上帝指引我去哪裡，或遠離明明環繞著我的危險，無論是凶猛的野獸還是殘忍的野人。可是我就是沒有想到上帝或神旨，行動起來完全像一個畜生，只遵從本性的原則、聽從常識的指令，事實上，甚至連常識也談不上。

當我被葡萄牙船長從海上救起，得到他公正、寬厚而仁慈的對待時，我思想中並沒有絲毫的感恩之情。當我再次遭遇海難，差點在這島邊淹死時，我也毫無悔意，並未將之視為對我的懲罰。我只是常常對自己說，我是一條不幸的狗，生來就多災多難。

確實，當我在這裡第一次上岸，發現所有的船員都被淹死了，只有我逃過了一劫時，我真是驚奇得靈魂出竅，心神恍惚。當時我的靈魂，若蒙受了上帝恩典的幫助，或許可以達到真正的感恩之情。但它旋生旋滅，只是一陣普通的喜悅而已，或如我所說，只是為自己還活著而感到高興，絲毫沒有反省上帝之手特別的善意，這手保護了我，當所有別的船員都被毀滅時卻把我單獨挑選了出來予以保護，我也沒有反思為何上帝對我如此仁慈。我跟一般海員一樣，在遭遇海難、平安上岸後，照舊高興一下，喝上一碗甜酒，轉眼就把船難忘得一乾二淨。我一生就過著這樣的生活。

甚至在後來，經過適當的思考，明瞭自己的處境，知道如何被拋在這座荒涼的島上，遠離人類社會，絕無獲救的希望，或救贖的前景，但一旦看到有活下去的希望，可以不挨餓，不會因飢餓而滅亡，我所有的悲慟也就煙消雲散了。我又開始安逸度日，一心一意做各種工作以生存、滿足自己的需要。我一點也沒有想到，我目前的痛苦處境，是老天的判決，或者說是上帝之手對我的懲罰。這樣的念頭很少進入我的頭腦裡。

我的日記中曾記述，穀物的生長起初對我有些影響，讓我感動，認真地想到，這裡面有某種奇蹟。但這種思想一旦被消除，由它激發的印象也就消失了。這我在之前已經提過。甚至地震，儘管就其性質來說沒有什麼比它更可怕，或更能讓人直接地領悟那不可見的力量的——獨有上帝才能引導這樣的事情——然而在最初的驚懼過去之後，它所引起的印象也就消失了。我再也感受不到上帝或祂的審判，我並不認為我目前痛苦的處境是祂一手造成的，這跟我即使是處在人生最意氣風發的處境中，也不會想到上帝是一樣的。

但是現在，我生了病，死亡的悲慘景象不快不慢地展現在我面前。當我的精神由於重病的負擔而開始消沉，體力由於高燒的強烈而開始耗盡，那沉睡已久的良心蘇醒了，我開始悔恨我過去的生活。顯然，我過去的生活罪大惡極，冒犯了上帝的公義，因此祂讓我遭受非同尋常的打擊，用這種報復的手段來處罰我。

這些反省，在我生病的第二、三天，把我壓得透不過氣來。由於高燒，也由於良心的責備，我嘴裡被逼出了幾句類似於祈禱的話，但這種祈禱卻不能說是含有渴望或盼望的祈禱，倒不如說是出於恐懼和痛苦的叫聲。我的思想一片紛亂，罪疚壓在心頭，一想到將在如此可悲的境遇中死去，更是萬分恐怖。在靈魂的這種慌亂中，我不知道舌頭會亂說些什麼，大概只是這樣的喊叫：「主啊，我是多麼悲慘的可憐蟲啊！假如我病了，沒有幫助，我必死無疑。我該怎麼辦啊？」接著淚水奪眶而出，有好一陣我說不出話來。

在這一刻，我想起了父親的忠告，還有他的預言，我在故事的開頭就提到過。他曾預言，只要我真的踏出這愚蠢的一步，上帝都不會保佑我。當我孤立無助的時候，自會有閒暇來反思自己，後悔沒有聽從他的忠告。「不，」我大聲地說，「我親愛的父親的話應驗了。上帝的公義懲罰了我，沒有誰來救我、沒有誰來聽我。我拒絕了上帝的聲音，祂本已仁慈地將我安置在一個可以過上幸福安逸生活的階層中，但我既看不到這一點，也不能從我父母的話中認識到這份寵佑。我離開了他們，讓他們為我的愚蠢唉聲歎氣，而現在我也就被拋棄，為它的後果而唉聲歎氣。我拒絕了他們的幫助，他們本可以讓我在世上成家立業，使我過得一帆風順。現在我卻要與重重困難搏鬥，這些困難甚至連大自然本身都難以支撐。我孤身一人，沒有幫助，沒有安慰，沒有忠告。」接著我喊了起來：「主啊，成為我的援助吧，我已走投無路。」多少年來，這是我的第一個禱告，如果可以說是禱告的話。

還是回到我的日記吧。

六月二十八日。我睡了一晚，精神重又振作，寒熱退去，我起了床。夢中的驚怖猶在，我考慮到寒熱明天還會重來，現在就要為我再發病時做好準備，備好吃的喝的。我做的第一件事，是把一個大方瓶裝滿了水，放在桌子上，從床上可伸手搆到。為了去掉水的寒性，我往裡面倒了四分之一品脫的甘蔗酒，水酒相摻。接著我把一片山羊肉放在炭上烤，但吃不了多少。我走走轉轉，但太虛弱了，我對自己的慘境感到悲傷而沉重，對明天要復發的瘧疾感到害怕。晚上我吃了三個海龜蛋，是在炭火上烤熟後剝殼吃的。就我記憶所及，這是我平生第一次在吃飯時禱告，祈求上帝保佑。

吃完後我想要走走，但發現自己太虛弱，無力帶槍，我可從來沒有出門而不帶槍的。因此我只走了幾步，就坐在地上，向海望去，它就在我面前，風平浪靜。我坐在這兒時，腦海裡湧現了許多念頭：我每天看到的大地和海洋是何物？是誰創造了它們？我是誰？所有其他的野生的和馴化的造物、人類和動物，又是誰？我們從哪裡來？

顯然我們是某種神祕的力量造出來的，祂造了大地和海洋、大氣和天空。那麼祂是誰？於是非常自然地得出結論，是上帝造了所有這一切。好吧，那麼一個非同尋常的結論就會出來，倘若上帝造了所有這一切，祂也就會引導並管理著它們，以及與此相關的一切。因為這力量既能創造一切，也就必然有力量引導並指揮它們。

如果是這樣，那麼在祂創造的大圈子裡，任何一件事情的發生，沒有上帝不知道的，或不是上帝安排的。

倘若沒有事情是祂所不知道的，那麼祂知道我在這兒，處在這可怕的處境中。倘若沒有事情不是祂安排的，那麼祂安排了所有這些災難降臨在我身上。

對這些結論，我想不出任何反駁的意見來。因此我更加堅信，我遭受的這些災難，都是上帝安排的。在祂的指示下，我陷入了這一困境。唯有祂擁有權柄，不僅對我，還對世上發生的一切事情。於是，緊接著的問題是：上帝為什麼要這樣對我？我做了什麼讓祂這樣？

我的良心對此探問立刻加以審查，彷彿我在瀆神似的，我聽到它彷彿變成了一個聲音對我說：「可恥之徒！你問過自己做了什麼嗎？回顧一下你這糟糕的一生吧，問問你自己你什麼沒做過？問一問，為什麼你沒有在老早以前就完蛋？為什麼你沒有在雅茅斯錨地被淹死？為什麼你沒有在你們的船被薩累海盜趕上，發生戰鬥時被打死？為什麼沒有被非洲海岸的野獸吃掉？為什麼在這兒，當所有的船員都滅亡時，你卻沒有被淹死？你還要問，『我做了什麼』嗎？」

我一想到這些，不禁驚訝得目瞪口呆，無言以對。不，我無法回答自己，只好悶悶不樂地站起來，走回住所。我翻過圍牆，好像是要上床睡覺，心裡卻受到攪擾，並沒有睡覺的意思，因此就坐在椅子上，把燈點亮，因為天色已暗。這時，我擔心舊病復發，十分害怕，忽然想到巴西人不管生什麼病，都不吃藥而只嚼菸葉，恰好我箱子中有一捲業已烤好的菸葉，還有一些未全烤熟的青菸葉。

我就走過去，毫無疑問是受了天意的指引，因為在這個箱子裡我找到了靈魂和身體的雙重良藥。我打開箱子，找到了我要找的菸葉。我保留下來的幾本書也躺在那兒，我拿出了幾本聖經中的一本。這幾本聖經我在前面提過，但一直以來沒有閒暇或興趣去讀。我剛才說了，我把它拿了出來，把它跟菸葉一起拿到桌子上。

菸葉對我的病有什麼用處，或它是否有療效我不清楚，但我試了幾次，似乎下定了決心，總要找到一個辦法。我先是拿了一片菸葉，在嘴裡咀嚼一番，一下子幾乎麻痹了我的大腦，這片菸葉又青又凶，我一時難以習慣。接著我取了幾片菸葉，將之放進甘蔗酒裡泡了一兩個小時，決心在我躺下時當藥酒服用。最後，我在一個炭盆裡烤了幾片，耐著性子把鼻子湊在上面嗅它的煙氣和熱氣，直到差一點窒息為止。

在這樣治療的間隙，我拿起聖經開始閱讀，不過我的腦袋受到菸葉的干擾，迷迷糊糊的，起碼在那時是難以讀進去的。我只是隨意地翻開書，跳入眼簾的第一句話是：「在患難之日求告我，我必搭救你，你也要榮耀我。」[1]

這些話切中了我的處境，讀它們時給我留下了一些印象，雖然這印象遠不及後來來得深。因為，說到「搭救」，我可以說，這個詞對我沒有意義。在我看來，它太遙遠，是不可能的。我跟以色列的子孫一樣，他們在上帝許諾給他們肉吃時說：「上帝在曠野豈能擺設筵席嗎？」[2]我也說：「上帝自己能把我從這個地方搭救出去嗎？」由於好多年沒有出現任何希望，這句話常常縈繞在我腦海裡。但不管怎樣，這句話還是給我留下了很深的印象，我時常加以回味。現在，夜已深了，如上所

1《舊約．詩篇》50：15。
2《舊約．詩篇》78：19。

說，菸葉把我熏得迷迷糊糊的，睡意濃厚，因此我就讓燈亮在石洞裡，免得夜裡需要什麼東西，然後就上了床。但在我躺下之前，我做了一生中從未做過的事——我跪下來，向上帝祈求，求祂答應我，如果我在患難之際向祂求告，祂會搭救我。在我結束支離破碎也不周全的禱告之後，我喝下了泡過菸葉的甘蔗酒，酒勁太烈，味道嗆人，難以下嚥。喝完之後我立刻就上床了。不久我就感到酒力直衝腦門，厲害得很，但我沉沉睡去。醒來時看到陽光，我猜測可能是第二天下午三點左右——不，現在我懷疑很可能我第二天睡了一天一夜，是到了第三天下午將近三點鐘才醒來。因為，幾年後，我發現這一星期我少算了一天，而又無法解釋其中的原因。因為，如果我來回穿過赤道，那麼我漏掉的就不該只有一天。[3]我確確實實漏算了一天，但從來不知道是怎麼造成的。

不管怎樣，我一覺醒來，發現自己精神振作，身體充滿活力。起床後，感覺比前一天要強壯多了，並且胃口也好了，因為我感到餓了。簡而言之，第二天瘧疾沒有發作，身體也繼續康復。這是二十九日。

三十日當然更好了，我帶著槍外出，但也不想走得太遠。我打下了一兩隻黑雁類的海鳥帶回家，但又不太想吃，因此就又吃了幾個海龜蛋，味道不錯。晚上我又喝了泡過菸葉的甘蔗酒，我覺得它很有效果，只是不如上次喝得多，也沒有嚼菸葉，或者去嗅菸味。不過第二天，即七月一日，我並未更好，我本以為會好一些的。因為我發了一陣輕微的寒戰，所幸不太嚴重。

七月二日。一連三天我都喝菸葉酒，像第一次那樣迷迷糊糊，喝的分量加了一倍。

七月三日。病完全好了，儘管幾星期後才徹底恢復體力。在復元的過程中，我總是在思索這句經文：「我必搭救你。」我深深覺得得救是不可能的，所以也就不存指望。但在我對這個念頭灰心失望時，忽然想到，我一心想著上帝把我從目前所處的困境中救出來，卻忽視了我曾經獲得過的搭救，於是我就問自己下面幾個問題——我不是從大病中奇蹟般地得到搭救了嗎？——我不是從可怖的最痛苦處境中獲救了嗎？我是否注意到了這一層呢？我盡了自己的本分嗎？上帝搭救過我，但我並沒有榮耀祂，就是說，我並沒有把那視為一種搭救，並因此感恩。既然如此，我怎麼能指望更大的搭救呢？這令我很受觸動，我馬上跪下來，大聲地感謝上帝，使得我從病中康復過來。

七月四日。早上我拿起了聖經，從《新約》讀起，這次我是嚴肅的，我規定自

3 魯賓遜在這裡把赤道和國際換日線搞混了。穿過赤道並不會改變日期，穿過日期變更線才會。

己每早每晚都要讀一會兒。我不限定讀多少章節，只要能用心讀就行。認真讀經後不久，我發覺心裡受到了深刻而真誠的觸動，深為自己過去的罪過不安。我又想起了夢中的場景，那句「既然這一切都不能使你悔改」不斷嚴肅地縈繞在我腦海中。我懇切地乞求上帝讓我悔罪，而那天似乎有天意，我在讀經時讀到這一句：「他被高舉為君王和救主，給人以悔改的心和赦罪的恩。」[4]我把書放下，雙手舉向天空，一顆心也舉向天空，喜出望外地喊道：「耶穌啊，你這大衛的後裔！耶穌啊，你這被高舉的君王和救主！賜我悔罪之心吧！」

可以說，這是我生平第一次真正的禱告，因為現在我將禱告跟我的處境聯繫了起來，跟真正的聖經上的盼望觀念聯繫了起來，它是由於上帝聖言的鼓舞而產生的。我可以說，從這個時候起，我開始盼望上帝能聽到我了。

現在，我開始用一種完全不同於以前的認識來理解上面提到的句子「求告我，我必搭救你」了。以前我對所謂「搭救」毫無概念，以為只是將我從所處的奴役中搭救出來，因為我雖然活動的空間很大，但這座島嶼對我肯定仍舊是一座監獄，而且是世界上最糟糕的。但是現在，我開始從另一種認識來理解它了。回顧我過去的生活，我感到驚恐，我的罪太可怕了，我的靈魂對上帝別無他求，只求能把我從罪的重擔下解救出來，這些重擔壓得我不得安寧。至於我孤苦伶仃的生活，則不值一提。我無意祈求上帝將我從孤苦中搭救出來，連想也沒想，相比之下，這實在無足輕重。我在這裡加上這幾句，是為了提醒讀者，一旦他們明白了真義，就會發現，從罪裡得到搭救，是比從患難中得到搭救要大得多的福分。

不過，閒話少說，還是回到日記上來吧。

> 我現在的處境是，雖然生活依舊艱苦，精神卻輕鬆多了。透過持續閱讀聖經和向上帝禱告，我的思想被引向了更高層次的事物，我內心有了一種以前從未有過的巨大舒適。我的體力和健康也恢復了，我重又忙碌起來，添置自己需要的東西，生活再度步上軌道。
>
> 從七月四日到十四日，我主要是手裡拿著槍到處轉轉，像大病初癒的人那樣，走走停停。因為一般人難以想像，當時我精神何等低落、身體何等虛弱。我治病的方法是全新的，也許它以前從沒有治癒過瘧疾，因此我也不能把它推薦給別人。它

4《使徒行傳》5：31。字句略有變動。原句為：「上帝且用右手將他高舉（或作『他就是上帝高舉在自己的右邊』），叫他作君王、作救主，將悔改的心和赦罪的恩，賜給以色列人。」

雖然驅走了寒熱，卻使我的身體虛弱不已。因為在很長一段時間裡，我的神經和四肢常常會痙攣。

我還從它那裡學到了一個特別的教訓：在雨季外出對我的健康最為有害，尤其是夾帶著風暴和颶風的雨。因為在旱季，雨水總是伴隨著這樣的風暴來的，所以我才能發現，這種雨水比九、十月分下的更為危險。

7 農業體驗

我在這個不幸的島上業已十月。由此困境中獲救的一切可能性似乎都沒有，我堅信這裡也從來沒有人類踏上過。我覺得，我既已安居下來，就該對這個島有更深入的瞭解，看看能不能找到我尚未發現的別的物產。

我是在七月十五日開始更為徹底地巡視島嶼的。我先上到小河那裡，就是當初我划著木筏上岸的地方。我溯河走上兩英里遠後，發現海潮就沒有了，小河成了一條潺潺流動的小溪，水質清新、口感良好。不過現在正逢旱季，小溪的某些地方幾乎枯了水——至少沒有流動了，看不出有溪水。

在這條小溪的兩岸，我發現了一片片令人心曠神怡的草地，平坦而順滑，綠草如茵。在這些草地緊靠著高地的部分——可想而知溪水不會漫到那裡——我發現了一大片菸葉，綠油油的，莖稈強壯。那裡還分布著別的我不認識的植物，也許各有各的用處，只是我不知道罷了。

我尋找著木薯根，那是印第安人一年四季用來做麵包的作物，但一根也沒找到。我看到了大蘆薈，但當時認不出來。我看到了幾根甘蔗，卻是野生的，未經人工栽培，並不好吃。我對這次的發現很滿意，就回來了，一路上思索著怎麼瞭解我發現的這些植物或果實的性質和用處，卻沒有頭緒。總之，因為我在巴西很少觀察，我對地裡的植物所知甚少。至少，對那些現在可在我不幸處境中派上用場的植物所知甚少。

次日，十六日，我走上了同一條路，到了比昨天遠點的地方，發現小溪和草地到了盡頭，地上的樹木比前面茂密。在這裡我找到了不同的果實，特別是在地上發現了大量甜瓜、在樹上看到了葡萄。葡萄藤爬滿了林子，一串串葡萄又大又紅。這是一個驚人的發現，我高興極了，但是經驗告訴我，不要吃太多。我記得，當初我在巴巴里[1]上岸時，幾個在那裡當奴隸的英國人因為吃葡萄而得了痢疾，發高燒，喪了性命。不過，我還是想出了一個利用這些葡萄的好辦法，把它們在太陽下曬乾，製成葡萄乾存放起來。這樣一來，在沒有葡萄的季節，我也能吃上又有營養又可口的葡萄乾。事實也確實如此。

我那晚就待在那裡了，沒有回我的住所。順便說一句，這還是我第一次離開家在外面過夜。在晚上，我採用了我最初的辦法，爬到樹上好好地睡了一覺。次日早上，我又繼續我的發現之旅。我走了將近四英里，這是我從山谷的長度判斷的。我一直是在朝北走，我南面和北面都是一道連綿起伏的山脊。

在這次遠足的最後，我來到一片開闊地，這裡地勢似乎向西傾斜。一小股清泉從我這側的山邊發出，流到另一邊，也就是東邊。這片土地看起來如此清新、如此翠綠、如此欣欣向榮，萬物都是一派春天的氣息，看起來就像一個人工花園。

我順著那個宜人的溪谷旁邊往下走，帶著一股隱祕的喜悅打量著它，也夾雜著痛苦地想，這都是屬於我自己的，我是這裡無可爭辯的國王和主人，擁有所有權。如果我可以轉讓它的話，我也許會把它傳給子孫，就像英國采邑的領主一樣。我在這裡看到了很多椰子樹、橘子樹、檸檬樹和香櫞樹，但都是野生的，很少結果，起碼那時還沒有結果。不過我摘到的酸橙不僅好吃，還很有營養。後來我把它們的汁跟水摻在一起，不僅富有營養，還很清涼提神。

現在我發現要做許多採集和搬運的工作。我決定儲存一些葡萄、酸橙和檸檬，以備雨季之用。雨季快要到了。

1 埃及以西的北非穆斯林地區。

為了做到這一步，我在一個地方採摘了一大堆葡萄，在另一個地方採摘了一小堆葡萄，又在另一個地方採集了一大包酸橙和檸檬。我每一樣都隨身帶了一點，就往家裡走去。我打定主意再來，帶上個大袋子什麼的，把剩下的都帶回家。

我在路上走了三天才到家（現在得叫帳篷或洞室了），但在此之前葡萄早就爛了。葡萄長得粒粒飽滿，汁水又多，一碰就破，因此沒辦法吃了。至於酸橙倒是不錯，可是我帶不了幾個。

次日是十九日，我帶著兩個小袋子回來，想把我收穫的果實裝回家。但我吃了一驚。當我走到那堆葡萄跟前時，昨天我摘下它們時還又大又好，現在卻一片狼藉，有的被踩爛、有的被拖開，東一點、西一點，很多都已被吃掉。我由此推測，是附近的野獸幹的，但到底是什麼野獸我就不知道了。

我發現把葡萄採摘下來堆在一起不是辦法，用袋子裝回去也不是辦法，前一種辦法會讓葡萄被野獸糟蹋掉，後一種辦法會讓葡萄被壓碎。我只得採取另一種辦法。我採摘了大量的葡萄，將它們掛在伸得較遠的枝頭上，讓它們被太陽曬乾。至於酸橙和檸檬，我能背得動就多背一些回來。

這次出門回來後，我一想到那山谷果實累累，風景宜人，就滿心高興。那裡靠近溪流和樹林，不怕風暴來襲。我得出結論，我選來作為自己住所的地方，實在是全島最糟糕之處。總之，我開始考慮搬家，打算只要可能，就去島上那個富饒宜人的地帶找一個跟這裡一樣安全的地方安家。

這個想法長久地縈繞在我腦海裡，有一段時間我特別迷戀它，那個宜人的地方誘惑著我。但是，當我仔細想時，卻覺得我現在住在海邊，至少還有可能遇上對我有利的事，說不定還會有一些別的倒楣鬼像我一樣，被惡運帶到了這同一個地方。儘管這樣的事不太可能發生，但把自己封閉在島中央的高山密林中，卻註定作繭自縛，不僅會使這樣的事不太可能發生，而且是絕對不可能發生了。所以，我斷斷不可搬家。

不過，我對這個地方如此迷戀，以致七月剩下的時間我都在那裡度過了。儘管經過反思我決定不搬，卻還是給自己搭了一個小屋，在它不遠處圍上了一道結實的籬笆。這籬笆由兩排樹籬構成，有我伸手那麼高，裡面塞滿了枝枝杈杈。我在這裡睡得很安全，有時連待兩三晚。至於進出，我也總是用梯子。這樣，我就覺得現在我有了兩個房子，一個在鄉間、一個在海邊。鄉間這座房子我到八月初才建好。

我剛剛紮完籬笆，正要享受勞動成果，雨就來了，把我困在了舊居裡，沒法出門。因為，儘管我在新居也用一片帆布紮起了一個帳篷，並且把它撐開了，卻沒有小山可以遮風擋雨，也沒有山洞在大雨傾盆時作為後路。

如我所說，大概在八月初，我建好了茅舍，準備享受一番。八月三日，我發現我掛在樹枝上的葡萄已完全曬乾了，當真成了上等的葡萄乾。於是我動手把它們從樹上拿下來，我慶幸自己這麼做了，不然的話，後來的大雨會把它們毀了，我就會失去冬天最好的食物。因為我掛了兩百多串，每串都很大。我剛把它們全都取下來、把大部分都運到山洞裡，就開始下雨了。從那時開始，到八月十四日，一直在下雨，或大或小，每天都在下，直到十月中旬才停了。有時雨勢洶洶，我一連幾天都無法出洞。

在這個雨季裡，我為家庭成員的增多感到吃驚。我曾經少了一隻貓，牠可能是逃走了，也可能是死了，我得不到牠的任何消息，心裡十分牽掛。令我頗為意外的是，牠在八月底回來了，帶回了三隻小貓。這更令我覺得奇怪，因為，儘管我曾經用槍殺死一隻我所謂的野貓，我卻認為這種野貓的品種跟我們歐洲的貓完全不同。但小貓卻跟老貓一樣是家養的品種。我的兩隻貓都是母的，因此，我覺得這件事頗為出奇。不過，後來這三隻小貓繁衍了許多後代，弄得我很煩，我不得不把牠們像害蟲或野獸一樣殺掉，盡可能地把牠們從我屋裡趕走。

從八月十四日到二十六日，雨一直不歇，我不能出洞，我很小心，不讓自己淋溼。因為一直困在屋裡，糧食開始短缺。我出去了兩次，有一天殺死了一隻山羊，最後一天即二十六日發現了很大一隻海龜，我得以大快朵頤。我的食物這樣分配：早餐我吃一串葡萄乾；午餐我吃一塊山羊肉，或一塊海龜肉，都是烤了吃，因為我很不幸，沒有容器烹煮食物；晚餐是兩三個海龜蛋。

在我被雨困在山洞期間，我每天都工作兩三個小時，把洞挖大，一點一點地向一邊延伸，直到通向山外，成了一道門或出路，它已經在我的籬笆或圍牆之外了，因此我可以由此出路進進出出。但我對睡覺時這樣無遮無攔不太放心，因為在以前我是把自己封閉起來的，而現在我卻無遮攔地躺著，向外面敞開著，任何東西都可以來襲擊我。不過，我也沒有覺得有什麼動物要怕，我在這座島上見到的最大的動物不過是山羊而已。

九月三十日。今天是我在此登陸一周年的不幸日子。我把柱子上的刻紋計算了一下，發現我上岸已有三百六十五天了。我把這天定為一個莊嚴的齋戒日，專門用來做宗教儀式，我以最謙卑的態度匍匐在地，向上帝懺悔我的罪惡，接受祂對我公正的審判，祈求祂藉著耶穌基督憐憫我。我整整十二小時都未進食，直到太陽落山，我才吃了一塊餅乾和一串葡萄乾，然後上床睡覺，有始有終地結束了這一天。

我這段時間都沒有守安息日。起初，我腦子裡沒有宗教感，後來一段時間，我忘了把安息日刻成長紋來區別週數，因此就搞不清哪天是哪天了。但是現在，我計算了一下天數，知道已經來這裡一年了，因此我就分出週數，每七天分出一個安息日。算到最後，我發現漏掉了一兩天。

不久後，我的墨水快用完了，就只好省著用，只記些生活中最重要的事，而不再巨細無遺地什麼都記下來。

現在，雨季和旱季在我看來有規律了，我學會了劃分它們，並為此做好相應的準備。我為此交出了不菲的學費，下面我要講述的事情，就是我所有試驗中，最令人沮喪的一次。

我上面提過，我收藏了幾顆麥穗和稻穗，當初我還以為它們是憑空萌發出來的，因此曾大為吃驚。我猜測稻穗約有三十顆，麥穗約有二十顆。現在雨水已過，太陽逐漸移到了南方，我以為是適合播種的時節，就盡量用木鏟鬆了一塊地，將地分成兩部分，把種子播了下去。但在播種時，我偶然想到，不能一下子全部播下了，因為我並不知道時間是否合適，因此我只播了三分之二的種子，每樣還留了一把。

後來我慶幸這麼做了，因為我這次播下的種子沒有一顆發芽的。因為隨後數月，天氣乾燥，地裡沒有雨水滋潤，不能幫助種子生長，所以播下的種子一直長不出來。一直到雨季重臨，它們才冒出頭來，彷彿是新播下去似的。

發現第一批種子不長，我很容易就想到這是由乾旱導致的，就找了一塊溼潤的土地做另一場試驗。我在新房附近鬆了一塊地，在二月分春分的前幾天，把剩餘的種子播了下去。這批種子有多雨的三、四月來澆水，就快樂地發芽抽條，結出了一片好莊稼。不過由於我只有一部分種子，而且還不敢全部都播下去，因此最後我收穫的量不多，每種的收成只有半配克[2]而已。

然而透過這次試驗，我成了種田好手，準確知道了何時是適合播種的季節，並且知道了一年有兩次播種季節，可以收穫兩次。

這批莊稼生長的時候，我有了一個小小的發現，此後對我很有用。大約十一月，雨季一過，天氣開始轉晴時，我到我的鄉間茅屋去了一趟。儘管我已數月未去，一切東西卻依舊如故。我修築的圍牆或雙重籬笆不僅結實完整，而且我從附近樹上砍下的那些木樁業已發萌抽條，就跟柳樹在剪枝的來年會怒發一樣。我說不出這些木樁是從什麼樹上砍下來的。我驚訝又高興的是，看到小樹長大了。我把它們修剪了一番，盡可能讓它們長得一般齊。三年後，這些樹長得那麼優雅，簡直令人難以置信。儘管籬笆的直徑長達二十五碼，那些樹（現在我可以這樣稱呼它們了）卻很快就把它遮掩住了。它完全成了

2 等於八夸脫或二加侖。

一片綠蔭，整個旱季待在裡面十分舒服。

這令我決定再砍一些木樁，再做一個這樣的樹籬，圍著圍牆構成一個半圓形（我是指第一個住處），我就這麼做了。在第一道圍牆外約八碼的地方，我種了兩排樹或木樁。它們長得很快，一開頭是我住所很好的遮蓋物，隨後又成了一道防禦工事。關於這些，我後面再談。

現在我發現，這裡一年的季節不應該像歐洲那樣分為夏季和冬季，而是應該分為雨季和旱季。情況大致是這樣的：

二月下半月 三月 四月上半月	多雨，太陽處於或接近於赤道。
四月下半月 五月 六月 七月 八月上半月	乾旱，太陽在赤道以北。

八月下半月 九月 十月上半月	多雨，太陽往回移。
十月下半月 十一月 十二月 一月 二月上半月	乾旱，太陽在赤道以南。

雨季有時長、有時短，就看風怎麼刮了，這不過是我觀察到的大致情況。在我憑經驗發現淋雨的嚴重後果後，就注意未雨綢繆，備好糧食，免得下雨天還要外出。在雨季，我都盡可能地待在屋子裡。

在這段時間裡，我發現有許多事情要做，也適合在這個時間做，因為我發現我還缺乏很多生活用品，只有憑著艱苦的勞動，持之以恆才能做出來。我非常想做一個籮筐，但我弄來的所有的枝條都太脆，什麼也做不了。這時我小時候的經歷派上了用場。我還是一個小男孩的時候，喜歡站在城裡藤器店門口看藤匠編東西，像一般小男孩那樣，我也愛管閒事，不僅仔細觀察，還不時幫上一手，因此對編法頗為熟悉。現在我缺的只是材料了。我忽然想到，我砍來做木樁仍能抽條的那種樹枝，也許跟英國的柳樹一樣堅韌，我決定拿來一試。

第二天，我來到我所說的鄉間居所，砍了些小枝子，發現很適合我的目的。下次來我就帶了一把小斧，砍下更多枝條，因為我發現那邊可真不少。我把它們放在圍牆或樹籬裡面晾乾，合用時再搬到洞裡來。在下一個季度，我就盡我所能地編了一大堆籮筐，既可運土，也可載物，隨我所便。儘管做得不算好看，卻能各有所用。後來我留意著不讓籮筐缺乏，舊的壞了就編新的，特別是編了一些又深又結實的籮筐來裝穀物。我原先是用袋子裝穀物的，但現在穀物太多了。

花了大量時間克服這一困難之後，我又動手嘗試，看能否再滿足兩個需要。我沒有盛放液體的容器，只有兩個快裝滿了甘蔗酒的小桶，以及一些玻璃瓶——其中有的是尋常大小、有的是方形的，用來裝酒水。我也沒有鍋可煮東西，只有從船上扒來的一個大壺，但它太大了，不適合燒湯煮肉。我想要的第二個東西是一個菸斗，但自己也不可能做出來。然而最後我還是想出了法子。

在整個夏天或旱季，我都在忙於栽第二排木樁、用枝條編東西。與此同時，我在做另一件事，花的時間比預想的要多得多。

8 ＝ 勘查位置

前面提過，我有一個雄心，要把全島都看一看，我沿著小溪往上走，一直到我蓋的茅屋那裡，那裡地勢開闊，一直延伸到島另一側的海邊。我決定穿過海灘走到那邊去，因此就帶上槍、小斧和狗，以及比平時多得多的彈藥，還在口袋裡裝上了兩塊大餅和一大串葡萄乾，踏上了征程。我穿過我茅屋所在的山谷，向西瞭望，看到了大海。天氣晴朗，大海對面的陸地清晰可見，但它是島嶼還是大陸，我卻說不上來。不過，它卻很高峻，從西面向西南偏西延伸了很長的距離。我猜測它離我有十五或二十里格遠。

我不清楚這是在世界的哪個地方，只知道肯定是在美洲，我從觀察得出結論，必定靠近西班牙人的管轄區，也許上面住的全是野人，倘若我當初在那裡登陸，也許情況會比現在還糟糕。這麼一想，我就聽從了上帝的安排，承認並相信它是所有安排中最好的。我的心態開始平和下來，不再自尋煩惱，徒勞地想到對面的陸地上去了。

此外，經過一番思考後，我得出結論，倘若這塊陸地是西班牙的海岸，我就肯定或遲或早會看到船隻在那裡出沒。如果不是，那它就是西班牙領地和巴西之間的蠻荒海岸，在那裡住著最野蠻的野人，因為他們是食人野人，他們會吃掉任何落到他們手裡的人。

帶著這些想法，我很悠閒地向前走著。我發現我現在所在的小島的這邊，比我原先住的那邊宜人多了——這裡草原開闊，散發清香，花草點綴，佳木茂密。我看到許多鸚鵡，很想抓一隻養起來，教牠說話。經過一番折騰後，我終於抓到了一隻小鸚鵡。我用一根棍子把牠從樹上震下來，讓牠蘇醒後再帶回了家。但過了好幾年我才教會牠說話，最終不管怎樣，我還是教會了牠很親熱地叫我的名字。後來牠鬧出了一個亂子，雖然事情不大，但說出來也算有趣。

我對這次旅行極為滿意。我在低窪地發現了野兔（我認為是）和狐狸，但牠們迥異於我以前見過的種類，儘管我殺了幾隻，卻不想吃牠們的肉。我沒有必要冒險，因為我並不缺乏食物，何況我的食物十分可口，尤其是這三樣，即山羊、鴿子和海龜，再加上葡萄乾，就人均享用量而言，即使是利登霍爾市場也湊不到一桌比我更好的佳餚了。儘管我的處境夠倒楣的了，卻有充分的理由感謝上帝，因為我並沒有被弄得食物匱乏，倒是十分富足，甚至有美味佳餚。

這次旅行中，我沒有在一天內走過兩英里以上的。我兜來兜去，看看能發現點什麼，直到我十分疲倦，就找個地方坐下來，度過一夜。我要麼躺在樹上，要麼在地上打一圈木樁圍住自己，要麼在兩棵樹中間打上木樁，這樣野獸走近時，就會把我驚醒。

我一走到海岸邊，就吃驚地發現我把命投到了島上最糟的地方。因為在這兒，海岸上爬滿了無數海龜，而在我住的那邊我一年半只發現了三隻海龜。這裡還有數不清的諸多種類的海鳥，有些我以前見過、有些我從未見過，其中一些肉質鮮美，但我都不知其名，只知道一種叫企鵝。

我本可以隨意射殺，但我很節省彈藥。如果可以的話，我更想殺一隻母山羊，好好吃上一頓。儘管這邊山羊很多，比我那邊多多了，走近牠們卻也困難多了，因為這裡地勢平坦，牠們發現我要比在山上快得多。

我承認這邊比我那邊要好得多，但我還是一點也不想搬遷，因為我早已習慣住在那裡。我在這邊待著總感到好像是在離家旅行。我沿著海岸向東旅行了約有十二英里，接著在岸上豎起一根大木杆作為標記，覺得可以回家了。下次旅行可以從我居處另一邊走，向東繞上一圈，直到大木杆為止。

回去時我沒有走原路，而是走了另一條路，以為只要注意地勢，我就能很容易地將全島盡收眼底，而不會找不到我原先的居所。但我錯了，因為往回走了兩三英里後，我發現自己往下走到了一個很大的山谷裡面，山谷四面環山，山上有樹遮覆，我不能透過辨別方向找到道路，只能看太陽定向，但那時太陽也未必有用，除非我清楚當天那個時辰太陽的位置。

更糟糕的是，在山谷裡的三、四天中，天起了大霧，看不到太陽，我兜兜轉轉很不舒服，最後不得不來到海邊，找到大木杆，從原路返回。這次回家方向倒是清楚，只是由於天氣酷熱，我的槍、彈藥、小斧和別的東西都顯得十分沉重。

在回家的路上，我的狗驚到了一隻小山羊，把小山羊撲住了。我跑過去奪過小山羊，把牠從狗嘴裡救了出來。我很想把牠帶回家飼養。我一直在研究是否可能抓一兩隻小山羊、馴養出一窩山羊來，在我彈盡糧絕時可以充飢。

我給這小羊做了個項圈，又用我一直帶在身邊的麻紗搓了根細繩，費了番周折把牠牽到我的鄉間居所。我把牠圈在那裡就走了。因為我離開山洞已一月有餘，急於回去了。

我回到老屋，躺在吊床上，那種愜意真是難以言喻。這次居無定所的小小漫遊，在我算不上稱心，相對之下，我的老屋就算是完美無缺了。在家裡萬事都是這般舒適，我決定，倘若我的命就是待在這座島上的話，那我再也不會離家遠行了。

我在這裡歇了一星期，算是在長途旅行後休養生息。在此期間，我做的一件要事，就是為我的鸚鵡波兒做了一個籠子，牠這時已被馴化，與我相熟了。然後我想到被我關在小羊圈裡的那隻可憐的小羊，就決定去把牠帶到洞裡來，或餵牠點東西。我到了那裡，發現牠待在原地，逃不出去，早已餓得奄奄一息。我出去從能找到的樹上砍了些嫩枝嫩葉投餵給牠，仍像原來那樣用繩子繫著牠，要把牠牽走，但是牠因為挨餓而變得十分馴順，我根本不用牽牠，牠自己就像一條狗那樣跟著我。我一直不斷地餵養牠，這小傢伙變得愈來愈溫順可愛，從那時起就成了我家庭中的一員，再也沒有離開過我。

時當秋分，雨季到來，我像去年一樣，莊重地度過了九月三十日這一天。這天是我上島的周年紀念日。我來這裡已經兩年，但跟兩年前剛上岸的第一天一樣，毫無獲救的希望。一整天我都在謙卑與感恩中度過，承認上帝給我孤獨生活賜予的恩惠，沒有牠們，我的處境將更為糟糕。我帶著謙卑而虔誠的心，感謝上帝讓我領悟到，我在這孤獨的處境中比我在自由社會和快樂人間過得更為幸福，這是可能的。上帝用祂的臨在，用祂的恩典與我溝通，完全彌補了我孤苦伶仃、與世隔絕的缺憾。祂支持我、安慰我、鼓勵我在這裡信靠祂的旨意，盼望祂將來與我永遠同在。

此時我算是真正認識到，我現在過的這種生活，儘管環境惡劣，比起我從前所過的邪惡可憎、令人詛咒的生活，卻是要幸福得多。現在我改變了對悲和喜兩者的看法。我的欲望改變了、我的情感改變了，我的喜悅也跟兩年前剛來這裡時完全不同了，煥然一新。

過去，我在出去晃時，不管是打獵還是探查，一想到自己的處境，一陣靈魂的痛楚就會突然爆發。想到自己所處的樹林、群山和荒漠，自己像一個囚徒被囚禁在海浪的柵欄中，在無人居住的荒原裡，毫無得救的希望，我的心就像死去了一樣。即使在我心境最為平靜的時候，這種念頭也會暴風雨般突然爆發，讓我絞著雙手，哭得像個孩子。有時在做事時，這種念頭也會突然來襲，我會馬上坐下來唉聲歎氣，一兩個小時地盯著地面發呆。這對我更糟，因為，如果我可以嚎啕大哭，或用語言宣洩出來，也就沒什麼事。悲哀發洩完後也就緩解了。

但我現在開始用新的思想來修練自己了。我每天都讀上帝的話，將它應用到我目前的處境中，藉以自慰。一天早上我很悲傷，打開聖經，看到這一句：「我決不撇下你，也不丟棄你。」[1]馬上就覺得，這句話是對我說的。要不然，為什麼正好在我為自己的處境唉歎，彷彿自己是一個被神人共棄的人的時候，讓我讀到這句話呢？「那好吧，」我說，「倘若上帝不拋棄我，即使全世界都拋棄我，那又有什麼要緊，又有什麼害處呢？另一方面，假如我擁有了全世界，但失去了上帝的恩寵和祝福，我的所得跟所失又

1《舊約・約書亞記》1：5。

怎麼能相提並論呢？」

從這一刻起，我在心裡總結出，我在這被拋棄的孤苦處境中，是可能比我在人世間其他地方更為幸福的。有了這個認識，我禁不住要感謝上帝把我帶到這個地方了。

可是一產生這個念頭，我不知怎麼了，心頭突然一震，再也不敢開口了。「你怎麼能變成這樣一個偽君子呢？」我說，甚至很大聲，「你是在假裝對自己的處境表示感激，因為你一方面盡力對它表示滿意，另一方面卻衷心祈求上帝讓你擺脫它。」故此，我就在此打住了。不過，儘管我不能說感謝上帝把我帶來此地，卻誠心感謝上帝開了我的眼，祂用各種災難打擊我，使我看到了自己從前的生活處境，為自己的邪惡哀歎，並且悔改。我每次打開或合上聖經時，心裡都要感謝上帝，是祂指示我在英國的朋友，把聖經打包在我的貨物裡，雖然我沒有囑咐他。我也感謝上帝後來幫我把聖經從破船中救了出來。

我就在這樣的心靈狀態中，進入了第三年。儘管我未向讀者不厭其煩地報導我這一年的生活細節，大體上卻可以說少有閒暇，總是將時間有規律地分配給了我面對的幾件日常事務。首先，我對上帝的義務，每天我都要單獨撥出時間來讀聖經，一日兩次。其次，帶著槍外出覓食，假如不下雨，一般每天早上花三個小時。第三，處理打到或抓到的獵物，或砍或煮，或藏或存。這些事占用了一天的大部分時間。我還要考慮，每天中午，毒日當頭，酷熱難當，不能外出，因此只有晚上能做四小時的事。偶或會調整時間，將打獵和工作的時間換到傍晚，而在早上做事。

一天中能做事的時間太短，我還要補充說，做事太辛苦。由於缺乏工具、缺乏幫手、缺乏技能，我做每件事都耗時甚多。比如，為了在山洞裡做一個長架子，我忙了足足四十二天，才造出了一塊木板。而如果有兩個鋸木工帶上鋸子，挖出一個鋸坑，半天就可以從同一棵樹裡鋸出六塊木板來。

我的辦法是這樣的：要選一棵大樹砍，因為木板要寬。砍下大樹我花了三天，砍掉小枝又花了兩天，削成了一塊圓木或木料。然後無數次地又劈又削，把兩端削平，直到輕得可以搬走。接著翻轉它，把一面削得平滑如木板。削好後翻過來削另一面，直到把板子削成三英寸厚，兩面都很平滑。大家可以判斷，做一件這樣的東西，我雙手得付出多少勞動。但憑著勞苦和耐心，我還是做完了這件事，以及其他的事。我在這裡特意提起這事，只是為了說明為什麼我耗時甚多而成事卻少——若有幫手和工具本可以很快就做完的事，一個人赤手空拳地去做卻費時費力。

儘管如此，憑著耐心和辛勞，我還是做了環境逼著我必須做的所有事情。這我在下面將會講到。

現在正是十一月和十二月之交，我開始盼著收割大麥和稻穀了。我耕種和施肥的土地面積不大，因為如前所述，兩類種子數量都不多，都未超過半配克。我因在旱季播種而顆粒無收。但現在我的莊稼長勢喜人，豐收在望。然而我突然發現，莊稼受到好幾種敵人的威脅，簡直難以對付。首先是山羊，以及我稱為兔子的動物，牠們嘗到了禾苗的甜味，就晝夜伏在地裡，禾苗剛一露頭，就被牠們吃掉，以致難以抽出莖稈。

除了紮個籬笆把莊稼圍起來，我別無他法。紮籬笆又花了一番苦功，苦上加苦，因為要趕進度。不過，由於莊稼不多，地面不大，我只用了三星期的時間就把籬笆紮好了。白天我把來偷吃的動物打死，晚上則讓狗守衛著莊稼。我把狗拴在門柱上，讓牠蹲在那兒，整晚吠叫。沒過多久，敵人就都放棄了這塊土地，莊稼長得又壯又好，很快就成熟起來。

但是正如莊稼出苗時動物跑來搞破壞一樣，莊稼結穗時，鳥兒也飛來搞破壞了。當我到地裡去看莊稼生長情況時，看到小小莊稼地上圍了不知多少種鳥類，牠們站在那兒看著我，彷彿等著我走開似的。我馬上開了一槍，我總是隨身帶著槍的。槍聲一響，從莊稼地裡就飛起一大群鳥類，密密麻麻如烏雲一般，為我之前所未見。

這令我痛心不已，因為我預見到，牠們在幾天之內就可以吃掉我所有的希望。我就要忍飢挨餓，再也不能種上莊稼了。我不知道怎麼辦才好，但我決心只要可能就保衛我的莊稼，日夜看守也在所不惜。我先走到莊稼地裡看看已有何損失，發現鳥兒已糟蹋了不少，但由於莊稼對牠們來說還太青，因此損失還不算太大，剩下的禾苗如果搶救得法，還是可以有個好收成的。

我給槍裝上彈藥，在莊稼旁站了一會兒。我走開時，一眼就看到偷穀賊們正棲在附近的樹上，彷彿等著我離開似的。事實確實如此。因為當我走開、假裝離開了時，我剛一消失在牠們的視野裡，牠們就一隻隻地重新飛進了莊稼地裡。我被激怒了，因為牠們現在啄掉的每一粒糧食，以後對我都會是一個大麵包，因此我沒有耐心等更多鳥飛下來，就走到樹籬邊又開了一槍，打死了三隻鳥。這正是我希望的。我把牠們撿起來，用英國人懲罰臭名昭著的竊賊的辦法，把牠們吊在鏈子上，以嚇阻其他的賊。想不到，這個辦法居然奏效，飛禽不僅不敢再到莊稼地來，甚至連島上的這塊地方也不敢再來了。只要示眾的鳥屍還掛在那兒，附近就連一隻鳥影都見不著。

你可以想像，這使我很開心。大約到了十二月下半月，就是一年的第二個收穫季節，我把莊稼收了。

我感到為難的是，收割莊稼得有鐮刀，可是我沒有，無奈之下，我只好用一把腰刀或短劍來代替。這是我從船上武器庫裡拿過來的。不過，如果我的第一次收穫量不大，我收割起來並不太費勁。簡而言之，我以自己的方式收割，我只割穗子，把它們裝進我編的一隻大籮筐裡搬回家，再用雙手脫粒。收割完畢，我發現原來的半配克種子打了將近兩蒲式耳[2]稻穀，以及超過兩個半蒲式耳的大麥。這是我猜測的，因為我那時並沒有量器。

無論如何，這對我都是一個巨大的鼓舞，我預見到，遲早有一天，上帝會賞我麵包的。但現在我卻糊塗了，因為我既不知道怎麼磨穀成粉，也不知道怎麼脫殼或篩去秕糠；即使能磨穀成粉，也不知道怎麼把粉做成麵包；即使知道怎麼做麵包，也不知道怎麼烤麵包。此外，我還想大量貯存糧食，以保證供應不斷，一番思索之後，我決定這次的收穫粒米不嘗，而將之全部留作下一季度的種子。與此同時，我要用全部時間全力以赴地研究磨製麵粉和烘烤麵包的艱巨任務。

現在真的可以說，我是為麵包工作。我相信，極少有人會深入地想到，要成就一片小小的麵包，中間要具備多少環節啊！要播種、生產、翻曬、保存、加工、製作，才能最終完成一片麵包。

我身無長物，已被還原到赤裸裸的自然狀態，發現做麵包成了日日苦惱我的事。如前所述，自從我無意中驚奇地得到第一批穀種後，我時時刻刻都在想著做麵包的事。

首先，我沒有犁可用來耕地，也沒有鋤頭或鏟子來挖地。前面我說過，對這個難題，我的解決辦法是做了一個木鏟，但它雖能用，卻不得力。我花了好幾天才把它做出來，但由於缺鐵，它不僅很快就磨損了，還讓我工作更困難、效率更低下。

儘管如此，我還是得耐著性子使用這把木鏟，即使效果不佳也沒辦法。播種時，我又沒有耙子，不得不自己走來走去，拖著一根大樹枝在地裡走，這與其說是在耙地，不如說是在抓地、撓地。

我前面說過，在莊稼成長和成熟的時候，我做了許多事。我要圍起它、保護它、收穫它、翻曬它、把它搬回家，然後打穀、篩糠、貯藏起來。接著我想要用石磨來磨它、用篩子來篩它、用發酵粉和鹽把它做成麵包、用爐子來烤它。但是所有這些東西我都沒有，這在上面我也已說過了。儘管如此，只要有糧食，對我就是一個莫大的安慰和好處。如我所說，所有這些困難使得我做什麼事都吃力又乏味，但也沒有辦法。我的時間也算不上多麼浪費，因為我已分配好了，每天就花一定的時間來做這些工作。我既已決定要在收割更多糧食後再用這些穀物做麵包，接下來的六個月裡我就完全致力於製作和發明各種工具，就是上面所說的生產穀物、製作麵包過程中必要的合用工具。

2　英美容量單位，一個蒲式耳相當於八加侖或三十六升。

9 ＝ 一艘小艇

不過首先我得多準備一點土地，因為現在我的種子多得足以播一英畝有餘了。在動手之前，我花了至少一星期的時間做了一把鏟子，但做出來的鏟子卻不好用、太重，用它工作事倍功半。但我克服了這個困難，把種子播在了兩大塊平坦的土地上。這兩塊地是我在住所附近能找到的最滿意的地，我在地邊圍了一道結實的籬笆，木樁是從我以前栽的樹上砍下來的，我知道這種樹長得快，一年之內就可以用來做籬笆，不用花功夫打理。這件事花了我至少三個月，因為那段時間大部分是雨季，我不能出門。

在室內，也就是我因下雨不能出門的時候，我也找些事情做。我一邊做事，一邊跟我的鸚鵡說話、教牠說話。我很快就教牠知道了牠自己的名字，最後牠可以響亮地叫出「波兒」，這是我在這座島上聽到的不是從我的嘴裡而是從別的嘴裡發出的第一句話。當然，這不是我的工作，而只是有助於我的工作而已。如上所說，我手上正忙著一件大事。我一直在研究用什麼方法製作些陶器。我急需陶器，但不知道從哪裡下手。想到高溫的氣候，因此，我毫不懷疑，只要我能找到陶土，就可以造出一些罐子來，把它們在太陽下曬乾，堅硬結實得足以長期使用，可以容納任何需要貯存的乾東西。我很快就要加工糧食、磨麵粉，在這些程序中容器都是必需的，因此我決定做一些盡量大的容器，可以像罐子那樣立在地上的、什麼都可以放到裡面的容器。

說起我是怎麼製作這些陶器的，讀者說不定會可憐我，甚或嘲笑我。我不知用了多少笨方法去調合陶土；不知做出了多少奇形怪狀的醜陋傢伙；不知有多少次因為陶土太軟，撐不住自身的重量，不是太凸，就是太凹；不知有多少次因為曬得太急太早，陶器被炎炎烈日曬爆了；不知有多少次在曬乾前後一搬就碎了。總之，在費盡力氣找到陶土後——我要挖掘、拉抻、運回家、做工——我在兩個月時間裡只做出了兩隻樣子醜陋的大容器，我都不好意思稱之為缸。

不管怎樣，當太陽把這兩個東西曬得又乾又硬，我就把它們輕輕抬起來，放到兩個特意製作的大筐裡，免得被碰破了。在缸和筐之間有一些縫隙，我就塞了些稻草和麥稈。我想，只要這兩口大缸保持乾燥，我就可以把乾穀，甚或用穀磨成的麵粉，都放到裡面。

儘管我大缸做得不成樣，小器皿卻做得還行，比如小圓罐、小平碟、水罐、小泥鍋，以及所有順手做出來的東西，烈日將它們烤得堅硬。

但所有這些東西都不能達到我的目的，我要的是一隻陶罐，既可盛放液體，亦可經受火燒，而這些東西都不行。這之後不久，碰巧有一次，我生起一堆大火烹肉，烹完後我去滅火，發現火裡有一塊我製作的陶器的碎片，被火燒得像石頭一樣硬，像磚塊一樣紅。看到這，我真是驚喜萬分，對自己說，如果破陶器能燒，整隻陶器當然也能燒了。

這使我開始研究怎麼控制火力，來燒製陶罐。我對窯毫無觀念，就是陶匠燒陶的那種窯。我對用鉛塗釉也沒有概念，儘管我有一些鉛可以這樣做。我把三隻大泥鍋和兩三隻泥罐一個一個堆起來，周圍架上木柴，下面生上炭火。我裡裡外外、上上下下都點上火，一直燒到裡面的罐子紅透為止。我小心觀察，免得它們被燒裂了。我看到陶器紅透後，又繼續保持高溫五、六小時。後來我看到其中一隻雖然沒有燒裂，卻被熔化了，因為摻在陶土中的沙子被熱力燒熔了，如果繼續燒下去，就會變成玻璃。因此我逐漸減少火力，讓罐子的紅色逐漸退去。我整夜都盯著，以免火力退得太快。到了早上，我燒成了三隻很好的（我不能說漂亮的）陶鍋和兩隻陶罐，達到了我想要的硬度。其中一隻由於沙子被燒熔了，還有了一層很好的釉。

不用說，這次試驗之後，我就再也不缺陶器用了。但我還是要說一聲，這些陶器的樣子實在不像樣。大家也可以想像，我沒什麼方法來製作陶器，因此效果就像小孩子做泥餅，或不會和麵粉的女人做餡餅一樣了。

我發現自己做出了一件能耐火的陶罐時，那種喜悅之情真是無上的，即便這只是一件很尋常的事。我等不及讓它們慢慢冷卻，就把其中一個裝上水再次放到了火上，用它來煮肉，效果不錯。我用一塊小山羊肉煮了一碗好湯。當然，我沒有燕麥粉和別的配料，否則可以做出我想做的任何湯來。

我的下一個考慮是要有一個石臼來搗穀物。至於石磨，由於我赤手空拳，是無法製作一個合乎理想的石磨出來的。我什麼都缺乏，難以達到這一要求。世上所有行業中，我最不懂的就是石匠手藝了。我也沒有合適的工具。我花了很多天去找一塊可以鑿空來作石臼的大石頭，但根本就找不到，只能找到堅硬的岩石，對岩石我是沒有法子挖鑿的。島上的岩石也不夠硬，全是些沙石，一碰就碎，經不起重杵去臼，即使能搗碎穀物，也必然會把沙子攙到麵粉裡。因此，在花了大量時間卻找不到合適的石頭後，就放棄了這個想法，決定出去找一塊硬木。這要容易得多，還真找到了。我找到了一塊勉強搬得動的大木頭，用大斧小斧把木頭砍圓，在上面刻出一個圓形，然後用火和不盡的勞動，燒出了一個圓槽，就像巴西的印第安人製作獨木舟那樣。在此之後，我又用鐵木做了一件又大又重的木杵。我把這些東西準備好並放置好，等著下次收穫時把糧食搗成麵粉，製作麵包。

下一個困難，是我得做一把篩子來篩麵粉，把麵粉和粃糠分開。沒有篩子，我不可能做出麵包。這想起來就是最困難的事，因為我沒有任何必需的材料來做篩子——我是指那種可把麵粉篩出來的精細輕薄的布料。我為此停了幾個月，一籌莫展。亞麻布我都用光了，全成了破布條。我是有山羊毛，但既不知道怎麼織，也不知道怎麼紡。即使知道，也沒有工具做到。我為此找到的補救辦法，是最後想起來，我從船上拿來的海員衣服中，有幾塊棉布或細麻布的圍巾。我拿出幾塊，做了三個適用的小篩子。就這樣，我應付了好幾年。至於後來我怎麼做，將另有說明。

接著要考慮的是烘烤麵包的事情。有了糧食，怎麼製作麵包呢？首先，我沒有發酵粉。這東西是絕對沒辦法做出來的，因此我就不費腦筋去想了。但是爐子呢？我卻費了一番周折。最後我也想到了一個試驗方法。我做了些寬而淺的陶器，直徑約有兩英尺，深度不超九英寸。我把它們放在火裡燒過，燒好後放在一邊。當我想要烘麵包時，就在爐子裡生起大火——這爐子是用方磚砌成的，這些方磚也是我自己燒製出來的，只不過不太方正罷了。

當木柴燒成熱炭或熾炭時，我把它們取出來，放在爐子上方，蓋得嚴嚴實實的，直到爐子裡也變得很熱。然後我掃走所有的熱炭，把麵包放進去，再用做好的陶盆捂住麵包，陶盆上再蓋滿熱炭，以保溫加熱。就跟使用了世上最好的烤箱似的，我就這樣做出了大麥麵包，迅速成為糕點大師，可以入市叫賣了，因為我還用大米做了幾塊蛋糕和布丁。不過我做不了餡餅，因為我除了禽鳥和山羊肉之外，沒有別的材料可以放進去。

毫不奇怪，這些事花去了我在島上第三年的大部分時間。要知道，在做這些事情的空檔，我還得收割莊稼、照管農事。我按季收割莊稼，盡力運到家裡，把穗子放進大筐，再用雙手搓好。因為我既無打穀場，也無打穀工具。

現在，我的糧食貯備增加了，我很想擴大穀倉，想找一個地方把它們堆起來，因為穀物增得太多，我已有大約二十蒲式耳大麥，以及比這還要多一點的大米。我現在決定隨意享用，因為我從船上拿來的麵包早已吃完了。我還決定估算一下我一年要吃多少糧食，一年播一次就夠了。

總體來看，我發現四十蒲式耳大麥和大米夠我吃個一年有餘，因此決定每年都播下跟去年一樣數量的種子，希望這個數量能為我供應足夠的麵包。

你可以肯定，我在做這些事的同時，也總是惦記著在島上另一邊看到的陸地的景象。我確實有一個隱祕的願望，就是登上那裡，我幻想著，在看到陸地和有人煙的地方之後，我可以進一步走到更遠的地方，也許最後能找到逃生的辦法。

但那時我完全沒有想到這麼做的危險，我應該想到，假如我落入了野人之手，情況會比落入非洲虎獅之口還要糟糕。一旦我落到他們手裡，我肯定要麼被殺掉，要麼被吃掉，逃生的機會千分之一都不到。我聽說加勒比海一帶的人是食人野人，我由緯度知道我離他們並不遠。即使他們不是食人野人，他們也會殺了我的，正如許多落入他們之手的歐洲人所遭遇的那樣。這些歐洲人還是十人或二十人結成一隊的——人數遠比我多，我隻身一人，幾乎沒有或毫無防衛能力。我要說，這些事情我本該想到，後來也確實想到了，但當初我絲毫沒有意識到，當時我滿腦子只有登上對面陸地的念頭。

現在我想念起男孩蘇里，以及那艘掛著大帆的長艇了，我們駕著它沿著非洲海岸行駛了一千多英里。但想念是徒然的，所以，我覺得應該去看看我們大船上的那隻小艇，我前面提到過，它在我們遇難的風暴中被刮到了岸上。它還像當初那樣躺在那裡，但未穩定下來。它被海浪和風掀翻了，幾乎是底朝天地躺在一堆沙石上，周圍沒有水。

如果我有個幫手來修理它，把它放到水裡，小艇還能好好用，我也就可以乘著它輕鬆地回到巴西。但我本該預見到，我沒法把它翻過來，讓它底朝地，這對於我就跟要把島搬走一樣難。但我還是跑到樹林裡，砍了些樹幹想做槓桿或滾木用，然後把它們搬到小艇邊，想試試我能否做到。我勸自己說，假如我能把它翻過來，就可以修復其受損之處，它就可以成為一隻好艇，我就能乘著它輕鬆下海了。

我全力以赴地做這事，花了三、四個星期，最後只是勞而無功。我最終認識到，憑我個人的微薄之力，是不可能把它抬起來的。於是我不得不另想他法，著手挖小艇下面的沙子，想把下面挖空後讓小艇自己落下去。我還在下面支了幾塊木頭，讓小艇落下來時翻個身，落到合適的地方。

但我做成這件事後，還是沒法把小艇撬動起來，或把滾木放到它下面，更別說把它推到海裡了。因此我只得放棄。不過，雖然我放棄了使用小艇的希望，我要去對岸陸地的渴望卻非但沒有減弱，反而因為無法實現而更加強烈了。

這最終讓我想到，是否可以為自己造一隻獨木舟，像那些熱帶地區的土著那樣。我想他們也沒有工具、沒有幫手，就可以用一根大樹的樹幹做出獨木舟來。我認為這不但是可能的，而且是容易的，一想到這我就高興極了，而且我還認為，跟黑人或印第安人比，我還更有方便之處。我根本沒有考慮到跟印第安人比起來，我有特別不方便的地方，即在獨木舟造好後要推到水裡時缺乏幫手。這個困難遠比印第安人缺乏工具的困難更難以克服。如果我在樹林裡挑了一棵大樹，費了老大的力氣把它砍下來，如果我用工具把它外面砍削成一隻小舟的形狀，把它裡面燒空或鑿空，因此就做出了一隻小舟——如果萬事俱備，它卻原地不動，我無法把它推到海裡去，那這一切對我又有什麼用呢？

你也許會想到，我在打造這隻小舟時，不可能絲毫沒有想到過我的處境，我應該馬上就想到了我該如何乘著它下水。但我當時光想著乘舟遠航，而根本沒有想到我該如何讓它離開陸地。真的，就小舟的性能來說，駕著它在海裡走四十五英里，要比在陸地上讓它移動四十五英寸再下水容易得多了。

我著手打造這隻小舟，像個傻瓜一樣，而任何頭腦清醒的人都不會這麼做的。我對這個計畫很得意，而沒有想到我是否能做到。雖然我也想到了把小舟推下水的問題，卻用一個愚蠢的回答擋回了自己的疑惑：「做好了再說，我保證做好後就能找到辦法。」

這是最荒謬的辦法，但我思舟心切，馬上就著手行動。我砍倒了一棵雪松，我懷疑所羅門建造耶路撒冷聖殿時都沒有用過這麼粗的木料。靠近樹根的一端直徑達五英尺十英寸，在上面第二十二英尺的地方，直徑也有四英尺十一英寸。在那裡樹幹漸漸變細，直到分出枝杈。砍倒這棵大樹耗了我絕大的力氣，我花了二十二天砍它的底部，又花了十四天砍去枝杈和樹冠，我用上了大斧小斧，不辭勞苦。然後，我又花了一個月讓它逐漸成形，適成比例，做出一個舟底的樣子，這樣就可以浮在水面上了。我又花了將近三個月的時間挖空中間，做成了一隻小舟。這次我沒有用火燒，而只用了槌子和鑿子，我一點一點地把它鑿空，最後就成了一隻非常漂亮的獨木舟，大得足以裝進二十六個人，所以也就大得足以裝下我和我所有的東西。

完工後，我真是高興極了。這條船實際上比我看到過的所有獨木舟都要大得多。你可以想到，這得花多少心血。假如我能把它推下水，毫無疑問，我就可以進行一次最瘋狂、最不可思議的航行了。

但我想盡了辦法，費盡了力氣，就是不能把它弄到水裡。它離水邊有約一百碼，就這麼近。第一個不便，是小船到河邊中間正好是一個小丘。為了掃除這個障礙，我決定掘開地面，挖出一條向下的斜坡。我就開始挖，費了不少力氣（看到了逃生在望，誰還會在乎吃苦呢？）。但是完工後，困難如故，一如往常，因為我根本沒有力氣移動獨木舟一步，就跟無法移動那隻小艇一樣。

接下來我把地面的距離量了一下，決定開一個船塢或運河，把水引到獨木舟那裡，看能否把獨木舟推下水。於是我又開始這項大工程。在著手前，我計算了要挖多深多寬，怎麼把挖出來的土運走，發現只憑著我自己的這一雙手，要完成這項工程得花十至十二年。因為河岸很高，從頂端算起至少有二十英尺深。所以最後，我只好悻悻地放棄了這個計畫。

這件事真的傷到了我。現在我才明白——儘管已經太晚了——做事以前若不考慮代價，不正確地判斷自己的力量，將是十分愚蠢的！

這件事做到一半的時候，我度過了在這裡的第四年。我以同樣的虔誠紀念了一番，像往常一樣欣慰。透過對上帝之言的持續學習和認真踐行，借著祂恩典的幫助，我獲得了跟以前迴異的一種認識。對事物我有了一種不同的觀念。現在，我把世界看成一個遙遠的事物，我與它沒有任何關係，我對它沒有任何盼望或渴望。一言以蔽之，我與它無干，以後也不會有。因此，我對世界的看法，就像我們在去世後對世界的看法一樣，把它看成一個我曾經居住的地方，但業已離開了。我完全可以用亞伯拉罕對財主說的那句話：「你我之間，隔了條鴻溝。」[1]

首先，我在這裡擺脫了世界一切的邪情。「肉體的情欲、眼目的情欲並今生的驕傲」[2]，我統統沒有。我沒有什麼要覬覦的，因為我擁有現在我所享受的一切。我是整座莊園的主人。如果我高興，我可以把自己稱為我所擁有的這整片土地的國王或皇帝。我沒有競爭者，沒有人跟我爭奪主權或領導權。我本可以種出整船整船的穀物，但我用不著，所以我只根據情況種一點，夠吃就行了。我有足夠多的海龜，但只要時不時吃一隻也就夠了。我的木材多得足以建造一支船隊，我的葡萄多得足以釀造葡萄酒，或製成葡萄乾，等到船隊建好後就可以把船裝滿。

但是我能用上的，只是那些對我有價值的東西。我夠吃夠用，其餘的東西又有何意義呢？倘若我獵殺了過多的野味，多餘的肉就會被狗或蟲子吃掉。倘若我種出了過多的穀物，吃不完的就會被糟蹋掉。我砍倒的樹都躺在地上快要爛掉了，除了用作燃料外，沒有別的用處，而我只是在烤煮食物時才將之當作燃料。

一言以蔽之，事理和經驗使我明白了，世間萬般好東西，只因為對我們有用，才稱得上好東西。任何東西，堆積多了就應送給別人，我們所能享受的，也只不過是能使用的那部分，多了也沒用。世上最貪心、最一毛不拔的守財奴，若是處在我的位置，也會治好他的貪病。因為我現在擁有得太多，我都不知道該怎麼辦才好了。除了缺幾件很尋常對我卻很有用的東西外，我沒有什麼要欲求的了。我前面提到過，我有一袋子的錢，金幣銀幣都有，共值約三十六英鎊。但是這可悲無用的東西堆在那裡，我絲毫也用不著。我常常想，我寧願用一把金幣去換十二打菸斗，或換一個手推磨來磨我的穀子。不，我願用它去換只值六便士的英國蕪菁和胡蘿蔔種子，或者去換一把豌豆或蠶豆，以及一瓶墨水。可是現在，這些錢對我一點用處都沒有，毫無價值。它們躺在抽屜裡，一到雨季，就因洞裡潮溼而發黴。倘若抽屜裡裝滿了鑽石，情況也是一樣的。它們對我毫無價值，因為毫無用處。

跟最初上島時比，我現在的生活狀態輕鬆多了，身心都很安逸。我坐下來吃飯時，常常有感激之情，驚歎上帝的手竟然在曠野為我擺上了筵席。[3]我學會了多看我處境中的光明面而少看陰暗面，多想我所享有的而少想我所缺乏的。有時這給了我隱祕的安慰，實難言表。我在這裡如是說，是希望那些不知足的人能有所醒悟。他們之所以不能

1《新約・路加福音》16：26。原文為「你我之間，有深淵限定」，此處譯文略改。
2 見《新約・約翰一書》2：16。
3《舊約・詩篇》78：19。

舒舒服服地享受上帝已經給予他們的東西，是因為他們盯著並覬覦上帝沒有給予他們的東西。在我看來，我們老是因為缺乏什麼而感到不滿，是因為我們對已經擁有什麼缺乏感恩。

另一個領悟也對我大有好處，無疑對那些落到我這般不幸處境的人也會有益。這就是將我目前的處境跟我當初所料想的加以比較，更準確點說，跟我必然會落入的處境加以比較。倘若上帝的旨意未曾神奇地命令船隻靠攏岸邊，使我不僅得以走近它，還能把我從裡面拿出的東西運到岸上，使我得到救濟和安慰；若非如此，我就會沒有工具可做事、沒有武器護身、沒有彈藥捕食了。

我會一連幾個鐘頭，或者一連幾天地陷入沉思。我對自己論證說，假如我沒有從船上拿東西下來，我會怎麼辦呢？如果那樣，那我除了魚和海龜外，就找不到任何食物了。而魚和海龜是我很久後才發現的，在此之前我肯定早就餓死了。倘若我沒有死，也會活得跟野人似的。即使我設計殺了一隻山羊或一隻禽鳥，我也無法把牠們開膛剖肚、剝皮切塊，只好用我的牙去咬、手去抓，跟野獸一樣了。

這些沉思使我對上帝的良善十分感動，為我目前的處境而充滿感恩之情，儘管這處境艱辛而不幸。在困境中的人常常哀歎「有誰像我這樣痛苦？」我勸他們讀讀我的這段話，並好好想想，有些人的處境比他們還要糟糕得多，還有，假如上帝認為合適，他們的處境本來可能更糟。

我還有另一個醒悟，它也有助於我用希望來寬慰自己，這就是將我目前的處境跟我從上帝手中應得的報應加以比較。我曾過著一種可怕的生活，對上帝完全缺乏認識和敬畏。我從父母親那裡得到過良好的教導，他們最初並非沒有努力往我心裡灌輸對上帝的敬畏、責任感、做人的道理和人生的目的。但是，唉呀，我早早就下海過上了水手的生活，而這種生活是最不敬畏上帝的，儘管上帝使他們的生活充滿了恐怖。我是說，由於我早早就過上了水手的生活，跟水手長相為伴，我所懷有的最微弱的宗教意識也受到了同伴的嘲笑。加上由於海上經常遭遇危險而習以為常，視死如歸，也由於除了和跟我一樣的水手來往之外，沒和其他人往來，聽不到任何有益的教誨，我的宗教意識久而久之便消失殆盡了。

我就是這樣地缺乏善心，不知道自己是什麼樣的人、不知道自己要成為什麼樣的人，因此，即使我享受到了最大的救濟——比如從薩累逃走，被葡萄牙船長救起；在巴西過上好日子；從英格蘭得到貨物等等——我卻從來沒有在心裡或嘴裡說過一句「感謝上帝！」在遇到最大的危險時，我也沒有想到向祂祈求，也從不說「主啊，可憐我吧！」不，我從不提上帝之名，除非是賭咒發誓，或是褻瀆祂。

如我說過的那樣，一連好幾個月，想到我過去邪惡而硬著心腸的生活，我在心裡徹底反省。當我打量自己、思考自從我來到這個地方，上帝給了我什麼特別的恩惠、上帝如何厚待我——祂不僅沒有因我過去的不義而懲罰我，反而賜給了我富足——這給了我很大的盼望，覺得祂接受了我的悔改，並且還會對我施憐憫。

帶著這樣的反省，我的心振作起來，不僅接受了上帝對我目前處境的安排，甚至還對我的境遇由衷地感恩。我仍舊好好地活著，我不應該抱怨，因為我並未因我的罪而受到應得的懲罰，我享受到了如此多的憐愛，而這我本來是沒有理由在這裡享受到的。我絕不應該埋怨自己的境遇，而應該感到欣喜，為每日的麵包奉上每日的感恩，因為這麵包完全是一連串奇蹟造成的。我應該想到，我是由一個奇蹟養活著，這奇蹟甚至跟以利亞被烏鴉養活[4]一樣大，不，應該說我是被一連串奇蹟養活著的。我幾乎說不出，世界無人居住的區域中，還有哪個地方比我流落的荒島更好。這個地方雖說沒有人類社會——這是我的苦惱之一——卻也沒有吃人的猛獸，沒有凶殘的狼或虎來威脅我的生命；沒有吃下去會把我毒死的動植物；也沒有野人來殺我、吃我。

總而言之，我的生活一方面是悲哀的生活，另一方面也是蒙恩的生活。我不再想要任何東西以過上舒適的生活，我只希望能感受到上帝對我的善意，在這處境中對我的關懷，成為我每日的安慰。在我更深入瞭解這些事情之後，我就不再悲傷，繼續前行了。

現在我在島上已待了很久了，我從船上帶到岸上的許多東西不是用完了，就是差不多用完或用廢了。

我說過，我的墨水用完有一段時間了，只剩下了極少一點，我不斷地一點一點地加水進去，直到淡得發白，在紙上看不出一點黑色的痕跡。不過只要還能用，我就用它來記下每月中發生奇事的日子。首先，在翻閱過去的日子時，我發現在我所遭遇的各種事故中，有一種奇怪的巧合，對此，假如我有迷信思想，認為時辰有吉凶的話，那我就會有理由帶著極大的好奇心去審視這些日子。

首先，我前面提到過，我擺脫父親和親友，走到赫爾去下海的日子，也就是我後來被薩累的海盜俘虜而淪為奴隸的日子。[5]

其次，我從雅茅斯錨地的沉船中逃出來的那天，也正是我乘一隻小艇從薩累逃走的同一天。

我出生於九月三十日，二十六年[6]後的同一天，當我被拋在這座島上，我也奇蹟般地被救了出來，所以，我罪惡的生活跟我孤獨的生活，可以說是在同一天開始。

4《舊約．列王紀上》17：4-6。以利亞是以色列先知，一次大旱，上帝命令他到約旦河以東的基立溪躲起來，喝基立溪的水。上帝吩附烏鴉給以利亞供應食物。

5 從前面來看，應當是指九月一日。

6 作者笛福在這裡少算了一年，應為二十七年。魯賓遜生於一六三二年，踏上荒島是在一六五九年。

墨水之後被用完的是麵包——我指從船上拿下來的餅乾。這個我吃得很省，只允許自己一天吃一塊，這樣持續了一年有餘。即使如此，在收穫到自己的穀物之前，我有將近一年斷了糧。後來，我終於可以吃到自己的麵包了，我對上帝真是感恩不盡。如我上面所說，我能吃到麵包，已是接近奇蹟了。

我的衣衫也開始襤褸了。至於內衣，我已很久沒有了，只有幾件花格子襯衫，還是我從別的水手的箱子裡找到的，我小心翼翼地保存了下來。在這裡我穿不了別的衣服，只能穿一件襯衫。幸好船上男式服裝中有大約三打襯衫，這給我幫了大忙。還剩幾件水手值夜穿的厚外衣，但穿起來就太熱了。儘管天氣真是熱得可以，根本就不需要穿衣服，我卻總不能光著身子吧——不，雖然我這樣想過，也不會這麼做——我不會堅持這個念頭的，雖然島上只有我一個人。

我不願赤身裸體的理由是，在熾烈的陽光下，裸體不如衣服經曬。裸體一會兒就會被太陽曬出泡來，穿上襯衫就不同了，空氣會在裡面流通，要比裸體涼快兩倍。在太陽下不戴帽子也不行，不然，這裡的炎炎烈日將直照我的頭頂，不一會兒就讓我頭疼腦熱。所以我不能不戴帽，戴上後就什麼事也沒有了。

因此，我開始考慮把我稱為衣服的幾塊破布整理一下。我所有的背心都穿爛了，我要做的是試試能否把值夜的大衣再加上別的材料改裝成夾克。因此我就開始裁縫起來，或倒不如說亂縫一通，因為做得太糟糕了。但我還是勉強做出了兩三件新內衣，希望能穿得經久一點。至於內外褲，我直到後來才做出了幾條，但做得很不成樣。

我說過，凡我殺掉的四足動物，其毛皮我都留了下來。我把它們掛起來，用棍子撐開了在太陽下曬，有的被曬得又乾又硬，派不上什麼用場，有的卻很有用處。我用毛皮製成的第一個東西是一頂大帽子，毛翻在外面，可用來擋雨。帽子做得相當好，隨後我就完全用這些毛皮做了一套衣服，包括一件內衣和一條長僅及膝的短褲。兩件都做得又寬又鬆，因為我不是為了禦寒，而只是為了防熱。我不得不承認，這幾件衣服我做得很糟。如果說我是一個壞木匠，那就更是一個糟裁縫了。雖然這麼說，我還是做好了能夠穿的衣服。我外出時，如果碰巧下雨，由於背心和帽子的毛都是朝外的，身上就能保持乾爽。

在這之後，我花了許多時間和精力去做了一把傘。我確實非常需要一把傘，也有心去製作一把。我在巴西時曾經看人製傘，在那裡的高熱天裡，傘很有用。我這兒的天氣跟那裡一樣，由於靠近赤道，還要更熱一些。此外，由於我不得不經常外出，傘就更有用了，不僅可擋雨，還可防曬。我費盡苦心，花了許多時間，好不容易做出了一把。在我自以為掌握了製傘訣竅之後，我還是做壞了兩三把，後來才做得順手了，最後做出來的一把傘總算勉強可用。我發現做傘的主要問題是收不起來。我可以把它撐開，但假如它收不攏，或收不起來，那就不便於攜帶，而只能總是撐在頭頂，沒什麼用處了。但如上所說，我最後還是做了一把勉強可用的傘。我用毛皮做傘頂，毛朝外翻，可以如小茅屋般擋雨，並有效防曬，讓我在最熱的天氣裡也能出入自如，甚至比在最涼的天氣裡外出還要舒適。我不需要打傘時，就把它收起來夾在腋下。

這樣，我就過得很舒服，心情也不錯。我把自己交託給上帝，一切都遵從祂的旨意和安排。這使我的生活好過有社交的生活。因為，每當我遺憾無人可交流時，我就會問我自己，跟我自己的思想交流，以及（我希望可以說）透過祈禱跟上帝本人交流，豈不是要勝過人世交往帶來的樂趣嗎？

10 ＝ 馴養山羊

　　此後的五年，我談不上有什麼特別的事發生，只是在同樣的地方按部就班地過著同樣的生活。我從事的主要工作是，每年按例種植大麥和稻子、曬製葡萄乾，每樣都貯藏得夠我一年之用。除了這每年例行的勞動，以及每天帶槍外出打獵外，我還有一個工作就是製造一隻獨木舟，最後我還是做成了。我挖了一道溝渠，寬六英尺、深四英尺，我把獨木舟從溝裡划到了河裡，中間的距離幾近半英里。至於當初我在未考慮怎麼放下水的情況下做出來的那隻偌大的獨木舟，我確實沒有辦法把它放到水裡，或把水引過來，因此，我不得不把它放在那裡，當作一個紀念品來提醒我自己，下次做事要聰明一點。真的，在這一次，儘管我沒有找到合適的樹，而且要把水從至少半英里外的地方引來，但我既然看到了這件事是可行的，就再也沒有放棄了。雖然我花了將近兩年的時間，卻從未吝惜過我的勞力，希望終究能坐上一條船到海上去。

我的小獨木舟雖然造好了，尺寸卻完全不合我造第一隻獨木舟時的意圖。我是指划到小島對面的陸地去，中間隔了約四十英里。我的舟太小了，不能達到這個目的，我只好放棄了。我有了小舟後，下一個計畫就是來一次環島巡行。前面我說過，我曾經穿行到島的另一邊，那次小旅行中的一些發現令我急於看到小島沿岸的其他地方。現在我有一隻小舟，就一心一意只想著環島航行了。

為了這個目的，我樣樣事都做了周到而謹慎的安排。我在小舟上豎了一根小小的桅杆，並用從大船帆布裡取來的幾片做了一片小帆。

安好桅杆和船帆後，我試航了一下，發現它駛得不錯。然後我在小舟兩端都做了一個小抽屜或盒子，把糧食、日用品和彈藥都放進去，以保持乾燥，不被雨淋溼或被浪打溼。我又在船舷裡挖出一道細長的凹槽，用來放槍。在槽上又做了一個吊蓋，以防槍支受潮。

我把傘安在舟尾，它像一根桅杆，豎在我頭頂，擋住了太陽的炎熱，又像個涼篷。這樣，我就時不時來一次小小的海上之旅，只不過不敢走遠，也不敢離小河太遠。最後，因為急於一窺我小小王國的全貌，我決心巡行一周。為此，我先往船上塞糧食，放進去了兩打大麥麵包（還不如叫大麥餅好）、一滿罐炒米（我吃得最多的糧食）、一小瓶甘蔗酒、半隻山羊肉，還有一些可用來多打山羊的彈藥，以及兩件從大船水手箱子裡拿來的值夜班時穿的大衣。這兩件大衣一件可用來墊在身下，一件可在晚上披在身上。

時值十一月六日，我在這座島上實行統治——或被囚禁，隨你怎麼說——的第六年，我在這一天動身航行，航行的時間要比我預期的長得多。儘管小島本身並非很大，我來到它東面時，卻發現了一道大礁石橫伸在海裡，長約兩里格，有的露在水面，有的藏在水裡。礁石外面是一片乾燥的沙灘，綿延約半里格。因此，我不得不划到遠處的海裡，以繞過這個岬角。

最初發現大礁石時，我打算放棄這次旅行，調轉舟頭往回走，因為我不知道要向海裡走多遠，最主要的是懷疑自己能不能走回去。所以我就下了錨，這個錨是我用船上拿來的一隻破鐵鉤做成的。

把船停穩後，我拿著槍走上岸，爬上了一座小山丘，從那裡能望見岬角。我看清了岬角的全貌，決定繼續航行。

從我所站的那座小山丘向海上望去，可以看到有一股強大的，實際上極其凶猛的急流在向東流去，快要流到岬角那裡。我進一步仔細觀察了一下，因為我看出那裡可能有一定的危險，如果我划進去，就可能被急流的力量裹挾到海裡去，再也不能回到島上了。真的，假如我沒有事先爬上這座小山丘，我相信事情就會如此發生。因為在島的另一邊也有一股同樣的急流，只不過離海岸更遠，而且我看到海岸底下還有一股猛烈的回流，即使我躲過了第一股急流，也會被捲到回流裡。我在這裡停了兩天，因為那時風向是東南偏東，風勢強勁，跟急流的方向正好相反，因此岬角上驚濤拍岸，浪花四濺。我如果太靠近海岸就會碰到驚濤，如果遠離海岸，又會被急流捲走，反正怎麼走都不安全。

第三天早上，因為風力在夜裡已經減弱，海面變得風平浪靜，我又起程冒險了。可是剛一起程，我就又犯了一個大錯，足以成為那些魯莽無知的水手的前車之鑒。小舟剛駛進岬角，離海岸的距離只有小舟本身的長度那麼遠時，我發現進了一片深水區，急流就像磨坊下的水閘洩水一樣急，猛沖過來把我的小舟裹挾進去。我費了洪荒之力，想讓小舟沿著這股急流的邊沿前進，但怎麼也做不到。我看到它把我的小舟沖得離我左手邊的回流越來越遠。這時又沒有風來幫我，我只得拚命划槳，但全無用處。我感到自己就要面臨滅頂之災了。因為我知道，急流沿島兩邊流過，在幾里格外它們又將匯合，到那時，我就會一去不復回了。我也看不出任何避免這種情況的辦法。因此我眼前毫無希望，只有一死，但不是死於依舊平靜的海水，而是死於飢餓。我曾在岸邊發現一隻海龜，重得我都搬不起來，但我還是把牠扔進了舟裡。我有一大罐淡水，就是我用陶土做的陶罐。但是，如果我被沖進了汪洋大海，至少在一千里格的範圍內都沒有海岸、沒有大陸或海島，我帶的這麼點東西又夠什麼用呢？

現在我才悟到，上帝要把人類最糟糕的處境變得更糟糕是多麼容易。現在我回過頭來看我那孤寂荒涼的小島，覺得它就是世界上最快樂的地方，而我現在最大的幸福就是重新回到那裡去。我懷著熱切的希望向它伸出雙手。「幸福的荒島啊！」我說，「我將再也看不到你了。可憐的造物啊，你要到哪裡去？」接著我斥責我那不知感恩的脾氣，我不應該抱怨島上孤獨的生活。現在，只要能讓我重回小島，我付出任何代價都可以！若不是落到相反的境地，我們從來不明白自己真實的處境，若不是落到一無所有的地步，我們也從來不珍惜現在所享有的一切。你幾乎無法想像我現在的驚惶，我被急流裹挾，一步步遠離了自己可愛的小島（現在在我眼中確實如此），進入了遼闊大海幾乎兩里格遠的地方，想要回去是絕無希望了。儘管如此，我仍努力划槳，我幾乎筋疲力盡了。我盡量把小舟朝北划去，也就是朝急流與回流的交匯處划去。正午時分，太陽過了子午線，我忽然感到臉上有一陣微風拂過，風向東南偏南。這令我心裡稍微振作了一下，特別是過了半小時後，吹起了一股大風。此時我離小島的距離已很可怕了，要是再有一絲烏雲或霧靄，那我也要完蛋了。因為我沒有帶羅盤，一旦看不到小島，就不知會駛向哪裡了。幸虧天氣保持晴朗，我豎起桅杆、展開船帆，盡量向北駛去，衝出急流。

我剛一豎起桅杆、展開船帆，小舟就開始乘風破浪。從這海水的清澈程度，我看出急流發生了變化。因為在急流強勁之處，水是渾濁的，而現在我看到水是清澈的，便意識到急流有所減弱了。果然，我發現東邊約一英里半的地方，海水正拍擊著一些礁石。礁石將急流一分為二，主流流向南方，將礁石留在東北方，支流則被礁石擋回來，形成一股強勁的回流，向西北方流回來，水流湍急。

那些在絞刑架上忽然獲得了梯子、在強盜刀下忽然得救，或經歷過這類死裡逃生事件的人，都可以體會到我此刻的驚喜，也不難想像我在把小舟駛進這股回流時是多麼高興，不難想像我是多麼歡快地順風展帆，順流而行了。

這股回流把我帶回了約一里格，直接沖向小島，但與當初把我裹挾走的急流相比，往北偏了約兩里格，所以，當我靠近小島時，發現來到了島的北岸，就是說，跟我出發的那一端正好相反。

這股回流把我帶回了一里格多後，就力量不足，不能再帶動我了。不過我發現自己身處兩大急流之間，就是把我裹走的南邊的那股，和北邊一里格外的那股。在這兩股急流之間靠近小島的地方，海水至少是靜止不動的，而且還有一股順風，如此我就直接向島上駛去，雖然要慢了一些。

下午四點左右，我在離島不到一里格的地方，看到了引發這次災禍的礁石。如前所述，它向前伸出，向南伸去，把急流逼向了更南的方向，同時又分出一股回流向北方流去。回流很急，朝北流去，而我的航線是往西走。由於風還大，我就穿過這股回流，向西北斜插過去。差不多一個小時後，離岸只有大約一英里了，那裡水面平靜，我不久就上了岸。

我上岸後，就雙膝跪在地上，感謝上帝救了我。我決定放棄一切乘小舟離開小島的想法。我吃了些舟上的東西，把舟划到了靠近海岸的一個小灣裡，隱蔽在樹底下，然後躺下就睡。這次航行可真是把我累得筋疲力竭了。

現在，我全然不清楚該怎樣駕舟回家。我遇到了這麼多危險，知道照原路回去也凶多吉少。而另一邊（我是說西邊）的情況我一無所知，我也不想進一步探險了。因此我決定明天早上沿著海岸西行，看看是否有一條小河，可以安全地停泊我的小戰艦，好在需要時再取它。我駕著小舟沿著海岸走了約三英里，找到了一個良好的小灣，寬約一英里，愈往裡愈狹窄，最後窄成了一條小溪或小河，在那裡我發現了一個十分方便的港口來停舟，彷彿它是專門為小舟而設的船塢似的。我把小舟安全地停放在這裡，就上了岸，四周望望，看看自己到了什麼地方。

我很快就發現，這裡離我上次往岸邊徒步旅行時到過的地方不遠，所以我就只從舟上拿了槍和傘——因為天太熱了——就出發了。經過這次危險的海上之旅後，島上的路走起來舒服多了，我傍晚就到了那間舊茅屋裡，那裡一切原封不動。因為這是我的鄉間居所，我總是把東西都收拾得井井有條。

我越過圍牆，在樹蔭裡躺下，歇歇四肢，因為我累壞了，一倒就睡著了。不料，忽然聽到一個聲音在叫我的名字，一連數聲：「魯賓，魯賓，魯賓．克盧梭，可憐的魯賓．克盧梭！你在哪兒，魯賓．克盧梭？你在哪兒？你去哪兒了？」讀者啊，你們不妨想想，聽到這聲音，我該是多麼驚訝啊！

我起先睡得很死，因為我划槳划了一上午、走路走了一下午，實在太累了，我並沒有徹底清醒過來，而是迷迷糊糊地以為，我夢到了有人在叫我，但是這個聲音繼續不停地叫我，「魯賓．克盧梭！魯賓．克盧梭！」最後我完全醒了，頓時嚇得膽戰心驚，一躍而起。我睜眼一看，只見我的鸚鵡波兒棲在圍牆頂上，立刻明白原來是牠在叫我。因為這些淒慘的話，正是我常跟牠說、教會牠說的。牠學得惟妙惟肖，牠會站在我手指上，把嘴湊近我的臉喊，「可憐的魯賓．克盧梭！你在哪兒？你去哪兒了？你怎麼到了這兒？」以及諸如此類我教給牠的話。

可是，即使我知道了是鸚鵡而不是別人在叫我，我也花了好一陣子才回過神來。首先，我感到奇怪的是牠怎麼飛到了這兒。其次，牠怎麼只在這兒縈繞，而不去別的地方。但在我搞清楚不是別人，而是忠誠的波兒後，也就定下神來了。我伸出手來，叫牠的名字，「波兒」，這隻人來熟的鳥兒便飛過來，站在我大拇指上，像往常那樣對我說，「可憐的魯賓．克盧梭！你怎麼到這兒了？你去哪兒了？」，彷彿牠再次見到我很高興似的。於是我就把牠帶回山洞老家去了。

我在海上漂流了這麼一陣，實在受夠了，現在正好安定幾天，回想一下我曾陷入的險情。倘若小舟能再度回到島上我這一邊，我會很高興的，但我不知道怎麼辦到這一點。小島的東邊，我曾巡查過，很清楚不能再那樣出行了。一想到這次航行，我的心就抽搐，血就變冷。至於小島的另一面呢，我並不知道會是如何，但假如那邊的急流也像東邊一樣，洶湧地拍擊著海岸，那我就會冒著同樣的風險，被捲進去，被沖走，遠離小島。想到這些，我覺得沒有船也好，儘管我勞動了許多個月才把它做出來，並用了同樣多的功夫才把它放進水裡。

有將近一年的時間，我壓制著自己的脾氣，過著一種淡泊隱修的生活，你們可以想像這是個什麼樣子。我對自己的處境安之若素，完全聽從上帝的安排。我覺得我在各方面都生活得很幸福，除了無人可以來往。

在這段時間裡，為了應付生活所需，我提升了各方面的技藝水準。我相信，自己總有一天會成為一個十分出色的木匠，尤其是考量到我的工具多麼匱乏。

除了這，我在製陶上也達到了意料不到的完美，想出了一個用輪子做陶器的好辦法，這辦法輕鬆得多也好得多，因為做出來的陶器又圓又有形，相較之下，以前做的就醜陋不堪了。但我覺得功夫沒有枉費，最令我高興的是，我竟然做出了一隻菸斗。儘管它做出來時十分醜陋，又粗又笨，只是和其他陶器一樣被燒紅而已，但它堅固而結實，能抽得上菸，這對我真是天大的安慰，因為我早就習慣抽菸了。大船裡有菸斗，但我當初忘了帶下來，我也沒想到島上有菸葉。後來，當我再次到大船上搜查時，卻一隻都找不到了。

我在藤器上也大有進步，製作了大量必備的籃子，不乏發明創造。儘管算不上十分漂亮，卻也非常順手、非常方便，可以放東西、可以把東西拎回家。比如，如果我在外殺了一隻山羊，就會把牠掛在一棵樹上，剝皮剖腹、清除內臟、切肉成塊，裝進籃子提回家。對海龜也是如此。我會把海龜切開，取出龜蛋、一兩塊夠我吃的龜肉，放在籃子裡拎回家，剩下的就扔下不要了。我還做了些又大又深的筐子來盛穀物。穀物收割後，一旦被曬乾，我就把穗子搓出來，裝進大筐子裡。

現在，我開始意識到火藥明顯減少了，這種短缺是我不可能彌補的。我開始嚴肅地思考，沒有火藥後我該怎麼辦，就是說，我該怎麼捕殺山羊。前面提過，我在這裡的第三年曾抓到一隻小母羊，並將牠馴化了。我還希望能抓到一隻公山羊，但怎麼也抓不到，最後我的小母羊變成了老母羊，由於殺掉牠我於心不忍，就讓牠壽終正寢，得以善終。

現在我在這裡已住了十一個年頭，如我所說，我的彈藥越來越少。於是我研究起如何用陷阱和圈套來捕捉山羊，看看是否能抓到幾隻活的。我尤其希望抓到一隻懷著小羊的母羊。

為了這個目的，我做了圈套來套牠們。我確信，牠們不止一次掉到了圈套裡，但我的索具不好，因為我沒有金屬線，我總是發現索具被扯破、誘餌被吞掉。

最後我決定挖陷阱試試，因此就在山羊常來吃草的地方挖了幾個大坑，在坑上蓋了幾個自製的木欄，重量不輕。有幾次，我在坑裡投了大麥穗子和乾米，但沒有設下陷阱。我很容易看出，山羊進去吃掉了穀物，因為可以看到牠們的足跡。終於，我在一天晚上設了三個陷阱。第二天早上我跑過去一看，發現陷阱依舊，但誘餌被吃掉了、沒有了，真是令我沮喪。於是我改變了一下陷阱，這裡細節就不表了。一天早上，我去看陷阱怎麼樣了，發現一個陷阱裡有一隻大個頭的老公羊，在另一個陷阱裡有三隻小羊，一公二母。

對那隻老公羊，我不知道要怎麼對待牠。牠太凶猛，我不敢下到坑裡去抓牠，就是說，我不敢像我希望的那樣把牠活捉了。我本來可以把牠殺了，但我不想這麼做，因為這不是我的初心。所以我就放了牠，牠跑的樣子，好像是被嚇得失魂喪魄了。那時我還不知道後來我才明白的一個道理：飢餓可以馴服獅子。假如我讓這隻老公羊在陷阱裡餓個三、四天，然後給牠點水喝、給牠點東西吃，牠就跟小山羊一樣服服貼貼的了。因為只要飼養得法，牠們還是聰明聽話的。

可是在當時，我不知道有更好的辦法，就把牠放走了。然後跑到三隻小羊那裡，把牠們一隻隻抓出來，再用繩子把牠們拴在一起，費了一些周折才把牠們全部帶回家。

有好一陣子牠們都不肯吃東西，於是我給牠們扔了些香甜的穀物，牠們就受到誘惑，開始聽話了。我發現，如果我指望在彈藥耗盡的情況下還能有山羊肉吃的話，馴養山羊是我唯一的出路，也許到時我屋子周圍會養上一大圈羊呢！

但我又想到，我必須把馴羊跟野羊隔開，不然牠們長大後就會變野的。隔開的唯一辦法就是找塊空地，用籬笆或木欄圍起來，把牠們牢牢地圈在裡面，裡面的山羊跑不出去，外面的山羊跑不進來。

單憑我一雙手去做這個，還真是一樁大工程，但我覺得這麼做是絕對必要的。我首先的工作就是找到一塊合適的地，讓牠們有草可啃、有水可飲、有太陽可曬。

我找了一塊地方，恰好滿足了這三個條件（一片平坦開闊的草地，我們西部殖民地的人也稱之為「薩凡納」）。那裡有兩三條清澈見底的小溪，草地盡頭樹木茂盛。那些有圈地經驗的人，一定會覺得我這麼做缺少計畫——我是說，當我告訴他們，我的圍籬將綿延至少兩英里時，他們一定會嘲笑我的。圍籬長短還在其次，十英里長我也有足夠的時間做到，只是我沒有考慮到，在這麼大的羊圈裡，我的羊就跟在整座島上一樣撒野，我要在這麼大的空間裡去追牠們，永遠也別指望抓到。

我開始著手築籬笆，我想大概是在築到五十碼時，才想到了這個問題。我停了下來，決心先圈一塊長約一百五十碼、寬約一百碼的地。這在相當長的一段時間裡，足以容納我擁有的羊。羊群增加時，再進一步圈地。

這樣做比較審慎，我就大膽地做起來了。圍第一塊地用了大約三個月。完工之前，我把三隻羊拴在那裡最好的位置，讓牠們盡可能在靠近我的地方吃草、讓牠們熟悉我。我還經常帶給牠們一些大麥穗或一把大米，用手餵牠們。所以，在籬笆圍好後，我把牠們鬆開，牠們還會跟著我到處轉，在我身後咩咩地叫著，要討一把穀吃。

這正是我的目的所在。在大約一年半的時間裡，我就有了約十二隻羊，包括小羊。又過了兩年，我有了四十三隻羊，不包括我宰了吃的幾隻。在那之後，我圈了五塊地餵養牠們，還做了小圍欄。我要捉羊的時候就把牠們趕進小圍欄。各個羊圈之間都有門互通。

這還不是全部。現在我不僅有山羊肉可以隨意吃，還有羊奶可喝——一開始我並沒有想到喝羊奶，想到這點時我真是又驚又喜。我蓋了一間產奶房，有時一天可生產一兩加侖。正如大自然給每種造物準備了食物，並自然而然地告訴牠們怎麼食用食物那樣，從來沒有擠過牛奶、更遑論擠羊奶，甚至從小都沒有看過人做黃油或乳酪的我，在經歷了許多次嘗試和失敗後，卻不僅做出了黃油和乳酪，還做出了鹽（我是在海中礁石上發現鹽的，已被太陽烤得半熟了，我再加加工即可）[1]，從此再也不缺乏了。

我們的造物主對祂的造物多麼仁慈啊，即便他們瀕臨絕境！祂能把最苦澀的命運變得甘甜，讓我們即使在牢獄中也有理由讚美祂！在這蠻荒之地，一桌多麼豐盛的筵席擺在我面前，而當初我在這裡上岸時，卻只擔心自己會被餓死！

1 關於鹽的這句話來源於Seeley版，是其他版本（包括企鵝版）都沒有的。

11 ＝ 在沙灘上看到人的腳印

如果你是一個斯多葛主義者，看到我和我的一小家子坐在一起共進晚餐，你一定會忍不住笑的。在這裡，我是整個小島的國王和主人，我對臣民的生命擁有絕對的支配權，我可以把牠們吊死、砍死，可以給牠們自由也可以剝奪牠們的自由，我的臣民中沒有一個敢造反。

再看看像一個孤獨的國王一樣的我，是怎樣在臣僕的侍奉下用餐的吧！波兒彷彿是我的寵臣，是唯一得到允准跟我說話的人。我的狗如今又老又癲，在這裡找不到配偶來傳宗接代，牠總是坐在我的右手邊。兩隻貓，一隻坐在桌子這邊、一隻坐在桌子那邊，時不時地指望著從我手裡得到點吃的，將這作為受到特寵的標誌。

這兩隻貓不是當初帶上岸的那兩隻貓，那兩隻早就死了，我親手把牠們葬在了住所附近。那兩隻貓裡面的一隻跟不知什麼動物繁衍出了一些小貓，這兩隻貓就是我從那些小貓中留下並馴化來的。其餘的小貓都跑到林子裡變野了，後來成了我的大麻煩，常常跑到我屋子裡蹂躪一通，最後逼得我開槍打貓，殺了不少，牠們就都不來了。我只留下了這幾個侍從，以這種豐裕的方式生活著。可以說，我什麼也不缺，只是無人交往而已。至於人，不久之後，我倒是嫌來得太多了。

我說過，我有些急著想用我那隻小舟，但又不想再次冒險。有時我會坐著設想把它弄到島這邊來的辦法，有時我會安穩地坐著，覺得沒有它也滿好的。但我心中有一種古怪的不安分，總是想到我上次航行時去過的島的那一角走走，我說過，在那裡，我曾登上小山丘，俯瞰海岸的形勢、急流的流向，以判斷自己要怎麼走。這個念頭每天都在我腦子裡增強，最終我決定，沿著海岸從陸地走過去。我就這樣做了。在英格蘭，誰要是碰到一個像我這樣穿著的人，一定會被嚇一大跳，或忍不住大笑起來。連我自己也常常停下來打量自己，想到如果我戴著這副裝備、穿著這身行頭在約克郡旅行，也會忍俊不禁的。下面我描繪一下我的模樣。

我戴著一頂高大而不成形狀的帽子，是由山羊皮製成的，後面垂著個長帽沿，一可以遮光，二可以擋雨，免得水流到脖子裡。在熱帶，沒有比雨水流進衣服淋溼身體更有害的了。

我有一件山羊皮製成的短夾克，下襬遮住了半條大腿。我穿了一條齊膝短褲，是用一隻老公羊的皮製成的，兩邊的羊毛太長了，垂到了小腿中間，跟一條大長褲似的。我沒有襪子和鞋，只是做了雙類似於短靴、我也不知道該叫什麼名字的東西。靴幫高到了小腿，再用繩子繫住，好像綁腿一樣，但跟我身上其他的裝束一樣，都呈現出野蠻不化之人的樣子。

我腰裡束了一條寬寬的皮帶，是用曬乾了的山羊皮製作的。皮帶沒有搭扣，我就用兩根羊皮條來代替。腰帶兩邊各有一個搭環，我一側掛了一把小鋸子，另一側掛了把小斧頭，而不掛刀劍。我另有一條不那麼寬的皮帶，斜挎在肩上，以同樣的方式束著。皮帶的末端，在我的左臂下，掛了兩個袋子，它們同樣是用山羊皮製成的。我在一隻袋子裡裝了火藥，另一隻袋子裡裝了子彈。我背上背著個籃子，肩膀上扛著把槍，頭頂上打著一把羊毛大傘。傘又笨拙又難看，卻是僅次於槍的必備之物。至於我的臉，其顏色還真沒有達到像穆拉托人[1]那樣黑的地步，像我這樣一個根本不在乎臉色，而且住在北緯九至十度內的人，可能打破了你們的預期。我的鬍子一度任其蔓延，長達四分之一碼，但因我不缺剪刀和剃刀，因此修得很短，只留下唇鬚。我把唇鬚修剪成八字鬚，像我在薩累見到的一些土耳其人那樣。摩爾人不這樣留鬍子，只有土耳其人才這樣留。我不敢

1 穆拉托人，指黑人和白人的第一代混血兒，或有黑白兩種血統的人，其膚色較接近純種黑人。

說我的鬍子長得足以掛帽子，但它們的長度和形狀卻確實夠古怪的，英國人見了準會嚇一大跳。

這只是順便說一說。因為我的模樣根本沒人會看到，也就無足輕重，不必多說了。我就以這身打扮開始了新的旅程，外出了五、六天。我先是沿著海岸走，直接走到了我上次停船登山之處。這次我用不著照管小舟，就抄近路登上了我上次登過的山頂。當我遠眺伸入海中的岬角——前面講過，上次我不得不乘著小舟繞過它——我吃驚地看到海面平靜如鏡，既無波瀾興起，也無暗流湧動，更無急流洶湧，跟別的海面沒有差別。

看到這，我感到莫名其妙，決心再花些時間仔細觀察，看看是否跟潮水的流向有關。不久我就搞清楚了其中的奧祕。原來，從西面退下來的潮水跟岸上一條大河的河水匯合在一起，就形成了這股急流。而西風或北風的強度又決定了這股急流離海岸的遠近。我在附近待著，等到傍晚，我再次登上小山丘，那時正值退潮，我又清清楚楚地看到了這股急流，跟上次航行時看到的一樣，只不過這一次它離岸更遠，將近半里格了，而我上次來時它離海岸很近，結果把我連人帶舟一起捲走了。在別的時候，也許並不會發生這種情況。

這次的觀察使我確信，只要注意漲潮退潮，我就可以很容易地把小舟弄到島的這邊來。但當我開始著手實行時，想起上次經歷的險情，心裡卻感到恐懼，不由得沒有耐心往下想了。於是，我做了另一個決定，雖然麻煩一點，卻更安全一些，就是我可以另造一隻獨木舟，讓我在島的兩邊各有一隻小舟。

你們要知道，我在島上有兩個莊園，如果我可以這麼稱呼的話——一個是小城堡或帳篷，在小山腳下，四周有圍牆，後面有山洞，這個山洞到這時已被我擴大成了好幾個房間或洞室，一個套著一個。其中一間最乾燥最寬敞，有門通到圍牆或城堡外，即通到了圍牆跟岩壁連接的地方。這個大房間裡擺滿了我前面提起過的大陶罐，十四、五個大籮筐，每個大籮筐都可以裝五、六蒲式耳的東西，我把糧食都放在裡面，特別是穀物。這些穀物有的是從禾稈上摘下來的穗子，有的是我用手搓出來的穀粒。

至於圍牆，是我以前用長木樁或木杆圍成的，那些木樁長得跟樹一樣，現在長得更大了，枝葉紛披，從外面，誰也看不出來裡面住了人。

在我住處附近、但更深入島內的一塊低地上，橫亙著我的兩塊莊稼地，我按時播種耕作，莊稼也適時給我收穫。無論何時，只要我想要更多莊稼，就可以開墾出更多的地來。

此外，我還有一個鄉間別墅，那裡如今也有了一個像樣的莊園。我先是有了一個小茅屋（我這麼稱呼它），時時修葺一新，就是說，我經常修剪環繞著它的樹籬，保持它一貫的高度，梯子也總是豎在靠裡的一側。那些樹當初不過是木樁而已，現在卻長得又結實又高大，我經常加以修剪，讓它們旁逸斜出，又密又野，綠蔭宜人，真是稱心如意。在這片樹蔭中央，始終支著我的帳篷。帳篷是用帆布做的，用幾根樹杆撐著，從來不需要修理或更新。帳篷下面，我做了一張睡榻或沙發，那是用我打死的動物的皮和別的柔軟材料做成的。在睡榻上面鋪了一條毯子，這是我從大船上的寢具中拿來的。還有一件水手值夜班用的厚大衣可以蓋在身上。每逢有事要離開我的大本營，我就會來我的鄉間居所住。

跟這相接的是我圈的地，用來養牲畜也就是山羊，我曾花了不計其數的功夫把這塊地圍上籬笆，圈了起來。我竭盡全力，讓它保持完整，免得山羊破籬而出。我從不鬆懈地不停勞動，在籬笆外打滿了小木樁，密密麻麻，與其說它是籬笆，不如說是柵欄，在樁與樁之間連一隻手都插不進。後來，當這些樹樁生長──在下一個雨季它們確實長大了──就使得羊圈牢固得像一堵牆，實際上，要比任何牆都要牢固。

這足以證明我並沒有遊手好閒。凡是過上安逸生活必須做的事，我都在不辭勞苦地做。我認為，在身邊馴養一群動物，就相當於為自己建了一個鮮活的羊肉、羊奶、黃油和乳酪的倉庫，不管我在這裡要待多少年──哪怕是四十年也好。我認為要讓牠們待在我伸手可及的範圍內，這完全有賴於我牢牢地紮緊圍籬，確保牠們都待在一起。我用這個方法來確保安全，結果當這些小木樁開始生長時，我發現先前插得太密，以致不得不拔掉一些。

在這個地方，我還種了葡萄，我冬天貯藏的葡萄乾主要就靠這些葡萄了。葡萄乾我總是很小心地保存，作為我伙食裡最美味、最好吃的食品。實際上，葡萄乾不僅好吃，還營養豐富，有藥用價值，能夠提神醒腦。

我的鄉居正好處於我的另一住處和我泊小舟處的中間，因此每次去泊舟處時，我都要在這裡停留一下。我常常造訪我那隻小舟，讓它上面的東西都保存得井井有條。有時我會乘上它消遣一番，但再也不敢冒險遠航。我離岸通常不會超過一兩個投石的距離，生怕被急流或大風，或別的什麼意外事件捲走。但是現在，我的生活又面臨了新的情勢。

有一天，大約是在中午，我正朝小舟那邊走去，忽然看到海灘上有一個人的腳印，那是一個赤腳的腳印，明明白白地印在沙上。我站住了，像挨了一個青天霹靂，或大白天見了鬼。我側耳傾聽，又環視四周，卻聞無所聞，見無所見。我走上高地，極目遠望，我走上海灘，四處逡巡，仍舊一無所獲。腳印就這一個，再也看不到其他腳印。我再次走到腳印那裡，看看還有無更多腳印、看看這是否是我的幻覺。但我毫無懷疑的餘地，因為這確確實實是一個腳印，有腳趾頭、腳後跟，以及一隻腳的所有部分。它是怎麼來的呢？我不知道，我也壓根兒想像不出。這使我心神不寧，像一個極度困惑的人，我魂不守舍，向我的城堡走回去。一路上，我都感覺不到是在地上走，我害怕至極，每兩三步就要回頭望一下，把灌木、樹木都誤認成了人，把遠處的樹樁也都想像成了人。我腦袋中想像出了多少奇形怪狀的東西，在我的幻想中每一刻湧現了多少狂野的臆想，何等古怪難解的異念浮現在我思維中，真的是無法描述。

當我來到我的城堡（以後我就這樣稱呼），我就像被人追趕一樣逃到了裡面。至於我是像原先設計的那樣，從梯子上爬過去的，還是從我稱之為「門」的岩洞裡鑽進去的，我想不起了。是的，我到了第二天早上都想不起來，因為即使是兔子受驚逃進草窩裡，或狐狸受驚逃進地洞裡，也比不上我逃到山洞裡那樣膽戰心驚了。

那天夜裡我徹夜無眠。離受驚的時間越久，我的憂慮就越大。這跟自然的狀態相反，尤其跟受驚者通常的做法相反。我是如此地被自己恐懼的念頭所迷惑，腦袋裡全是對自己不好的想法，即便我現在離受驚的時刻已經很遠了。有時我會想像那是魔鬼撒旦的腳印，這時理性便會跑來支持這一設想，因為別的人形的東西怎麼會來這裡呢？他們乘坐的船隻在哪裡呢？另外一些人的腳印在哪裡呢？如果只有一個人來，他一個人怎麼可能來到這裡呢？可是，如果說撒旦披著人形來到這麼一個地方，根本就沒有必要，說他是為了留下一個腳印，就更毫無意義了，因為他不能肯定我一定會看到腳印。這跟上面的想法一樣荒謬可笑。我想，魔鬼若要嚇我，大有其他法子，何必用單單一個腳印？由於我安安靜靜地住在島上的另一邊，他絕不會頭腦簡單到把腳印留在一個我只有萬分之一機會看到的地方，更何況還留在沙灘上，只要起一陣大風，來一波浪頭，這腳印就會無影無蹤。這一切看起來都自相矛盾，也與我們對魔鬼通常的看法不相符合。魔鬼總是被說成陰險狡猾的。

諸如此類的事支持我駁倒了認為這是魔鬼的腳印的想法。我現在的結論是，這腳印是某種更加危險的造物的，就是說，必定是對岸野人的，他們乘著獨木舟出海航行，要麼是因為急流，要麼是因為逆風，而來到了這座島上，上了岸，也許是不願留在這座孤島，因此又回到海上走了，不然我會發現他們的。

當這些念頭在我心裡翻滾時，我十分慶幸，我很高興當時沒有在那邊晃，他們也沒有看到我的小舟，如果看到了，他們就會知道那裡有人，或許就會走遠點來搜尋我了。接著，一些可怕的念頭又折磨起了我的想像，假如他們發現了我的小舟、發現了這裡有人，那麼我敢肯定，他們會帶著更多的人再來，把我吃掉。假如他們找不到我，也會找到我的圍牆，毀掉我所有的穀物，掠走我馴養的羊群，我最終會因為飢餓而死。

於是我的害怕就驅走了我所有的宗教盼望。先前我對上帝的確信，是建立在我對上帝之仁慈的神奇體驗基礎上的，這確信現在消失了，彷彿那曾經用奇蹟哺育我的上帝，現在不能以祂的能力來保護祂出於仁慈賜予我的食物了。我斥責自己懶散，不能一年播種多一些糧食，而只種夠吃到下一季的糧食，絲毫沒有考慮到意外情況，自己可能享受不到地裡的糧食。我認為這麼自責是有理的，就決心將來要事先屯上兩三年的糧，這樣，無論發生了什麼事，我都不會因缺乏麵包而餓死。

人的生命，在上帝的手中是怎樣一個光怪陸離、變化多端的作品啊！在不同的環境中，人的感情是由於什麼祕密的機制，而急劇地變化？今天我們所愛的，明天就恨了；今天所尋求的，明天就閃避了；今天渴望的，明天就害怕了，甚至一想起來就發抖。此時此刻，我就是一個活生生的例子。因為我以前唯一苦惱的是我似乎被人類社會放逐，孤苦伶仃地被無邊的大海包圍，與人類隔絕，被定了罪，過著沉默無聲的生活。似乎在上帝看來，我不足以與活人為伍，或列席在其他的生靈中。我若是能看到一個同類，對於我就相當於死而復生，是上帝所能賜予我的最大祝福，僅次於救贖。而現在，光是想到會看到人，我就不寒而慄，光是看到有人悄無聲息地在島上留下了腳印，我就準備鑽到地底去。

這就是人生的變幻無常。後來，當我從最初的驚恐中稍微恢復過來後，這變幻無常讓我產生了許多奇特的思想。我想，這種變幻無常的生活狀態，是無限智慧和無限良善的上帝為我安排的。既然我無法預知上帝這麼安排的目的何在，我就不該質疑祂的至高無上的權威。上帝是我的創造者，祂擁有無可置疑的權利，隨祂的心意來管理或處置我。我既然是違逆了祂的一個造物，祂也就同樣有司法的權利來定我的罪，隨祂的心意來懲罰我。我的本分是老老實實地承受祂的憤怒，因為我對祂犯了罪。

於是我想到，上帝公正而全能，祂既然認為懲罰我、打擊我是合適的，那祂也能夠拯救我。如果祂認為拯救我不合適，那麼，老老實實、完完全全地服從祂的意志就毫無疑問是我的義務。另一方面，我的義務是信靠祂，向祂禱告，靜候祂每日的吩咐和指導。

這些想法占據了我的腦海，花去我許多小時、許多天，不，應該說許多星期和許多月，對我產生了一個特別的影響，在這裡我不能略過不提。一天清早，我躺在床上，滿腦子想著野人出現給我帶來的危險，心裡忐忑不安。這時，聖經中的一句話出現在我腦中，「要在患難之日求告我，我必搭救你，你也要榮耀我」。[2]

念及此，我欣喜地從床上爬起來，不僅心裡舒服多了，還獲得了引導和鼓舞，誠懇地向上帝禱告，求祂救我。禱告完後，我拿來聖經開卷閱讀，看到的第一句話是：「要等候主！當壯膽，堅固你的心。我再說：要等候主！」[3]這句話帶給我的安慰是無以言喻的。於是，我感恩地放下聖經，不再悲傷，至少在那時不再悲傷了。

在這些猜想、憂慮、反思的中間，有一天我忽然想到，這一切只不過是我自己的

2《舊約．詩篇》50：15。
3《舊約．詩篇》27：14。聖經原文中「主」寫作「耶和華」。

幻念。那個腳印也許是我自己的腳印，是我從小舟上岸時留下的。這想法使我高興了一點，我開始說服自己，這個腳印根本就是一個幻覺。它不是別的什麼東西，而正是我自己的腳印。既然我從那條路去小舟，為什麼就不會從那條路上岸呢？我還想到，我根本無法確認自己踩過哪兒、沒踩過哪兒。最後，假如這只是我自己的腳印，那我就是那種編鬼故事沒把別人嚇到，倒把自己嚇得半死的傻瓜了。

於是，我開始有勇氣到外面一窺究竟了。我已經三天三夜閉門不出，快餓死了。屋裡除了一些大麥餅和水之外，幾乎什麼也沒有。我知道我的山羊也需要擠擠奶了，這個差事通常是我傍晚的消遣。可憐的山羊好久沒有擠奶，一定難受得很，行動不便。實際上，有好幾隻差點被糟蹋掉，幾乎擠不出奶了。

因此，我就用這樣的信念給自己打氣：那個腳印只不過是我自己的腳印，我真的是被自己的影子嚇到了。我又開始外出了，到我的鄉間居所去擠奶。但我走路時還是有些害怕，常常回頭張望，隨時都準備扔下籃子逃命。誰要是看了我那個樣子，準會以為我做了什麼虧心事，或者新近受了極大的驚嚇。我確實是受到了驚嚇。

我就這樣出去了兩三天，什麼也沒有看到。我開始變得膽子大了一點，認為真的什麼也沒有，有的只是我自己的想像。但這還不能完全說服我自己，除非我再下到海岸邊，看到這個腳印，跟我自己的腳印比對，看看是不是相似或吻合，以確定就是我自己的腳印。不料，我到那個地方後，首先顯而易見的是，我當初停放小舟時，不可能在那一帶上岸。其次，當我把腳印跟我自己的比對時，發現我的腳要小得多。這兩件事讓我的腦子裡充滿了新的想像，讓我憂心忡忡到了極點，我渾身直打哆嗦，跟發了瘧疾一樣。我重返家裡，充滿了這樣一個信念：有一個人或一群人曾在那裡上岸。總之，島上有人了，我可能會在發現到之前就突然受到襲擊，我當為自己的安全採取什麼措施，我卻毫無頭緒。

人在恐懼之中所作的決定是多麼可笑啊！恐懼使人拒絕使用理性所提供的救濟手段。我想到的第一個念頭是：拆掉我的圍牆，把家羊趕到林子裡變成野羊，免得敵人發現，然後常來島上盼著掠奪更多的羊或類似的戰利品。其次，我打算把兩塊莊稼地挖掉，免得他們發現那裡有穀子後，就常常想要到島上來。再次，我要拆毀我的小茅屋和帳篷，免得他們看到有人居住的蛛絲馬跡後，就進一步搜索，以找到居住者。

這就是我再次回家後第一晚所思考的主題。那時，在我心中奔流不息的憂慮仍舊鮮活生動，我腦子裡奇想聯翩。可見，對危險的恐懼要比視而可見的危險本身可怕一萬倍。我們發現，焦慮的負擔要比我們為之焦慮的壞事本身更加令人焦慮。比這更糟糕的是，在這次的麻煩中，我得不到我所希望得到的安慰，像以前聽天由命得到的安慰一樣。我觀望、我思慮、像掃羅那樣，他不僅抱怨腓利士人攻擊他，還抱怨上帝也離棄了他。[4]因為我這時沒有用妥切的方法來調整自己的心情，在危難中向上帝呼告，以祂的旨意為我的防守和救助，一如我以前所做的那樣。假如我這麼做了，在這新的驚險中我至少可以更欣然有助，也許更有決心克服危難。

心思的紛亂讓我一夜難眠，到早上卻陷入酣睡。心裡經過了這一番折騰，十分疲倦，精神也已耗盡，我睡得十分香甜，醒來後，只覺得比先前坦然多了。此時，我開始冷靜地思考，內心經過一番辯論，得出結論：這個島如此風景宜人，物產豐饒，離大陸又不超過我眼見到的那點距離，那就並非如我想像的那樣完全荒無人煙。這裡儘管沒有固定的居民，那邊卻也許時有船隻離岸來此，他們或是有意來此，或是並非有意，卻被逆風驅趕至此，來到這個地方。

如今，我在這裡已經住了十五年了，連一個人影都沒見過。即使曾有人被風刮到了這裡，可能也盡快就走了，可見他們還是認為這裡不宜安居。

我能想到的最大的危險，便是來自大陸偶爾零零星星地在此登陸的人。很有可能，如果他們是被風刮過來的，在此定居並非他們的意願，因此他們並不在此長留，只要可能，就盡快離開，很少在島上過夜，免得天亮後不能乘潮回去。所以，我只要找到一條安全的退路，一看到野人登上岸便躲起來就可以了，別的事都不用管了。

現在，我非常後悔把山洞挖得太大了，並且還在圍牆和岩壁連接的地方開了一個門。經過一番思索，我決定在圍牆的外面，就是十二年前我種了兩排樹的地方，再修一道半圓形的防禦工事。以前那些樹種得非常密，我只需在它們中間打上一些木椿，就可以使之更密更牢。這道牆很快就修完了。

這樣我就有了兩道牆。外牆用木料、舊錨索以及一切我能想到的東西加密，變得牢固。我在牆上開了七個小孔，大小可以伸出我的手臂。在圍牆裡面，我把牆加厚到約十英尺。我從山洞裡運了不少泥倒到牆腳，用腳踩實。七個小孔我打算都裝上短槍，當初我從大船上拿到岸上的短槍正是七把。我用槍如炮，我把槍插進孔裡，用框框好，像支架一樣支著它們，這樣我就可以在兩分鐘之內連開七槍。我辛苦了幾個月才把這牆築好，沒築好前我一直覺得不安全。

做完這件事後，我又在牆外空地的周邊密密麻麻地插滿了樹椿或木杆，它們是一種柳樹類的樹木，特別容易生長。我相信可能插了將近兩萬棵樹椿。在這些樹椿與外牆之間，我留了非常大的一塊空地，這樣，如果有敵人試圖靠近我的外牆，我就有空間看見他們，他們也不能隱蔽在那些樹椿後面。

這樣，在兩年的時間裡，我就有了一片茂密的叢林。在五、六年的時間裡，在我居

4《舊約．撒母耳記上》28：15。

所之前就有了一片樹林，枝葉交錯，厚實堅固，難以逾越。不管是什麼樣的人，都想像不到林子後還有什麼東西，更別說有人了。至於進出林子的通道（我沒有留出小路），我用兩架梯子解決這個問題。一架梯子靠在岩壁較低的地方，在那裡鑿一個凹洞，留點空間把第二架梯子放在那裡。如果兩架梯子都被拿下來了，任何活著的人都不可能爬到我這邊而不自傷的。即使他們爬進來了，也仍舊是在我的外牆的外面。

就這樣，為了生存，我採取了人類可以採取的一切精明的措施。從以後可以看出，這些東西的存在並非完全沒有正當的理由。儘管那時我只是出於恐懼才這麼做，而不是因為預見了什麼。

12 ＝ 退回山洞

做這件事的時候，我也並非完全不顧別的事情了，因為我很關心我那一小群山羊。牠們不僅能在任何情況下隨時提供食物，並開始充分滿足我的需要，不用我再耗費彈藥，而且免得我耗時耗力去追殺野山羊。我不願失去牠們給我帶來的便利，不願意再從頭開始馴養。

為了這個目的，在長久思考之後，我想出了兩個保全牠們的辦法。一個辦法是，另找一處方便的地方，在地下挖一個洞穴，每天晚上把羊群趕到裡面。另一個辦法是，圈出兩三塊小塊的地，彼此隔得遠點，盡可能地隱蔽起來，在每一處我都可以放上六、七隻小羊，即便大羊群遇到了不測，我稍微麻煩點，花點時間，也能再次把羊養起來。這儘管需要許多時間和勞動，我卻認為是最合理的計畫。

於是，我花了一些時間，找到了島上最隱蔽的幾個地方。我選出了一處，那裡非常隱蔽，完全如我所願。它是一小塊溼窪地，處於山谷和密林中間。這片密林我前面提到過，我那次從島的東面回家時，幾乎在這裡迷了路。在這裡我發現了一塊將近三畝的空地，周圍密林環繞，幾乎形成了一道天然的圍牆。至少我用不著像在別的地方圈地那樣耗時耗力了。

我馬上在這塊地上開工，用了不到一個月的時間，我就把它圈好了。它大得足夠把我的牲口或者羊群——隨你怎麼叫——都安全地圈在裡面。這些羊現在不像當初我認為的那麼野性了。於是，沒有任何延遲，我把十隻小母羊和兩隻公羊放到了這裡，牠們遷來後，我繼續補強圍籬，直到它跟另一個圍籬一樣安全。只不過我做第一個時比較從容，也花了更多時間。

我付出這一切辛勞，僅僅是因為看到了那個腳印，由此而產生了種種憂慮。其實，迄今為止，我還沒有看到任何人臨近小島。我在這種忐忑不安的狀態裡生活了兩年，它使我的生活遠不如過去舒坦。那些整天擔心別人害他的人過的是什麼日子，相信你們也都知道，你們也可以這樣來想像我的日子。我必須悲哀地承認，我這種心靈的不安極大地影響了我的宗教思想。因為對自己落入野人和食人野人的恐懼，是如此沉重地壓在我的心頭，以致我再也沒什麼心思去向上帝禱告了，至少不像以前那樣，能夠沉靜而溫馴地祈求上帝。我現在向上帝禱告，倒好像是處於巨大的心靈痛苦和壓力之下，彷彿四周危機四起，我每晚都可能在天亮之前就被殺掉和被吃掉。從我自身的經歷，我必須承認，感恩、仁愛、親密之情，要比恐懼不安更適合於禱告。在大禍將臨的恐懼下，一個人為了得平安而完成禱告上帝的義務，並不比一個人在病床上向上帝懺悔更加得體。因為這種不安影響的是心靈，而後者影響的是身體。心靈的不安跟身體的疾病，不僅都是嚴重的殘疾，甚至前者還要重過後者。因為向上帝禱告是專屬於心靈的行為，而與身體無關。

還是言歸正傳吧。在我把小小的羊群中的一部分安置好後，我又在整座島上轉來轉去，尋找另一處隱密的地方再做一個羊圈。這次我一路往西邊走，來到了一個我以前未到過的地點。我向大海眺望，覺得看到了一艘船漂浮在海面上很遠的地方。我曾在從船上搬下的水手箱子裡找到一兩個望遠鏡，但沒有帶在身邊。這艘船的距離太遠了，我看不清到底它是不是船。我一直凝視著它，直到眼睛再也撐不住了。它是不是一艘船我不知道，但當我從山上走下來時，我再也看不到它了，所以我就放過不顧了。我只是決定，以後出來，口袋裡一定要裝上一個望遠鏡。

當我從山上下來，到達我以前從沒到過的島的盡頭，我馬上就明白了，在島上看到一隻人類的腳印，並非像我以前想像的那樣奇怪。我只是由於上帝特別的旨意，而被拋棄在了野人從不過來的島的那一邊。我本該很容易就瞭解，沒有什麼比來自大陸的獨木舟會更頻繁地來到這裡了。如果他們碰巧在海上走得遠了點，就會駛過來到島的這一邊找港口停船。還有，由於他們的獨木舟經常相遇並且發生打鬥，勝利者就會把抓到的俘虜帶到這邊的沙灘上。他們既然是食人野人，就會根據他們可怕的習俗，殺掉他們的俘虜，並吃掉。對此我將在下面詳表。

如上所言，當我從山上往下走到海岸，也就是島的西南端時，我被嚇得目瞪口呆，魂不守舍。當我看到海岸上散布著頭骨、手骨、腳骨和其他的人骨時，我心裡的恐懼真是難以言表。我特別注意到一處生過火的地方，在地上挖了一個鬥雞坑似的圓圈，我想那些野蠻人就是坐在那裡享受他們的人肉盛筵，大啖他們同類的肉的。

我對所目睹的一切極為震驚，以致很長一段時間都忘了自己身在險境。想到竟然有如此非人的殘忍、地獄般的獸行、人性墮落帶來的恐怖，我的一切恐懼都被埋葬了。我雖然聽說過這種酷行，卻從未如此近距離地看到過。簡而言之，我把臉從可怕的場景轉開。我的胃極其不適，人也快要暈倒了，正當此時，天然反應釋放了胃裡的不適，一陣猛烈的嘔吐之後，我才稍微舒服了一點，但沒法再在這個地方待一分鐘。因此我以最快的速度又上了山，走向我自己的居所。

我跑到離島那端稍遠的地方，站了一會兒，還是驚魂未定。不久，當我回過神來，我帶著靈魂最真摯的感情仰望蒼天，眼含熱淚，感謝上帝把我投生在世界上另一個地方，使我區別於這些可怕的食人野人。儘管我認為自己目前的處境十分悲慘，上帝卻在其中給了我如此之多的慰藉，對此，我更應感激而不是抱怨。特別是，甚至在這種悲慘的處境中，我也因為認識了祂，盼著祂的佑護而得到安慰，這是一種福祉，不僅足以補償我曾遭受的或可能遭受的不幸，還綽綽有餘。

我就在這種感恩的心情中回到了我的城堡，對我環境的安全，我心下比以前放鬆了很多。因為我注意到，這些惡人到島上並不是為了尋找他們所需要的東西。他們來這裡也許不是為了尋找什麼、需要什麼，或期盼著什麼。無疑，他們經常爬到島上樹木遮蔽之處，但從未找到任何他們想要的東西。我知道，我在這兒迄今已待了十八年了，以前從來沒看到過人類的足跡。我還可以在這裡再待十八年，只要我像現在這樣完全把自己隱藏起來，不把自己暴露給他們——我當然斷斷不會暴露自己。我現在唯一要做的事，就是把自己完全隱藏在我所在的地方，除非我發現了比食人野人高一等的造物，才敢出來與之交往。

不過，對我所談到的這些野蠻的畜生，我對他們彼此啖噬的非人習俗，真的是深惡痛絕，這使得我在此後將近兩年的時間裡，都鬱鬱寡歡，愁腸百結，待在自己的圈子裡閉門不出。我所說的「自己的圈子」，是指我的三處莊園，即：我的城堡、我的鄉居（我稱之為小茅屋），和林中圈地。林中圈地我只是用來圈我的羊群，並沒有別的用途。由於我天生厭惡這些地獄般的惡人，所以害怕看到他們，就如害怕看到魔鬼本身一樣。在這段時間裡，我也不怎麼去看我的小舟，而是開始想另起爐灶造一個，因為我不想再去嘗試把那隻小舟繞著島帶回來，免得我在海上跟這些食人野人相逢。倘若如此，我落入他們之手，下場就可想而知了。

不過，時間一久，加上我對自己的處境很滿意，認為不會有被那些野人發現的危險，他們在我心裡引起的不安也就開始消退了，我又開始如從前般泰然自若地生活著，唯一的不同只是我比以前更小心謹慎、更注意觀察，免得讓自己碰巧被他們發現了。我特別注意不開槍，免得他們碰巧在島上聽到槍聲。天幸我早就養了一群溫馴的山羊，無需再去森林裡打獵，或開槍殺羊。後來我確實抓過幾隻山羊，是像以前一樣用陷阱和圈套。所以，在此後的兩年裡，我確信沒有開過一次槍，儘管我隨時都帶著。此外，我曾從大船上拿了三把手槍，我外出時也總是帶著，或至少帶著其中兩把，別在我的山羊皮皮帶上。我又把從大船上拿下來的一把大腰刀磨鋒利了，專門做了一條皮帶也把它掛上。這樣一來，我出門在外的時候，看上去確實像一個非常可怕的傢伙——如果你在我對自己的描述之外，再特別加上兩把手槍，和腰間一把掛在皮帶上的無鞘大腰刀的話。

如我前面所說，就這樣過了一段時間，除了這些防範措施外，我似乎回到了我從前平靜安寧的生活。所有這些事情都越來越向我顯示，跟別的一些人相比，我的處境遠說不上悲慘，尤其是跟某些人的生活相比，我的命運可以說是受到了上帝的關照。這令我沉思，不管處於什麼樣的生活環境中，假如那些人把他們的處境跟比他們糟的人比較，而不是跟比他們好的人比較，那麼世界上將會少去多少牢騷抱怨，而只會有對上帝的感恩啊！

至於我目前的處境，真的沒什麼缺乏的，所以，我覺得，我對於這些野蠻惡人的恐懼，和對於求生的關注，消除了我為生活而進行創造發明的潛力。我取消了一個很棒的計畫。我曾大費心思地想試一試，能否把大麥製成麥芽，然後自己釀造啤酒。這確實是一個異想天開的念頭，連我自己也經常責備自己想得太簡單了。因為我不久就認識到，釀酒所必不可少的材料中，有幾樣都是我不可能造出來的。首先，裝啤酒的桶我是做不出來的，這在前面也說過了。雖然我花了不是許多天，而是許多星期，甚至許多個月去試做，都不能如意。其次，我沒有啤酒花來使酒保持不變質，沒有酵母來發酵，沒有銅鍋、銅壺來把它煮沸。不過，雖然這些東西我都沒有，我卻堅信，假如沒有對野人的害怕和恐懼干擾了我的生活，我早就動手做了，也許還做成了。因為我一旦認定就動手做的事，很少有做不成的。

但我的創造發明的才能現在走到了另一個方向。因為現在我日思夜想的不是別的，而只是如何趁這些怪物嗜血狂歡時殺掉他們一批，如果可能的話還要把他們帶來吃的犧牲者救出來。我腦子裡醞釀了許多計謀，以消滅這些怪物，或至少把他們嚇走，讓他們不敢再來。這些計謀如果都寫出來，那篇幅就會遠遠地超出這本書了。不過所有這些計謀都流產了，除非我跑到那兒親手執行，否則一切都是空想。可是當一個人面對著二三十個手持標槍或弓箭的野人，而這些野人投起標槍來也毫不馬虎，如我的槍一樣可以準確地擊中目標時，這個人又能幹什麼呢？

有時我想，假如我在他們生火的地方下面挖一個洞，放進五、六磅火藥，當他們點火時，火藥就會點著，把旁邊的野人都炸死，可是，第一，我不願意在他們身上浪費這麼多火藥，因為現在我的火藥存量已不到一桶了。再說，我也不敢肯定火藥一定會在某個時刻爆炸，給他們一個突然襲擊，也許最多不過是把那團火爆開，令他們震耳欲聾，嚇了一大跳，但這並不足以讓他們放棄這個地方。所以我把這個計謀放下了，又想出另一個計謀。我可以找一個方便的地方埋伏起來，帶著我的三把槍，每把槍都裝上雙倍的彈藥。在他們噬血的儀式進行到一半的時候向他們開火，我肯定可以一槍打死或打傷兩三個。然後拿著我的三把手槍和我的劍向他們衝去，假如有二十個野人，我無疑可以把他們都宰了。這個妄想令我高興了好幾個星期，我是如此著迷，以致我常常夢見它，有時還夢見我正在向他們開槍的情景。

我不只是想想而已，我還用了好幾天去找合適的埋伏地點，如上所說，以便觀察他們的動靜。我常常到他們吃人的地點那兒，那裡現在我已熟悉不少了。當我腦子裡充滿了復仇的思想，要把他們二十個三十個地斬於劍下時，我在這個地方所感到的恐懼，我所看到的野人互相吞噬留下的痕跡，再再都增加了我的恨意。

最後，我在山坡上找到了一個滿意的地方，我可以在那裡安全地等候，看著他們的船到來，在那時，甚至在他們準備上岸之前，我可以隱身在叢林裡，那裡面一個小洞正好夠我藏起來。我可以坐在那兒，觀察他們的吃人行為，等他們湊到一起時，就對準他們的腦袋開火，第一槍就可以殺傷三、四個。

於是，我決定在這兒實施我的計謀。我因此準備了兩支火槍和一支鳥槍。火槍裡我分別裝上了一對彈丸和四、五顆較小的子彈，尺寸跟手槍子彈差不多。鳥槍裡我裝上了大約一把用來打天鵝的最大號的子彈。至於手槍，每把我都裝上了四顆子彈。我帶足了第二、三次射擊的彈藥，就這個樣子準備去遠征了。

在我這樣地定下計謀後，就在想像中將之付諸現實。我堅持每天早上都爬上離我城堡三英里遠的山頂，看看能否看到有船在海面上向小島靠近，或遠遠地向小島駛來。但在堅持了兩三個月的守望，卻總是無功而返後，我就開始對這個艱巨的任務感到厭倦了。在那整段時間裡，不管海岸上或靠近海岸的地方，還是在整個海面上，眼睛和望遠鏡所及的各個方向，都沒有出現任何野人的跡象。

在堅持每天上山守望期間，我始終保持著貫徹謀略的幹勁，我的精神十分振奮，其狀態跟我想要殺二三十個赤身露體的野人的蠻勁恰相配合。至於這些野人到底犯了什麼罪，我腦子裡想也沒想，只不過是當初因看到這些土人違反自然的習俗而感到恐懼，因此怒火中燒罷了。這些土人似乎已受到上帝的懲罰，在上帝對世界智慧的安排中，上帝並沒有給他們更好的引導，而是任由他們順著自己可憎汙濁的激情生活，因此他們一直幹著這種駭人的事情，並接受了這種可惡的習俗，把習慣當自然，這也許已經有許多個世代了。他們已完全被上帝所拋棄，被某種地獄般的墮落所占據，因此才落到這個地步。不過，如我所說，現在我已對勞而無功的外出守望感到厭倦，因此對這個行動本身的看法發生了改變。我開始冷靜地思考我打算去做的事。我問，我有什麼權力或理由去扮演法官和執行官，把這些人當作罪犯呢？對這些人，上帝認為這麼多世代以來不懲罰他們是合適的，彷彿讓他們彼此成了上帝審判的執行官。這些人又哪裡冒犯了我，我有什麼權利介入他們彼此之間的流血仇殺呢？我常常這樣和自己爭辯：「在這個案子中，我怎麼知道上帝自己的判決是什麼呢？可以肯定，這些人並不認為他們犯了罪，他們並沒有違背自己的良心，或受到良心的譴責。他們不知道這是一種冒犯，這麼做就是在冒犯神聖的正義，就像我們所犯的幾乎都是罪一樣。他們並不把殺死戰俘視為犯罪，正如我們不把殺死牛視為犯罪一樣。他們吃人肉就跟我們吃羊肉一樣。」

我稍微思考，就自然得出結論，肯定是我錯了。這些人並非殺人犯，並非我先前在心裡所譴責的殺人犯。說他們是殺人犯，就跟說那些常常把戰俘處死的基督徒是殺人犯一樣。在許多場合，基督徒更是經常把成隊成隊的敵人殺光，一點都不寬容，儘管敵人已放下武器投降了。

其次，我想到，儘管他們用這樣殘暴不仁的手段彼此殘殺，實際上卻與我無關。這些人並沒有傷害我。假如他們試圖傷害我，或者我看到有必要為了自衛而擊打他們，那也還說得過去。但我還在他們的勢力範圍之外，他們也不知道有我，因此不會來算計我，這樣，我去攻擊他們就是不正當的了。我如果這樣做，就等於承認西班牙人在美洲的野蠻暴行是合理的了。西班牙人在美洲殺了成千上萬的土人，這些土人雖然是偶像崇拜者和野蠻人，其習俗中有幾種血腥而野蠻的儀式，比如將活人獻祭給他們的偶像神，可是對西班牙人來說，他們卻是非常無辜的人。把這些土人趕盡殺絕，這種行徑無論是在西班牙人自己之間，還是在歐洲所有別的基督教國家之間，一談起來都會引起最大的憎惡和痛恨，被視作一種純粹的屠殺、一種血腥而反自然的暴行，無論在上帝還是在人的眼裡都不合理。正是由於這個緣故，「西班牙人」這個稱呼，對於一切具有人性或具有基督徒的同情心的人來說，都是一個可怕而恐怖的字眼，彷彿西班牙王國以特別出產這麼一種人而出名似的，這種人毫無仁厚之心，對不幸者毫無憐憫之情。而同情和憐憫被視為心胸慷慨大度的標誌。

這些考慮中止了我的謀畫，甚至完全中斷了。我一點點地拋開了我的謀畫，得出結論，我決定攻擊野人是錯誤的。干涉他們並非我的事，除非他們先來攻擊我。我的事是盡可能避免他們先來攻擊我。但是，假如我被他們發現並受到攻擊，我也知道自己該做什麼。

另一方面，我也向自己表明，主動攻擊野人不僅不能救我自己，反而足以毀滅我自己。因為除非我有把握殺死當時在岸上以及隨後上岸的所有人，否則，只要有一個人逃回去把發生的事告訴他的同鄉，那麼就會有成千上萬的人過來報仇，我這樣做豈不是自取滅亡嗎？幸虧眼下我還沒有機會做。

總而言之，我的結論是，無論在戰略上還是策略上，我都不應該以這種或那種方式，把自己牽扯到這種事裡。我的任務只是以一切可能的方法隱藏起來，不讓他們發現，不留任何跡象讓他們猜測到島上有活的生靈——我指人形的生靈。

宗教也有助於我得出這個審慎的決定。現在，我從多方面認識到，我為毀滅無辜的造物——我是說對我而言——而制定的血腥計畫，完全背離了我的職責。至於罪行，他們彼此犯罪，與我無關。他們的罪行是全民族性的，我應該把他們交給正義的上帝，上帝才是諸民族的統治者，祂知道全民族的罪行該如何用全民族的懲罰來作出正義的報復，並對那些以公開的方式犯罪的人予以公開的審判，以上帝自己所喜歡的方式。

現在，這在我看來是顯而易見的。我覺得，上帝沒有讓我做這件事，真的令我滿意極了。我有太多的理由相信，這件事我如果做了，那就無異於故意殺人。因此我雙膝跪地，以最謙卑的態度感謝上帝把我從流血的罪行中救了出來。我乞求祂給予我保護，不讓我落入野蠻人之手，或者不讓我向他們動手，除非我聽到天上傳來更清晰的呼喊，要我這麼做，以保護我自己的生命。

我就在這種想法中又繼續過了一年。在這段時間裡，我根本不想找機會襲擊這些可惡的傢伙，一次都沒有爬上山頂去看是否有他們的蹤影、他們是否上過岸，免得我又受到誘惑，重新設計對付他們，或在有機可趁時襲擊他們。我只做了這一件事：到島的另一邊去，把我停放在那裡的小舟轉移到島的東邊來。我把小舟划到一個小灣裡，這個小灣是我在一處高高的岩石下發現的。我知道，由於那兒有急流，野人是無論如何也不敢乘舟進來，或至少不願乘舟進來的。

我把留在小舟上的一切東西都拿了下來，因為光是在沿岸走走，裝備這些東西並非必需——包括我為小舟做的一根桅杆和一張小帆，一個類似錨但又不能叫作錨或抓鉤的東西，我費了很大的力才把它做成這樣子。我把一切東西都搬走了，免得被人發現島上有船或有人的痕跡。

此外，如前所說，我比以前更深居簡出，很少離開自己的小屋，只是做一些日常工作、擠羊奶、照料林中的小羊群。羊群在島的另一邊，因此沒什麼危險。可以肯定，這些野人有時會來到島上，但他們從來不會想要在這兒發現什麼，因此也不會離開了海岸往裡面亂走。我不懷疑，在我受到驚嚇，處處小心後，他們可能上過幾次岸，就跟以前一樣。說真的，一回想起我過去出行，如果碰巧碰到他們，被他們發現，會發生什麼情況，我還是會毛骨悚然。我往常外出時，都幾乎赤身裸體、赤手空拳，只帶一把槍、槍裡只裝一發子彈，我到處晃，在島上西窺窺、東探探，看能找到什麼東西。假如我在那時不是只發現了一個腳印，而是撞到了十五個或二十個野人，發現他們正在朝我追來，而且跑得比我要快得多，我不可能逃脫，那我該有多麼驚慌啊！

有時一想到這個，我就心情沉重，心裡非常難過，很久都恢復不過來。我不能設想那時我該怎麼做，我可能不但不能抵抗他們，甚至想都想不到我該做什麼，更不要說後來經過深思熟慮和充分準備才知道該怎麼做的事了。誠然，在認真思考這些事後，我整個人都會憂傷，有時還持續很長一段時間，但我最終還是決心感謝上帝，祂把我從如此之多看不見的危險中拯救出來，讓我遠離那些災禍。那些災禍本來我是無法逃避的，因為我根本不會想到它們就要發生，甚至不會想到其發生的可能性。

這讓我重新想到了從前常浮上腦海的一個念頭。當初，在塵世中經歷各種危險之際，我開始看到上帝仁慈的安排，我們是如何在對危險無知無覺的情況下神奇地得到拯救。當我們陷入所謂的困境，不知道是走這條路好還是那條路好時，當我們想要走那條路時，卻會有一種神祕的暗示引導我們走這條路，從而避開危險。不僅如此，當我們的感覺、傾向或任務明明已叫我們走另一條路的時候，心裡頭卻湧現了一個莫名其妙的念頭，要我們走這條路。這念頭如何發生、由誰發出，我們都不得而知。而事後證明，如果我們走了那條路，就是我們認為該走的路，或我們想像自己該走的路，我們早就萬劫不復了。經過這般的思考後，後來我就給自己立下了一個規矩，無論何時，只要我發現了那些神祕的暗示或心靈的催促，要我去做或不做什麼事，走這條路或走那條路，我都不能不服從這種神祕的指令，儘管我不知道除了這種懸在心頭的催促或暗示外，還有沒有別的原因。我可以舉出我一生中的許多例子來說明這麼做會成功，尤其是我在這個不幸的島上後期的例子。此外還有許多例子，假如當時我能用現在的眼光去看的話，是一定會注意到這種神祕的暗示的。但是亡羊補牢，永遠不晚。我在這裡只能勸告所有喜歡思索的人，假如他們的生活跟我一樣充滿了異乎尋常的變故，或者沒有那麼異常也罷，都不要忽視這些神祕的暗示，不管它們是來自哪個不可見的神明。對此，我不會予以討論，也許還不能說清。但它們確然是靈與靈之間的交會，是有形之物與無形之物的祕密溝通，這種證明是永遠不會被推翻的。關於這一點，我將用我在這不幸島上獨居後期中幾個顯著的例子加以說明。

我相信讀者不會覺得奇怪，假如我承認，這些焦慮、這些持續的危險，以及對我必須面對事項的操心，讓我無法再為未來生活的舒適便利而從事設計發明。我眼下做事更關心的是安全而不是食物。我現在不釘釘子，也不劈木柴了，怕發出的聲音被人聽到。出於同樣的原因，我也不敢開槍。最讓我受不了的是生不了火，怕煙把我暴露了，因為煙在白天大老遠就能看到。因為這個原因，我把凡是得生火的事情，比如用鍋燒水、用菸斗吸菸等等，都轉移到了林中新居。我在那裡待了一陣子後，發現了一個完全天然的地穴，令我說不出的欣慰。地穴很深，我敢說，野人即使來到了洞口，也不敢進去。事實上任何人都不敢進去，只有像我這樣想找個安全退路的人才會冒險進入。

地穴口在一塊大岩石的底下。我發現它，純屬偶然（如果我並未看到充足的理由將這樣的事歸於上帝，那我就說是出於偶然）。那天我正在砍樹枝準備燒炭，我為什麼要燒炭，在這裡要岔開來說一下。上面我說到，我害怕在住處點火冒煙，但我總不能不烤麵包、不煮肉吧，所以我就想了個辦法，像我在英國看到的那樣，在草皮泥層下燒木頭，直到木頭燒成木炭，再把火滅了，把木炭運回家。這樣，如果家裡要用火，就可以燒炭，這就沒有冒煙的危險。

這只是順便提一下。當我正在這兒砍柴的時候，察覺到在一棵很密實的矮叢林後面，好像有一處空曠地。我很好奇，想進去看看，就很困難地穿過它的洞口，發現裡面相當大，足以讓我直立，再加一個人也可以。但我必須向你承認，我出洞要比進洞倉促得多，因為在我繼續向裡面打探的時候，裡面黑極了，我看到了兩隻大而閃亮的眼睛，我不知這是屬於魔鬼的還是人類的眼睛，只見它們在那裡閃爍，跟兩顆星星似的。從洞口直射進來的光線很黯淡，才有了這種反射。

儘管這樣，停了一會兒後，我還是恢復了過來，開始罵自己是大傻瓜。我想，誰要是怕見到魔鬼，誰就不配在一個島上獨自生活二十年。我認為洞裡不會有任何東西比我自己更令人害怕。念及此，我鼓起了勇氣，點起火把，重又衝到洞裡。不過我走了還不到三步，又像上次一樣被嚇壞了。因為我聽到了一聲響亮的歎息，像人在傷痛時發出的，接著是一個斷斷續續的聲音，彷彿是一句半吞半吐的話，然後又是一聲深深的歎息。我退後幾步，著實嚇了一跳，身上冷汗直冒，倘若我當時戴了帽子，一定會毛髮倒豎，把帽子掀翻。但我仍舊打起精神，給自己壯膽，說上帝全在、上帝的力量無處不在，上帝一定會保護我。我繼續向前走，把火把舉在頭頂，借助火光，看到地上躺著一隻碩大而可怕的老公羊，用我們的話說，牠正在那裡交代後事，竭力喘息，老得快要死了。

我推了推牠，看看能不能把牠趕走，牠嘗試著站起來，可是爬不動了。於是我想，就讓牠躺在那裡也好——因為，如果牠能嚇唬我，也就能嚇唬野人，只要牠一息尚存，就能把膽敢闖進來的野人嚇跑。

我現在驚魂甫定，開始環顧四周，發現洞很小，也就是說，周圍大約十二英尺，但它純屬天然，既不圓也不方，全無人工鑿成的痕跡，因此沒有形狀可言。我還觀察到，往裡走遠點，還有一個更深的地方，但太低了，需要我手腳並用才能爬進去，至於它通向哪裡，我就不清楚了。由於我沒有帶蠟燭，這次就不摸過去了，但我決定明天帶著蠟燭和火絨盒再來，這火絨盒是我用一把短槍上的槍機做出來的。另外我還得帶一盤火種來。

於是，第二天我帶了六支自造的大蠟燭來了（現在我已能用羊脂造出上佳的蠟燭，但燈芯卻難辦，有時我只好用破布線或繩絲，或類似蕁麻的乾草絲來替代），走到洞裡低處時，我不得不像前面說過的那樣手腳並用，匍匐爬行了約莫十碼——我覺得自己已經夠勇敢了，必須考量到我並不知道究竟還有多遠、裡面還會有什麼東西。我穿過這個窄道後，發現洞頂豁然開朗，我相信接近二十英尺了。我環顧這穹窿或洞穴的四壁和穹頂，我敢說，我在島上還從來沒有看到如此光華燦爛的景象——在兩支蠟燭燭光的照射下，牆壁都反射出萬道光線。岩壁裡是什麼——是鑽石還是其他寶石，或是金子——我都不知道。我想可能是金子吧。

雖然非常黑暗，我所在的地方卻是一個最為賞心悅目的洞穴。地面又乾燥又平坦，表面有一層又細又鬆的沙礫，因此沒有令人討厭的有毒害蟲。洞牆或穹頂也一點不潮溼。唯一的難題是入口太小——然而，既然我來這裡是為了尋求安全，想要一條退路，那這反而成了一個好處。所以我對這個發現真是高興極了，決定一分鐘也不耽擱，把我最為擔憂的那些東西搬到這裡來。特別是我的火藥庫和多餘的槍支，即兩支鳥槍和三把短槍。因為我一共有三支鳥槍和八把短槍。我在城堡裡只留了五把短槍，架在外牆上如炮挺立，隨時待命，也準備著為我在外出遠征時使用。

趁這次搬運軍火的機會，我碰巧打開了從大船上拿來的那桶浸溼了的火藥，發現水浸到了桶內火藥三、四英寸深的地方，結成了餅，變硬了，但把裡面的部分保全了，就跟外殼保護著內核似的，於是，我從桶心得到了將近六十磅上等的火藥，這在那時真是一個可喜的發現。我把所有的火藥都搬了過去，城堡裡留下的火藥從不超過兩三磅，生怕發生什麼意外。我還把用來做子彈的鉛也搬了過去。

我幻想自己是古代的巨人，據說這些巨人住在岩洞裡，誰都攻擊不到他們。我說服自己，只要我在這裡，即使有五百個野人要獵殺我，也永遠都找不到我——即使他們能找到我，也不敢跑到這兒來襲擊我。

我發現地穴的第二天，那隻奄奄一息的老公羊就在洞口死了。我覺得與其把牠拖到洞外，倒不如就地挖一個大坑，用土把牠埋起來更容易些，因此我就把牠葬在了那裡，以免臭氣熏鼻。

13 一艘西班牙沉船

現在，我在這座島上已經住了二十三年，對這個地方以及這裡的生活方式早已覺得自然而然。只要能確保野人不來這個地方騷擾我，我寧願降服於命運，在這裡度過我的餘生，直到最後一刻，就像洞裡那隻老山羊一樣無疾而終。我也想出了一些小小的消遣和娛樂，使自己過得比以前快活——首先，如前所述，我教會了波兒說話。牠學得又熟練、又準確、又清楚，令我十分開心。牠跟我一起生活了不少於二十六年。牠後來過得怎麼樣我不知道，儘管我知道巴西人認為鸚鵡可以活一百年。可憐的波兒也許還生活在那座島上，還在叫著「可憐的魯賓・克盧梭」呢！但願沒有一個英國人倒大楣，到那裡聽牠說話。假如他真的聽到了，一定會以為是魔鬼在說話。我的狗也很討我喜歡，是個可愛的伴兒，牠陪了我十六年，最後壽終正寢。至於我的貓，我前面提過，牠們繁殖得太快，我不得不先殺了幾隻，免得牠們把我和我的東西統統都吃了。我從大船上帶來的兩隻老貓死了後，我不斷地驅趕小貓，不讓牠們吃我的糧食，牠們都跑到林子裡變成了野貓。我只留下了兩三隻我喜歡的小貓，馴養起來，而牠們繁殖出來的小貓（假如有的話），一般都會被我淹死。以上就是我家裡的部分成員。除此之外，我一直在身邊帶著兩三隻小羊，教會牠們從我手裡找東西吃。我另有兩隻鸚鵡，都說得很好，也會叫「魯賓・克盧梭」，但都不像波兒說得那麼好。當然，我也沒有像對待波兒那樣努力教牠們。我還有幾隻馴化了的海鳥，其名稱我不知道。我從海岸上抓到牠們，把牠們的羽毛剪掉了。我栽在城牆外的小木樁現在長成了密密的叢林。這幾隻海鳥就住在這些矮樹叢裡，繁衍生息，讓我心曠神怡。這樣，如我前面所說，只要能確保不受野人的騷擾，我對自己過的日子便感到相當滿意。

但是，事情卻向相反的方向發展。所有讀到我這個故事的讀者，一定會從中得出一個正當的結論，那就是，在我們生活的進程中，我們最想避免的壞事，一旦落到了我們頭上，就成了最可怕的事，可是，這樣的壞事又常常是我們得救的手段或者門路，只有透過它，我們才能從我們所落入的痛苦中重新得到解脫。對此，我可以舉出我莫名其妙的一生中的許多例子，但最顯著的，還是我在荒島獨居最後幾年的情境。

前面說過，現在是我在這裡的第二十三年。當時正是十二月冬至前後（我不能稱其冬天）、是我收割的季節，我必須常常外出，到田裡工作。一個清早，天還沒全亮，我就出去了，吃驚地看到海岸上一片火光，那裡離我約有兩英里遠。在那裡我以前曾發現野人到過的痕跡。但是令我非常苦惱的是，火光不是在島的另一邊，而是在我這一邊。

看到這個情景，我真是嚇壞了，馬上躲到了我的小樹林裡，不敢外出，免得自己受到野人的突襲。但是我心裡再也不能保持平靜了，我意識到，假如這些野人在島上四處亂跑，就會看到我那些未收割和已收割的莊稼，看到我加工或改進過的東西，就會馬上明白這個地方有人，那時，如果不把我找出來，他們不會善罷甘休。在這危險關頭，我立馬回到我的城堡、收起梯子，盡量使牆外的一切看上去都蕪亂而自然。

然後我在城堡裡作好準備、做好防禦的姿勢。我將我所謂的炮，就是我架在外牆上的短槍，以及所有的手槍都裝上彈藥，決心抵抗到最後一口氣。同時，我也沒有忘記認真地把自己交託給上帝保護，懇切地祈求上帝讓我脫離野蠻人之手。我保持著這種姿勢達兩小時之久，開始迫不及待想瞭解外面的情況，因為我沒有探子可以派出。

我又多坐了一會兒，思索著在這種情況下我該怎麼做，我無法忍受在對外界一無所知的情況下繼續坐下去，因此就把梯子搭在山岩邊——我前面提過，那裡有一個凹洞——爬上了凹洞，然後把梯子提上來放在凹洞上，再一路直奔到山頂。我趴在地面上，掏出我特意帶在身邊的望遠鏡，開始向那個地方瞭望。我馬上發現，那裡至少有九個赤身露體的野人，坐在他們生起的一小堆火周圍。他們生火不是為了取暖，因為天氣極熱，他們無需取暖，我猜他們生火是為了燒烤他們帶來的人肉，準備來一場盛宴。至於人肉是活人的還是死人的，我就不得而知了。

他們有兩條獨木舟，已經拉到岸上。其時正值退潮，我覺得他們大概是在等潮水漲起後再回去。難以想像這一情景給我心裡帶來的紛擾，尤其是看到他們來到島上我這一邊，跟我如此接近。但當我想到他們只能在潮水上漲時上島，我心裡就鎮定了一些。只要他們不是預先在岸上，我在漲潮期間外出就是安全的。想到這一點，我以後就可安心地出門收割莊稼了。

事情不出我之所料，得到了證實。當潮水向西流動，我便看到他們都上了船，划船（或划槳）走了。我應該提一下，在他們離開之前，他們跳了一個多小時的舞，我從望遠鏡裡可以清清楚楚地辨認他們手舞足蹈的樣子。我看到他們都光著身子，一絲不掛，但他們是男是女，卻怎麼也分辨不出來。

我一看到他們乘舟而去，就拿了兩支槍扛在肩上，兩把手槍掛在腰帶上，無鞘大腰刀懸在腰上，以最快的速度向我第一次發現野人蹤跡的小山跑去。我花了兩個多小時才跑到那裡（因為我全副武裝，跑不快），一到那裡，我就意識到，另外還有三隻獨木舟的野人來過那個地方。我向外望去，只見他們在海面上會合了，正向著大陸划去。

這對我來說真是可怕的一幕。尤其是當我走到岸邊，看到地上他們所留下的恐怖的遺跡的時候。他們幹了慘絕人寰的事，地上到處都是人血、人骨和人的四肢，是這些食人野人帶著大快朵頤的心情吃剩的。看到此景我義憤填膺，開始謀畫在下次看到他們時消滅他們，不管他們是誰，來多少人。

顯然，他們到這座島上來並不是經常的，因為他們再次登岸是在一年三個月以後了——也就是說，在這段時間裡，我既沒有看到他們，也沒有看到他們的腳印或跡象。由於在雨季，他們肯定不會外出，至少不會跑這麼遠。然而，在這整段時間裡，我都活得戰戰兢兢，總是擔心他們會來襲擊我。我從這件事上觀察到，對壞事的等待要比受難更加苦澀，尤其是當你沒辦法擺脫這等待或憂慮時。

在這段時間裡，我只是想著殺這些野人。我的時間本該好好運用，卻大部分都花在了謀畫下次如果看到他們，我該如何出奇不意地襲擊他們，特別是如果他們像上次那樣分成兩支，我該如何對付。我根本沒有考慮到，即使我消滅了一支——假設有十人或一打——到第二天、第二個星期，或第二個月，我還得消滅另一支野人。這樣一支又一支地殺下去，我得消滅無窮支的野人，最終我就成了跟這些食人野人一樣的殺人凶手，甚至更加凶殘。

我現在是在困惑與焦慮中度日，感到我總有一天要落入這些殘忍不仁的野人之手。即使偶爾外出，也總是四面張望，極度小心謹慎。現在我頗為欣慰地發現，我馴養了一群山羊是多麼幸福的事情，因為我無論如何都不敢再開槍，尤其是在走近野人常來的島那邊時，免得驚動了他們。即使他們現在被我趕跑了，他們肯定也會回來，幾天之內就乘著兩三百隻獨木舟蜂擁而至，我的下場也就可想而知了。

可是，一年零三個月過去了，我一個野人都沒有看到，直到後來我才又看到他們。此中經過我下面再表。確實，他們來過一兩次，但要麼沒有停留，或至少我沒有看到。但在我待在島上的第二十四年，屈指算來是在五月，我跟他們有了一次奇遇。下面我就說說經過。

在這一年三、四個月的間隔裡，我心裡極其煩亂。晚上我睡不安穩，總是做可怕的夢，還經常從夢中驚醒。在白天，愁雲壓垮了我的心靈，在夜裡，我常夢見殺戮野人，並一一列出理由，證明殺得有理。但還是暫且不提這個吧。我想是在五月中旬，十六日，這是根據我可憐的木柱日曆算出來的，因為我一直都在柱子上畫紋。對，是五月十六日，整天都是大風暴，雷聲轟鳴，閃電慘白，到了晚上，天氣同樣惡劣。我不清楚事情究竟是怎麼發生的，只記得當時我正在讀聖經，認真地思考著我當前的處境。忽然我聽到了一聲槍響，我想，槍聲是從海上傳來的。這真是讓我吃驚。

我確實吃了一驚，但這驚訝跟以前不同，因為這次湧入我腦中的想法完全是另一種。我一躍而起，快得幾乎不可想像，轉瞬之間就把梯子豎在岩石中間，爬上去之後把梯子提起來，然後第二次豎起來，爬到山頂。就在剛到山頂的那一刻，我看到了一道火光，知道又要聽到第二聲槍響了。果然，大概一分半鐘後我聽到了槍響。我從槍聲判斷，它來自上次我連人帶舟被激流捲走的那片海域。

我馬上想到，這必定是某艘船遇到了危難，而且他們有其他船隻同行，因此放槍發出求救信號。我在這一刻十分鎮定，我想，雖然我不能幫助他們，他們卻也許可以幫助我。所以我把手邊能夠找到的乾柴都搜集到了一起，堆了很大的一堆，在山上點起了火。木柴很乾，火一下子就旺了。雖然風刮得厲害，火勢卻依舊不減。我確信，如果海上真有什麼船，他們一定會看到我的。無疑，他們看到了。因為在我的火燃起的那一刻，我聽到了另一聲槍響，隨後又有幾聲，都是從同一個方向傳來的。我整夜都燒著火，直到天亮。等到天大亮後，天氣放晴，我看到在小島的正東方向，海上很遠的地方，有個什麼東西，我看不清到底是帆還是船，用望遠鏡也不管用，因為距離太遠，而且天氣還有些霧濛濛，至少海面上是如此。

我整天都不斷地望著那個東西，很快發現它一動不動了，所以就得出結論，這是一艘下了錨的大船。你可以想像，我多麼急切地想要弄清事情的原委，就拿著槍向島的南邊跑去，跑到我原來被急流捲走的礁石那裡。到那裡時，天已完全放晴，我可以清清楚楚地看到，一隻大船夜裡撞在暗礁上失事了，令我心痛不已。我上次乘舟巡遊時就發現了這暗礁。正是它擋住了急流的衝力，造成了一股逆流或回流，使我那次有機會死裡逃生。那次遇險可真是我這一生中最絕望也最無望的一次。

這樣看來，對一個人意味著安全的東西，對另一個人也許意味著毀滅。看來這些人（不管他們是誰）對這裡不熟悉，礁石又完全在水下，再加上昨晚的東北偏東風刮得很猛，所以船觸了礁。我猜測他們必定沒有看到這座小島，假如他們看到了，他們一定會用救生艇救自己，奮力上岸。但是他們鳴槍求救了，尤其是當他們看到——我想像——我點的火時。這引起了我的許多思緒。首先，我想像，他們一看到我的火光，就會下到救生艇裡，奮力游向岸邊，但是風急浪高，把他們捲走了。後來我又想像，他們早就失去了他們的救生艇，這種情況經常發生，尤其是當大船遇到巨浪撞擊時，水手不得不把船上的救生艇拆散，或親手扔到海裡去。過了會兒我又想像，他們還有別的船隻為伴，後者看到他們的遇難信號，會把他們救起來帶走的。再過一會兒我又幻想，他們都坐上了救生艇向海裡划去，但被我上次遇到的急流捲到了大洋裡，他們面臨的只有不幸和死亡，說不定就在這會兒他們開始飢腸轆轆，陷入了彼此相食的境地。

所有這些只不過是我的猜想罷了。以我自己所處的環境，只能眼睜睜地看著這些可憐人遭受不幸，憐憫他們，除此之外就無能為力了。可是這件事仍舊對我產生了好的影響，讓我越發有理由感謝上帝了。在我孤淒的處境中，上帝卻為我提供了一切幸福舒適的東西。有兩艘船在世界的這一角失事了，除了我，兩艘船上的人無一生還。我再一次體會到，上帝把我們拋到如此惡劣的處境，或如此巨大的災難中，雖然非常罕見，但我們也可以從中看到某種值得感謝的因素，或者看到別人的處境比我們的更惡劣。

這顯然就是那些人的情形，我難以想像他們中有人能活過一命，也不能合理地指望他們並未全部喪生，唯一例外是得到了同行船隻的搭救。但得到同行船隻的搭救也僅只是可能性而已，因為我沒有看到他們被搭救的些微跡象。

我難以用語言解釋，看到這一情景，我感到心中竟湧起了一股奇異的渴望，有時發出了這樣的呼喊：「噢，哪怕有一兩個，不，哪怕只有一個人從這隻船上逃生，逃到我這裡也好啊！那樣，我就會有一個同伴、一個同類，可以跟我說說話，彼此交流一下了！」在我長時間的孤獨生活中，我從未像現在這樣感到，自己對人際交往產生了如此熱切、如此強烈的欲望，或者說，對缺乏社交如此深深地感到遺憾。

在情感中，存在著某種祕密的機制，當它們被某個看到的目標激發，或雖未看到卻由想像力呈現在心目中的目標所激發，這機制的發動就會裹挾著靈魂，以狂熱之勢，迫不及待地奔向那個目標。如果達不到，就難以承受，極其痛苦。

但願有一個人逃出了生天，這就是我最熱切的渴望。「啊，哪怕只有一個人也好啊！」這句話，我相信自己說了一千遍。我的渴望變得如此強烈，我說這話時，雙手握在一起，手指按住手掌，如果手裡有脆軟之物的話，會被我不知不覺就壓碎的。我的牙也緊緊地咬在一起，半天都張不開來。

就讓自然主義者解釋這些現象的原因和表現方式吧！我能做的一切只是描述事實。我發現這種情況時，自己也吃了一驚，不知道這是怎麼來的。這無疑是由我內心的渴望和強烈的意念導致的結果。因為我瞭解到，如果我能跟一位同為基督徒的人交流，心裡將寬慰不少。

但事情並不如此。這也許是他們的命運，也許是我的，也許兩者都是，我們無法碰到一起。因為，直到我在這座島上的最後一年，我都不知道那條船上究竟有沒有人被搭救。我只是在幾天之後悲痛地看到，一具被淹死男孩的屍體浮到了島那一端的岸上，離沉船不遠。他身上只穿了一件水手背心、一條開膝亞麻短褲和一件藍亞麻襯衫。我從他身上看不出他是哪個國家的人。他口袋裡什麼也沒有，除了兩枚比索和一隻菸斗——對我來說，菸斗的價值是比索的十倍有餘。

現在風平浪靜，我很想冒險乘舟到這條沉船上看看，我一定能在船上發現點對我有用的東西。但這不是促使我上船的主要動機，我主要還是想看看船上還有沒有人活著，我不僅可以救他們的命，還能透過救人的命大大地安慰我自己。這個想法如此執著於我的心裡，令我日夜不得安寧，我一定要冒險乘舟登上這艘沉船。剩下的事就交給上帝的旨意了。這個念頭在我的心裡是如此強烈，簡直無法抵擋——它必定是來自於某個神祕的指引，如果我不去，我會為自己遺憾的。

在這個念頭的驅使下，我跑回到自己的城堡裡，為出行作好了一切準備，我拿了足夠分量的麵包、一大罐淡水、一個駕駛用的羅盤、一瓶甘蔗酒（我還有不少剩下的）、一籃子葡萄乾，這樣就備齊了一切必需之物。我下山走到小舟那裡，把舟裡的水舀乾，讓它浮起來，把我身上帶的東西都放在它裡面，接著又回家拿更多的東西來。這一次我拿了一大包大米、用來撐在頭頂遮蔭的傘、另一大罐淡水、約兩打小麵包或大麥餅——比上次還多——還有一瓶山羊奶和一塊乳酪，我費了很大的力，流了不少汗才把所有這些東西搬到舟上。在祈禱上帝引導我的航程後，我就出發了。我沿著海岸划著獨木舟，最後到了小島東北角最遠的端點。現在，我要駛入大海了，我要麼冒險一拚，要麼知難而返。我遙望著小島兩邊不息流淌著的急流，想起我上次來這裡所遇到的危難，覺得非常可怕，心裡打起了退堂鼓。因為我可以預見，如果我被這兩股急流中的一股裹挾，我就會被沖進大海深處，可能再也回不來、再也看不到小島了。由於我的舟太小，即使海上吹起一陣小風浪，我也無疑會舟沉人亡。

這些想法壓在我心頭，我只好放棄計畫，將我的小舟拉進岸邊的一條小河裡。我出了小舟，坐在一塊坡地上，心裡又憂慮又著急，對這次航行一方面是害怕，一方面又想去。我正在想著的時候，察覺到潮水起了變化，湧了上來。這樣我好幾個小時都走不了了。這時，我忽然想到，我應該到最高的地方去觀察一下，如果可以的話，看看潮水上漲時那兩股急流的走向，從而判斷，如果我被一股急流捲走，是否就不能夠指望被另一股同樣急速的急流捲回來。這個念頭一冒出我腦海，我就把眼光落向一個足以俯瞰大海兩邊的小山頭，從那裡我可以清楚地看到兩股潮水的走向，從而確定我回來該走哪一條路。到了小山頭，我發現由於那股退潮緊貼著島南端往外流，那股漲潮就貼著島北端向裡流，因此，我回來時貼著島北端就好了。

我受到觀察的鼓舞，決心明天早上趕上第一波潮汐。我在獨木舟裡過了一夜，晚上披著前面提過的水手值夜班穿的大衣，醒來後就出發了。我先只是往海裡正北的方向走了一點點，然後開始感受到向東流的急流帶來的方便，它帶著我走得很快，卻又不像上次南端的急流那樣湍急，因此我還可以控制住小舟。我以槳為舵，以很快的速度向著破船駛去，不到兩個小時就到了它跟前。

眼前一幅悲慘的景象。從船的結構來看，這是一艘西班牙船，它被牢牢地卡在了兩塊礁石中間。船尾和後艙都被海浪打碎了，被卡在礁石中間的前艙遭遇過猛烈的撞擊，主桅和前桅都被帶到了甲板上——就是說，折斷了。但是船頭的斜桁還完整，船首也還堅固。我靠近船時，船上冒出了一條狗，看到我來，牠就汪汪地叫起來。牠一聽到我打招呼，就跳進海裡向我游來。我把牠抱到舟裡，但發現牠幾乎要餓死、渴死了。我給了牠一塊麵包，牠一下子就把麵包吞噬了，就跟雪地裡餓了半個月的狼一樣。然後我給了這可憐的造物一點淡水，看來，如果我任其喝下去，牠會把自己脹死的。

接著我就上了船。第一眼看到的是兩個人淹死在了廚房或前艙裡。兩人緊緊地抱在一起。我推測，很有可能，船在風暴中觸礁時，海浪是那麼的高，不斷地擊打著船隻，水不斷地灌進艙裡，船裡的人受不了，透不了氣溺死了。除了那條狗，船上沒有一個生命，船上的貨物都被海水浸壞了。艙底下有幾桶酒，我不知道是葡萄酒還是白蘭地，因潮水退去而被我看到了。但酒桶太大了，我搬不動。我看到了幾個箱子，我相信是海員的。我把其中的兩個搬到了我舟上，也沒有打開看一眼。

假如觸礁的是船尾，撞碎的是船首，那我這一趟的收穫就大了。因此從我在這兩個箱子裡發現的東西來看，我可以斷定，這艘船上面有大量的財寶。從其航線來看，它必定是從南美洲的布宜諾斯艾利斯或拉普拉塔[1]河口出發，繞過巴西開往墨西哥灣的哈瓦那，也許再從那兒開往西班牙。無疑，船上裝了大批財寶，但此刻對任何人都毫無用處。船員都怎麼樣了我一無所知。

1 巴拉那河與烏拉圭河交匯處。

在這些箱子外，我還發現了一小桶裝得滿滿的酒，大約有二十加侖，我費力地搬進了我的小舟。船艙裡有幾把短槍和一隻盛火藥的牛角，裡面有約四磅火藥。短槍我用不著，因此留下了，只拿走了火藥角。我拿走了一把火鏟和一把火鉗，這是我急需的，還拿了兩把小銅壺、一個煮巧克力的銅鍋和一個烤架。現在潮水在往回流了，我帶著這些貨物和那條狗走了。當晚天黑後大約一小時，我重新回到了小島，這天真是累得筋疲力竭了。

我在舟上歇了一晚。早晨，我決定把拿到的東西運到我新發現的洞裡去，而不是運到城堡裡去。我吃了點東西後，就把所有的貨物都搬到岸上，開始一件件查看。我找到的小酒桶裡裝的是一種甘蔗酒，但跟我們在巴西喝的不同。總之，根本就不好喝。但是當我打開箱子的時候，卻發現了幾件特別有用的東西。比如，我在一個箱子裡發現了一個精美的小酒箱，酒瓶做得極其別致，裡面裝滿了上等可口的露酒，每瓶約三品脫，瓶蓋上還包銀。還有兩罐上好的蜜餞或果乾，罐口封得很緊，海水進不去。但另有兩罐卻被海水浸壞了。我找到了幾件很好的襯衫，我正求之不得。還找到了大約一打半白色的亞麻手帕和上色的圍巾。前者也是我求之不得的，在大熱天用來擦臉再爽快不過了。當我拉開箱子的抽屜，發現裡面有三大袋比索，總共約有一千枚。其中一個袋子裡用紙包了六枚達布隆[2]金幣和一些小金條，加起來接近一磅重。

另一個箱子裡裝了些衣服，但價值不大。看樣子，它準是副炮手的箱子。裡面沒多少火藥，只有約兩磅上佳光滑的火藥，裝在三隻小瓶子裡，我猜大概是他們裝鳥槍用的。總而言之，我這次航海帶回來的東西有用的不多。因為，金錢我沒有機會用到，真是賤如糞土。我寧可拿這些錢換回三、四雙我迫切需要的英國鞋、英國襪，我腳上很多年都沒有穿過了。然而現在我倒是實實在在地弄到了兩雙鞋，是我從破船上看到的兩個被淹死的船員腳上脫下來的，我在一個箱子裡又另外找到了兩雙鞋，真是讓我高興。但這些鞋跟英國鞋不一樣，不那麼舒適耐用，在英國也就算我們所說的便鞋而已。我在這個水手箱子裡找到了一堆里亞爾幣，約等於五十比索，但沒有看到金幣。我猜測這個箱子的主人比較窮，而另一個箱子的主人似乎是一位官員。

不管怎樣，我還是把錢搬到了山洞我的家裡收藏起來，就跟我以前從大船上拿的錢一樣。但是，如我所說，這艘船的另一半我無法享用，真是一大遺憾。否則我會用我的獨木舟分幾次把錢運到岸上。不過，即便我逃到英國，這些錢放在這兒也足夠安全，以後再來取也不遲。

2 西班牙及其殖民地舊金幣名。

14 ＝ 夢實現了

我把所有東西都帶到岸上安置好後，就回到舟裡，沿著海岸把它划到了原來停泊的港灣，盡力趕回我的舊居，那裡一切安好。我開始休息，日子一如往常，料理家務。有一段時間我過得安逸輕鬆，跟過去相比，只是多了一點警覺，時常注意外面的動靜，減少外出。即便我想出門放風，也總是在島的東邊，令我欣慰的是，野人從來不去那邊，在那裡我也不必太過警惕，身上不必帶太多的武器彈藥，像到別處那般。

我在這種狀態下又過了將近兩年。而我這顆倒楣的腦袋——它總是要讓我清楚，它生來就是為了折磨我的肉體的——在這兩年裡塞滿了各種各樣的規畫和計畫，一心想著怎麼離開這個小島，如果可能的話。有時，我想再上一趟西班牙破船，儘管我的理性告訴我說，那裡沒剩下什麼值得我再冒險去拿的東西了。有時我想到這邊逛逛，有時我又想到那邊遛遛。我完完全全相信，假如我有從薩累逃出來時坐的那條小艇，我早就航海去了，至於要去哪兒，那我就不管了。

人有一種通病，就是不滿足於上帝和大自然給他們安排的位置。我認為，他們的不幸中有一半就是由這種不知足造成的。不斷地陷入種種困境的我，堪稱他們的前車之鑒。我不顧自己原來的家境，也不聽父親的忠告，反而違逆他，也許我可以把這叫作我的「原罪」吧！隨後同樣的錯誤讓我落到今天這種可悲的境地。上帝把我安排到巴西成了一個種植園主，假使他保佑我心無雜念，我也許就會滿足於循序漸進，逐步積累，到這時候——我指我在島上的這些年——也許早就成了巴西最顯要的種植園主之一。我在巴西住的時間不長，卻發展很快，我深信，如果我留在那裡以那種速度一直發展下去的話，或許現在的身價已經是十萬莫艾多[1]了。但是，我拋下了一份穩定的財產，一個資本雄厚、正欣欣向榮地擴展的種植園，甘願去當一名船上的管貨員，到幾內亞去販運黑奴。而留在巴西，耐心和時間就可以增加我們的財富，待在自家門口就可以從那些黑奴販子手上買到黑奴，雖然價錢會貴一點，但這點差價絕不值得自己去冒這個險。

但是這常常就是不諳世事的年輕人的命運。這裡面的愚蠢，不經過多年的磨練、不付出高昂的學費，他們不會領悟到。我現在就正是如此。可是，這種錯誤在我性情中已

1 葡萄牙和巴西舊金幣，每枚含金近五克。

經如此根深柢固，以致我不能安於現有的位置，而總是不斷地計畫用一切手段盡可能地逃離此地。為了使我故事餘下的部分更為讀者所樂見，我不妨先透露一下我這個荒唐的逃跑計畫，最初是怎麼形成的、後來是怎麼實施的、是根據什麼行動的。

這次去破船後，我在城堡裡過起了隱退的生活。我把我的小護衛艦獨木舟像往常一樣沉入水底藏好，我的處境又恢復到了以前的樣子。實際上，我比過去有錢了，但根本還算不上富有，因為錢對我毫無用處，就如祕魯的印第安人在西班牙人到來之前，錢對他們毫無意義一樣。

從我第一次踏上這個小島，我在這裡孤獨地生活已有二十四年。這年三月正逢雨季，一天晚上，我正躺在吊床上，難以入睡。我健康得很，身無病痛，沒什麼不舒服，心裡也跟平時一樣平靜，可是我怎麼也合不上眼睛、怎麼也睡不著。整夜都沒合眼，腦子裡盡是胡思亂想。

那天晚上我大腦裡的思緒猶如萬馬奔騰，記憶裡的往事如旋風捲過，要把它們一一記下來根本不可能。我把我如何來到這座小島、如何在島上求存的來龍去脈，以圖畫或縮寫的形式順了一遍。在我反思自從來到這個小島後的生活狀態時，把我早先在這兒居住時的幸福狀態跟在沙灘上看到腳印後過的焦慮、害怕、謹慎的生活作了比較。我並非不相信野人一直都是常來這座小島的，而且有時一次幾百人登岸也是可能的，但我過去對此毫無意識，也就不可能為此憂慮。雖然危險是一樣的，但是那時我的滿足是完美的。我對自己的危險一無所知，就像根本沒有危險一樣，十分快樂。這番回憶使我的思想得到了許多有益的教誨，尤其是這一點：上帝的旨意無限美好，祂管理人類時，讓他們對事物的視野和知識局限在狹窄的範圍內，於是，儘管人行進在千難萬險之中——這些危險倘若他能發現，便會心煩意亂、精神萎靡——但由於事情都在他眼前隱藏了起來，他毫不知道身邊環繞著的危險，因此他便保持了平靜和安寧。

這些想法在我腦子裡盤旋了一段時間之後，我開始認真地研究起這麼多年來我在這座島上面臨的真實危險，而我如何安然無恙地在島上四處晃來晃去，心裡泰然自若，但實際上，可能只是一座小山、一棵大樹，或是剛巧降臨的夜幕，把我跟最糟糕的死法隔了開來，使我免於落入食人野人之手，他們抓我就如同我抓山羊或海龜，他們認為殺了我吃掉不算犯罪，就跟我認為宰食鴿子或鸕鳥並不算犯罪一樣。假如我說我沒有真誠地感謝我的保護者上帝，那我就是在自我誹謗。我承認上帝對我愛護有加，使我在無知無覺中得救，否則，我早就不可避免地落到了他們無情的手裡。

這些念頭消失之後，我腦子裡又開始思考這些可惡受造物，也就是野人的本性來。萬物智慧的管理者上帝，怎麼會容忍祂的受造物墮落到這麼一種不人性的地步——甚至比禽獸都不如——竟然吞噬自己的同類？但這一思考最後變成了某種（在那時）毫無結果的思辨，於是，我又想到了另一個問題，這些惡人住在世界的哪個地方呢？他們住的地方離海岸多遠？他們大老遠地離家出海是為了什麼？他們坐的是哪種船？既然他們可以到我這兒來，我為什麼不能安排好自己和自己的事，到他們那邊去呢？

我從不煩勞自己去想，我到了他們那裡後，要怎麼做呢？假如我落入這些野人之手，會變成什麼樣子呢？或者，假如他們攻擊我，我怎麼逃開呢？不僅如此，我甚至都沒有考慮到，我怎麼可能上岸而不受到他們的攻擊，根本沒有得救的可能。即使我沒有落入他們之手，我吃什麼呢？我要去哪裡呢？這些問題我想都沒想，只一心一意想著乘著我的小舟去往大陸。我研究了一下我目前的處境，認為這是世上最悲慘的情況，其惡劣的程度也許僅次於死亡。如果我能到達大陸岸邊，也許就可以獲救，或者我沿著海岸線走，就像我在非洲海岸那樣，直到抵達某個有人煙的地方，在那裡我可能獲救。畢竟，我也許會遇上一條基督徒的船，他們會救起我。最糟的情況，也不過就是一死，就此將所有這一切災難一了百了。請你們注意，這些都是心煩意亂、性情急躁時產生的念頭。而我之所以如此，是因為長期以來麻煩不斷，加上最近去了那條西班牙破船後變得尤其失望。我原指望能在那上面找到我渴望已久的一兩個活人，我可以跟他們說說話，從他們那裡知道一些我所在地的情況，以及可能的獲救辦法。我完全被這些念頭攪動起來了。而我原本心情平靜、順從上帝的旨意、等待著天意的發落，這樣的心情現在只能擱置一旁了。可以說，我已無法控制自己的思緒，整天都思考著怎麼去到大陸。這個念頭來勢洶洶，極為迫切，簡直是無法抵擋。

這種念頭激發了我的思想，讓我興奮了兩個多小時，熱血沸騰，心跳加速，就跟發了高燒一般，其實只是心裡發熱罷了。我就這樣想啊想啊，一直想到筋疲力竭，身體的天性就把我送入了甜甜的夢鄉，讓我沉沉睡去了。你也許會以為我做夢夢見了大陸，可是我沒有，也沒有夢見任何跟它相關的事，而是夢見了我如平常一般在早上走出城堡，在海岸上看見了兩隻獨木舟和十一個野人上岸，帶著一個他們準備殺了吃的野人。突然，那個要被殺掉的野人跳起來逃跑了。我在夢裡感覺到他是在往我防禦工事前面的那片小林子跑，好躲起來。我只看到他一個人，沒有看到追趕他的人向那邊跑來，就向他現身，對他微笑，鼓勵他過來。他急忙向我跪倒，好像是在祈求我幫助他。隨後我向他指了指梯子，讓他爬上來，把他帶到了我的山洞裡，他就成了我的僕人。我一得到這個人，就對自己說，「現在，我肯定可以到大陸了，因為這個傢伙可以當嚮導，告訴我該做什麼、上哪兒找吃的、不上哪兒免得被吃掉、哪些地方可以去、哪些地方要避開。」正這樣想著時，我就醒了。夢裡，出逃有望把我高興壞了，簡直無以言表，而醒來後發現這不過是一場夢時，我的失望之情一樣難以言喻，讓我陷入了深深的沮喪之中。

不過，這個夢卻讓我得出了一個結論：我若想逃出這個小島，唯一的辦法就是盡可能弄到一個野人，這個野人最好是別的野人的俘虜，被他們定了罪要吃掉，並帶來這裡準備殺掉的。然而，這些想法還是有一些困難的。我不可能不攻擊整團野人或把他們殺光就達到這個效果。這不僅是個孤注一擲的嘗試，難保不出差錯；而且，我自己也對這麼做的合法性何在有所顧忌。一想到要流這麼多血我的心就直發抖，儘管是為了救我自己。我不想在這裡重複我用來反駁自己的論證了，前面我在列舉不殺野人的理由時提過。但是，儘管我現在可以舉出別的理由，比如，那些人是我生命的敵人，他們只要抓住我就會吃掉我；我這麼做是最高程度上的自救，把自己從這活死人的境地裡解救出來，如果他們真的攻擊我，我就真的是在進行正當防衛，如此等等一大堆理由。我雖是在為自己辯護，但一想到為了救自己要流人血，就感到非常可怕，很長一段時間裡自己都接受不了。

然而，到最後，經過跟自己的許多祕密爭辯，以及經歷了巨大的困惑之後（因為所有這些論證，無論這種還是那種，都在我頭腦裡爭論了很久），我要使自己獲救的迫切渴望終於戰勝了其餘一切，我決定，只要可能，就弄一個野人到手裡，不管要付出什麼代價。下一件事就是策畫怎麼做到，而這真是難以解決的問題。由於我想不出什麼有把握的辦法，所以就決定先觀望一下，看他們何時上岸，其餘的事先不管，到時候見機行事，該如何就如何。

如此下定決心後，我就盡可能頻繁地出去偵察，不久就頻繁得連我自己都心煩了。因為我等了足足超過一年半的時間，在這期間的大部分時間裡，我幾乎每天都外出到島的西端、到島的西南角，去尋找獨木舟，但一艘也沒有出現。這真是令人非常洩氣，令我十分困擾。但我不能說，這次見野人的渴望像不久前那樣又被消磨掉了，倒是相反，事情拖得越久，我的渴望就越甚。一言以蔽之，我不像當初那樣小心翼翼地回避見到這些野人，並避免被他們看見，我現在是渴望碰到他們。

此外，我幻想我可以管好一個，不，兩個或三個野人——假如我能弄到的話——使他們完全成為我的奴隸，做我命令他們做的一切事，並且防止他們在任何時候害我。這些想法真是讓我高興了好一陣子，但事情還是毫無眉目。我所有的幻想和謀畫都歸於烏有，因為很長時間裡根本就沒有野人來。

大約是我有了這些想法（我雖想了很久，但因沒有機會實施，因此都成了空想）的一年又半之後，一天早晨，我很吃驚地看到，至少有五隻獨木舟一齊來到了島的我這邊，舟上的人都上了岸，但是我沒有發現。他們的人數破壞了我的全部籌畫。我知道一隻獨木舟常常載四至六個人，有時還要多，看到有這麼多獨木舟，我真不知道該怎麼想了，或該怎麼實施我的計畫、單槍匹馬地去攻擊二三十個人。因此我只好靜靜地躲在城堡裡，心下惶惑不安。可是，我還是根據我以前的準備，進入了攻擊狀態，一有風吹草動，就能立即行動。我等了好一陣子，側耳傾聽他們的動靜，最後，我變得不耐煩起來，就把槍放在梯子腳下，像平時那樣，分兩階段爬上了山頂。我站在山頂，盡量不露出頭來，免得被他們發現我。我在這裡透過望遠鏡看到，他們至少有三十人，已經點起了火，正在燒肉。他們是怎麼燒肉的、燒的是什麼肉，我都不知道。我只看到他們正在跳舞，做出種種野蠻人的姿勢和樣子，按他們自己的步法，圍著火堆跳舞。

我正這麼望著他們的時候，又從望遠鏡裡看到兩個倒楣的野人被從小舟裡拖出來，看來他們是先前被扔在小舟裡的，現在要拖出來殺掉了。我看到其中一個立刻倒下去了，我想是被棍棒或木劍打倒的，因為他們就是這麼打人的。有兩三個野人馬上行動了，把他開膛破肚拿去烹煮。另一個俘虜被撂在一旁，等著發落。就在這個時刻，這個可憐的傢伙，看到自己被鬆了綁，有了一點點自由，就受到天性的激勵，萌發了逃生的希望。他突然逃離了他們，以不可思議的速度沿著沙灘直接向我這邊跑來。我是說向著我城堡所在的這一邊跑過來。

我必須承認，當我看到他朝我這方跑來時，我嚇壞了，尤其是當我想到，那些野人會全體出動，在後面追趕他。現在，我盼望著我的夢境有部分能實現，他必定會躲到我的小林子裡來，但我卻斷斷不能完全依賴我的夢境，在我夢境中，別的野人沒有追過來也沒有找到他。我站在原地，一動也不動，當我發現追趕他的人不超過三個時，才鬆了一口氣。當我發現他跑得比他們快得多、距離越拉越大時，我就更是大受鼓舞了。這樣，只要他能堅持半個小時，我看他就能相當輕鬆地擺脫他們了。

在他們和我的城堡之間隔著一條小河，我在故事第一部分常常提及這條小河，就是我把大船上的東西運上岸的地方。我清楚地看到，這可憐的野人必須游過這條小河，否則就會被抓住了。這時正在漲潮，當他逃到那裡的時候，想也不想就跳了下去，只划了三十來下就登上了岸，又飛快地跑了起來。追他的三個人來到小河邊，我發現其中兩個會游泳，但第三個不會，他只好站在小河那邊看著另外兩人，不再往前走了，並且很快就悄悄地走回去了。後來的事證明，這實在是他命好。

我注意到，這兩個游泳的野人游得比那個逃跑的野人慢多了，至少花了兩倍的時間才過了河。這時我腦子裡跳進了一個熱烈而不可阻擋的念頭，此刻就是為我找到一個僕人、或許還是一個同伴或助手的時刻，我明明是聽到了上帝的召喚，要我去搭救這可憐生靈的生命呀！我以最快的速度跑下梯子，拿起擺在梯子腳下的兩支槍，又以同樣的速度再爬上梯子，一口氣跑上山頂，再向海邊奔去。我抄了一條很近的路，向山下跑去，插到逃命者和追命者中間。我朝逃命者大聲喊叫，他向後瞭望，起初彷彿被我嚇壞了，就像見了那兩個野人似的。但我打手勢叫他過來，同時慢慢地向那兩個追命者走去。接著我突然衝到跑在前面的那個野人那裡，用槍托把他打倒在地。我不願開火，因為我怕別的野人聽到槍聲。其實隔得這麼遠，他們很難聽到槍聲，他們也看不到硝煙，因此對這邊的情形只會不明就裡。我把這個傢伙打倒後，另一個追命者停下了，好像是被嚇著了，我向他走了過去。我走近後，發現他帶有弓箭，正搭上箭準備射我，因此我不得不先向他射擊，我開了火，一槍就要了他的命。那個逃命的可憐野人也停住了，儘管看到了他的兩個敵人都倒下了，而且相信他們死了，卻仍舊被我的槍聲和火光嚇壞了，呆呆地站在原地不動，既不前進也不後退，似乎是寧可逃走也不願過來。我又跟他打了個招呼，打手勢叫他過來，他很快明白了，走近了一點點，又停下來，再走近一點點，再停下來。我這時才看到，他是在發抖，大概以為自己又成了俘虜，要被殺死了，就跟他的兩個敵人被殺死一樣。我再次向他示意過來，以我能想出來的姿勢鼓勵他過來，他一點點地走過來，每十步或十二步就跪一次，表示感謝我救了他的命。我向他微笑，顯得和顏悅色地向他示意，要他走得更近一點。最後他走到了我跟前，再次跪下，吻著地面，把他的頭貼近地面，抱住我的一隻腳放在他頭上，這看起來是在表示，他發誓要成為我終生的奴隸。我把他扶起來，態度和善，並盡力安慰他。但是事情還未結束。我發現那個被我用槍托打倒的野人並沒有死，只是暈了過去，現在蘇醒過來了。所以我就向他指指那個野人，示意他並沒有死。他看到之後，就向我說了幾句話，儘管我聽不懂，但覺得聽起來很悅耳，因為這是我二十五年以來聽到的除我之外的第一個來自人類的聲音。但此刻並沒有時間去這樣反思。那個被打倒的野人一醒過來就坐了起來，我看到我救的野人開始害怕了。看到這，我就用我的另一把槍指著地上的野人，彷彿要射殺他。這時「我的野人」（我現在這麼稱呼他了）示意我把掛在我腰帶上的劍借給他，我就遞給他了。他一拿到劍就跑到了他的敵人跟前，一刀下去就乾脆俐落地砍掉了他的頭，甚至德國的劊子手也沒那麼快、那麼準。我有理由相信，除了他們自己的木劍，他以前從未見過這樣的劍，因此他的這個動作著實讓我大為驚奇。後來我才知道，他們也能把木劍打造得非常鋒利、非常實沉、木頭也很硬，也能一刀就讓人頭落地、四體分離。我的野人砍掉敵人的頭後，就帶著勝利的微笑向我走來，把劍還給了我，他做了許多我看不懂的姿勢，把劍和他砍下的人頭一齊放在我跟前。

但是最令他感到驚異的是，我怎麼能從這麼遠的距離把另一個印第安人打死。所以，他指著那個被我槍殺的野人，打手勢要我允許他過去看看，我盡量示意他過去。他走到那個野人身邊，站在那裡，好像被驚呆了似的，他打量著他，先把這邊翻過去，再把那邊翻過來。他看到子彈在胸脯上造成的傷口，只是一個洞口那麼大，流血不多，卻造成了內傷，讓他平靜地死了。他把死者的弓箭拿起來，回來了。我轉身就要離開，示意他跟著我，讓他明白，後面可能有更多的野人會追上來。

他向我示意說，他要用沙子把兩個野人埋掉，免得其餘的野人看到了，假如他們追來的話。我示意他就這樣做吧。他著手工作，不一會兒就用手在沙子上挖了個大坑，大得足以把第一個死野人埋進去，然後就把他拖進坑裡掩埋了。第二個死野人也這麼被埋了。我想他埋掉這兩個死野人只花了一刻鐘而已。然後，我叫他跟我走，我不是把他帶到我的城堡裡，而是遠遠地走到了島另一邊的地洞裡。這樣一來就跟我的夢境不符了，在夢境裡，他是跑到了我的小林子躲藏起來的。

在地洞裡，我給了他麵包和一串葡萄乾吃，給了他一點水喝。因為我看他跑了半天，已經筋疲力竭了。他吃完喝完緩過神來後，我指著我過去常去休息的一個下面鋪了稻草、上面蓋了毯子的地方，示意他過去睡覺。這個可憐的造物就在那裡躺了下來，睡去了。

這是一個漂亮英俊的傢伙，身材勻稱，四肢結實挺拔，不太粗壯。個子挺高，體形適中，年齡我猜測在二十六歲左右。他面目端正，毫無猙獰之氣，卻有一股男子氣概，眉宇間亦有歐洲男子的柔和，尤其是在微笑的時候。他的頭髮又直又黑，並非捲曲如羊毛。他的前額高廣，目光活潑，閃著銳利的光芒。他的皮膚不是深黑色的，而是深棕色的，但又不是那種醜陋難看的黃褐色，像巴西人和維吉尼亞人，或別的美洲土著那樣，而是一種明亮的深橄欖色，賞心悅目，難以描述。他的臉圓而豐滿，鼻子雖小，卻不像黑人那樣扁平。嘴形甚佳，薄嘴唇，牙齒齊整，白如象牙。他並沒有沉睡，而只是小睡了半個小時就醒來了，走出地洞找我，因為我一直在給洞外不遠處羊圈裡的山羊擠奶。他一見到我，就跑過來，又伏在地上，以各種古怪的姿勢表達他的謙卑與感激之情。最後，他又把頭伏在地上，靠近我腳前，抱住我的另一隻腳放在他頭上，像他上次那樣。然後又做各種手勢表示臣服、屈從和歸順，讓我知道他願意終生服侍我。我理解了他的這些意思，也讓他知道，我對他很滿意。不久，我就開始跟他說話，並教他跟我說話。首先，我讓他知道，他的名字應該叫「星期五」，這是我救他的日子，這樣取名是為了紀念這一天。我還教他說「主人」，讓他知道這是我的名字。我同樣教他說「是」和「不」，告訴他這兩個詞的意思。我給了他一罐羊奶，讓他看我喝奶，我還把麵包浸在羊奶裡，然後我給他一塊麵包跟我學，他很快就照做了，並向我示意，很好吃。

我在那裡和他待了一晚。但天一亮，我就向他招手要他跟著我出去，讓他知道我要給他衣服穿。他對此似乎很高興，因為他赤條條的。我們經過他埋了兩個死人的地方時，他指了指那地方，給我看他為找到它們而做的記號，做手勢告訴我，我們應該把屍體挖出來吃掉。對此，我表示非常憤怒，並做出要嘔吐的樣子來表示我對這種行徑深惡痛絕，然後向他招手要他跟我走，他馬上很順從地跟我走了。接著我領著他上到山頂，看他的敵人走了沒。我掏出望遠鏡向他們曾經在的地方望去，卻既沒看到人也沒看到獨木舟。顯然，他們走了，把兩個同夥拋在了島上，連找都不找一下。

但我對這一發現並不滿意。我現在膽子更大了、好奇心也更重了，就帶著我的僕人星期五去看個究竟。我讓他手裡拿著我的劍、背上背著弓箭——我發現他用得非常靈巧——還讓他背著一支槍，我自己則背了兩支槍。我們走向昨天那些野人聚集的地方，因為我有心瞭解他們更多的情報。當我到達那個地方，看到眼前恐怖的景象時，我的血都變冷，心都停跳了。那真是一幅慘不忍睹的景象，至少對我是如此，對此，星期五卻滿不在乎。那地方遍地都是人骨頭，地面染遍了鮮血，大塊的人肉扔得東一塊西一塊，有的被吃了一半，有的被砍爛了，有的被烤焦了，再再都顯示出他們在戰勝敵人後，來這裡擺了一場人肉宴。我看到了三個頭骨、五隻手、三四條腿骨或腳骨，以及大量別的身體器官。星期五用手勢告訴我，他們一共帶了四個俘虜來這裡大吃。三人被吃掉了，然後他指了指自己——他是第四個。在這些野人和他的部落新王之間發生了一場大戰，他自己是新王的人。他們這邊也在戰鬥中抓了不少俘虜，這些俘虜被帶到別的幾個地方吃掉了，就跟這些野人把他們這幾個俘虜帶到這裡來吃掉一樣。

我讓星期五把所有頭骨、人骨、人肉和其他殘留物揀到一起，堆成一堆，然後點上火燒成灰燼。我發現星期五仍對那些人肉垂涎欲滴，食人野人的稟性不改。但我明顯地表示了對食人的深惡痛絕，連想一下都噁心，遑論看人吃了。我擺手勢讓他知道，如果他吃人肉，我就會把他殺了，這才讓他有所收斂。

他辦完這件事後，我們就到我的城堡去。一到那裡，我就為星期五忙了起來。首先，我給了他一條亞麻布短褲，這是我從那艘西班牙破船上可憐炮手的箱子裡找到的，稍作改動，他穿上就十分合身。然後我用山羊皮給他做了一件背心，用盡了我的裁縫手藝（現在我算得上不錯的裁縫師傅了）。我給了他一頂我用兔子皮做的帽子，很方便，樣式也新穎。這樣，他的這身打扮相當可以了，看到他跟主人幾乎穿得一樣好，他十分開心。他開始穿上這些衣服時行動不太靈活，褲子令他十分彆扭，背心袖筒磨痛了肩膀和胳肢窩。但後來我把他抱怨的地方鬆了鬆，加上他自己的調整，最後他就穿得舒適自在了。

一起回家後的第二天，我就開始考慮如何安置他了。我既要讓他住得好，又要讓自己住得舒服，於是就在內牆之外、外牆之內，兩牆之間的空地上為他搭了個小帳篷。內牆上有個門或入口通到山洞，我做了個正規的門框和木門，就豎在通道上，靠近入口。門是從裡面開的，到晚上我可以把門閂上，再撤下梯子，這樣星期五就進不到內牆裡面，如果進來的話就會弄出很大的聲響吵醒我。因為我在內牆和岩壁之間用長木條搭了一個屋頂，完全遮住了我的帳篷，再在長木條上搭了許多小木條，然後鋪上厚厚的一層稻草，像蘆葦一樣結實。在搭梯子進出的地方裝了一扇活動門，如果有人想從外面進來，這扇門根本就打不開，只會落下來發出一聲巨響。至於武器，我每晚都放在身邊。

其實我並不需要如此防範，因為再找不到比星期五更忠誠老實的僕人了。他沒有脾氣，不倔強，辦事認真。他對我很是依戀，就跟兒子對父親似的。我敢說，任何情況下他都可以犧牲自己來救我。這在後來多次得到了證明，對此我是毫不懷疑的，我深信，對他，我是用不著提防的。

這使得我常有機會想到，並驚歎上帝對世事的安排。在對其創造的萬物加以管理時，不管祂自己是否滿意，一方面祂剝奪了世界上很大一部分人的才幹，使他們不能將靈魂的功能充分發揮出來，另一方面又賦予了他們同樣的力量、同樣的理性、同樣的情感、同樣的善意與責任感，同樣的嫉惡如仇，同樣的感恩、誠懇、忠誠，以及跟我們一樣的所有行善的能力。有時，如果上帝給他們機會運用這些能力，他們就會做出很多好事，甚至比我們做得更好。想到這些，我有時又會很悲傷，正如好些事情表明的，儘管我們的這些能力受到了明燈的光照、也即聖靈的教誨，理解力受到了上帝之言的光照，我們卻運用得遠遠不夠。我不明白，為什麼上帝要把救贖的知識向成千上百萬靈魂隱藏起來，而如果他們得到了這種救贖的知識，將比我們運用得好得多。這是我從這個野人身上看出來的。

由此，我有時會跑得太遠，侵犯了上帝的至高無上的權威，認為祂對世事的安排有失公允，過分任意。他不該把啟示對一些人隱藏、又對另一些人揭示，卻要求兩者盡同樣的義務。但是我就此打住了、自我檢查了一番，結論如下：首先，我們不知道這些野人應該按什麼神意和法律被定罪。但是既然上帝憑其存在之本質必然是無限神聖而正義的，那麼，假如這些野人都被上帝判決，不能認識上帝，那一定是由於他們犯了罪，違背了神意，也即聖經所說的他們自己的律法，以及他們的良心所承認的正義的法則[2]，儘管這些法則的根據我們還沒有理解。其次，我們還是陶匠手裡的陶土，沒有哪個陶器可以對他的陶匠說，「你為什麼把我做成這個樣子？」[3]

還是回到我的新夥伴上來。我對他十分滿意，忙著教他各種各樣的知識，使他成為一個有用的幫手，特別是教他英語，理解我說的話。他是我見過最聰明的學生，興致勃勃，勤學不倦，以此為樂。每當他能聽懂我的話，或讓我聽懂他，也讓我很高興跟他說話。現在我的生活順利多了，我開始對自己說，只要不再碰到其他野人，即使此生無法離開這座小島，我也毫不在意。

2《新約．羅馬書》2：14：「沒有律法的外邦人若順著本性行律法上的事，他們雖然沒有律法，自己就是自己的律法。」

3 參《舊約．耶利米書》18：6、《舊約．以賽亞書》45：9。

15 ＝ 教育星期五

回到城堡兩三天後，我想，為了讓星期五戒掉他那可怕的吃人習慣，為了改變他那食人族的腸胃喜好，我應該讓他嘗嘗別的肉類，因此，一天早上，就帶著他到林子裡去。實際上，我只是想把我羊圈裡的一隻羊宰了，帶回家煮了吃。但我在路上看見一隻母山羊躺在樹蔭裡，身邊趴著兩隻小羊。我一把抓住星期五，一邊說，「站住別動」，一邊打手勢叫他不要動，然後馬上端起槍開火，殺死了一隻小羊。上次，可憐的星期五曾在遠處看到我殺死他的敵人，他卻不知道也想像不到是怎麼回事，這次他看到我開槍，著實受了驚，他渾身發抖，晃個不停，呆若木雞，我以為他馬上就要癱倒了。他既沒有看我瞄準的小羊，也沒有意識到我殺了牠，只是扯開他的背心，摸摸自己有沒有受傷。原來他以為我決心要殺了他。他跑到我跟前跪下，抱著我的膝蓋，說了一大堆我聽不懂的話，但我可以很容易地猜出，其意思是求我別把他殺了。

我很快找到了一個法子，讓他確信我不會傷害他。我把他拉起來，對他笑了笑，指著我剛殺死的小羊，示意他跑去把牠拖過來。他照辦了。當他還在納悶地查看小羊是怎麼被殺死的時候，我又給槍裝上了子彈。不一會兒，我看到一隻長得像老鷹的大鳥，棲在一棵樹上，樹在射程之內。為了讓星期五明白一點我要做什麼，我再次把他叫過來，指著大鳥——這實際上是一隻鸚鵡，而不是我剛才以為的老鷹——我指著鸚鵡，又指著槍，再指著鸚鵡腳下的地面，讓他明白我會把鳥打下來，我讓他明白，我會射殺那隻鳥。接著我開了槍，叫他快看，他立刻就看到鸚鵡落下來了。他站在那兒，好像又被嚇住了，儘管我事先已跟他交代清楚了。我發現他更驚奇了，因為他並沒有看到我把什麼東西放進槍裡，而他認為那東西必定有某種致命的魔力，可以見人殺人、見獸殺獸、見鳥殺鳥，無論遠近，一概可誅。這在他心裡造成的震驚在很長時間裡都沒有消除掉。我相信，如果我任他做的話，他一定會膜拜我和我的槍的。對於槍本身，他好幾天後都不敢摸它。但他一個人的時候，會對著槍說話，好像它會回答他似的。後來，他才告訴我，他要槍別殺他。

在他的震驚稍微平復後，我指著射下的鳥，讓他跑去拿過來，他照做了。但他去了好一會兒才回來，因為鸚鵡還沒有完全死，又從牠掉下的地方飛了一段距離。他找到了牠，撿起來拎給我。我知道他對槍一無所知，就趁他撿鳥之時給槍重新裝上了子彈，沒讓他看到我裝子彈了，好隨時打下新出現的目標。不過，這次什麼目標也沒有出現。因此我就把小羊帶回家，當晚就把羊皮剝了，盡量切成小塊。我原有一個專用來煮羊肉的罐子，就煮了或燉了些羊肉，羊湯鮮美。我先吃了一點，然後給了他一點，他看起來很高興，吃得十分歡喜。但他覺得最奇怪的是看到我蘸著鹽吃。他向我示意：鹽並不好吃。他往嘴裡放了一點鹽，好像很噁心的樣子，並呸呸地吐了出來，然後用清水洗嘴。我呢？我把幾塊肉沒放鹽就塞進嘴裡，然後裝出要呸呸吐出來的樣子，就像他吃鹽要吐一樣。但我這麼做沒有用。他從來不在乎吃肉喝湯時沒有放鹽。至少很久之後，他也才放一點點鹽。

給他吃過煮羊肉和羊湯之後，我決心隔天再讓他嘗嘗烤羊肉。我在英國曾經見人烤羊肉：在火堆兩邊各支一根有叉的木棍，再在上面放一根橫竿，用繩子把肉吊在橫竿上，不斷地轉動橫竿，就能把肉烤熟了。星期五對這種辦法十分佩服。他嘗了烤羊肉後，用了各種方法告訴我他多麼喜歡吃，我當然不可能不知道他的意思。最後，他告訴我，他以後再也不會吃人肉了。這句話我很高興聽到。

第二天，我派他去打穀，並以我過去常用的辦法把穀子篩出來，這我在前面提過。他很快就明白了怎麼做，做得跟我一樣好，尤其是在他看到這麼做有什麼意義，可以用來做麵包後就更是如此了。因為在那之後我讓他看我怎麼做麵包、怎麼烘烤麵包。沒過多久，星期五就可以做所有的工作，跟我自己一樣熟練了。

現在，我開始盤算了，要養活兩張嘴而不是一張嘴，必須比以往多種點地、多打點糧食。因此我就劃出了一大片地，如以前那樣圍上籬笆。星期五對這個工作既主動賣力，又高高興興的。我告訴他這是用來幹什麼的，這是用來種穀子以製作更多麵包的。這是由於現在他來了，我們必須有夠他和我兩個人吃的麵包。他看來領會了這個意思，他告訴我，他覺得我為他做的事比我為自己做的還多。只要我告訴他做什麼，他都會盡力去做。

這是我在此地待過最愉快的一年。星期五的英語漸漸說得相當好了，幾乎知道所有我要他拿的東西的名稱、知道我派他去的每一個地方，還喜歡不停地說話。總之，這樣一來，我就又用我的舌頭說話了，以前我很少有機會說話的。除了跟他談話有樂趣外，我對這傢伙的人品也很滿意。相處久了，我越來越感到他是多麼單純誠實，我真的喜歡上了這個造物。他那一邊呢，我相信，他之愛我要勝過他以前愛的任何東西。

有一次，我有意試試他，看他是否有回老家的想法。因為我已把他的英語教到幾乎可以回答所有的問題，我就問他，他所屬的部族是否從來沒有在戰鬥中被征服過？對這個問題他笑了，說：「是的，是的，我們總是打得更好」，這意思就是說他們在戰鬥中總是占優勢。因此我們就開始了下面的一場談話：

主人：你們總是打得更好，那你，星期五，怎麼成了俘虜呢？

星期五：那次戰鬥我族大勝。

主人：怎麼打贏的？如果你族打敗了他們，你又怎麼被抓了呢？

星期五：在我打仗的地方，他們人數比我們多。他們抓了一、二、三個人，還有我。我族在別的地方打敗了他們，我沒有在那個地方。在那個地方，我族抓了一、二、大幾千的人。

主人：但你方為什麼沒有從敵人手裡把你救回去呢？

星期五：他們把一、二、三，還有我，抓到獨木舟上跑掉了。我族在那時沒有獨木舟。

主人：那麼，星期五，你族對抓到的敵人又會怎麼處置？是否把他們帶走吃掉，就像這些人做的那樣？

星期五：是的，我族也吃人。統統吃掉。

主人：他們把俘虜帶到哪兒？

星期五：到別的地方，想去的地方。

主人：他們來這裡嗎？

星期五：是的，是的，他們來這裡，也去別的地方。

主人：你跟他們來過這裡嗎？

星期五：是的，我來過這兒（他指向島的西北方，看來那是他們常去的地方）。

這時我才明白，我的僕人星期五，以前也常常混雜在那些食人野人當中，登上小島遠處的海岸，在上次他被帶到的地方，幹著吃人的勾當。後來有一天，我鼓起勇氣把他帶到那邊，就是我前面提到的地方，他馬上認出了這裡，告訴我以前來過一次，那次他們吃掉了二十個男人、兩個女人和一個孩子。他不會用英語數到二十，就用石頭排成一排，一一數給我看。

我記下這次談話，是因為它跟下面的事情有關。在我跟他這次談話之後，我問他從我們的小島到陸地岸邊有多遠，獨木舟是不是常常出事。他告訴我沒有危險，沒有獨木舟出過事。但在出海不遠的地方，有一股急流和海風，常常在上午是一個方向，到了下午又是一個方向。

我認為這不過是潮水的關係，有時湧出，有時湧入，後來我才知道，那是由於大河奧里諾科[1]沖入海裡又形成回流造成的，而我們的島正好處在這條大河的一個入海口上。我看到的在我小島西方和西南方的這塊陸地，是大島千里達[2]，它正處在河口北

1 奧里諾科河，在南美洲北部，是委內瑞拉的主要河流，分成十七股水道注入大西洋。

端。我問了星期五成百上千個問題，涉及土地、居民、海洋、海岸、附近的民族等等，他都毫無保留地把他所知道的告訴了我，十分坦誠。我問他，他這個種族的幾個部族的名字，但聽來聽去只聽到了一個「加勒比」的名字，我馬上就明白了這些人是加勒比人[3]，在我們的地圖上是在美洲部分，地方從奧里諾科河口延伸到圭亞那，再到聖馬大[4]。他告訴我，在月亮那邊很遠的地方，也就是月落之處，他們國土的西面，住著長鬍子的白人——這些白人長得像我，他指了指我的大鬍子——他們殺了很多人，他是這麼說的。從他的話裡，我明白他所說的是西班牙人，他們在美洲的暴行已傳遍了整個地區，被所有部族一代代地銘記在心。

我問他，能否告訴我，如何才能逃出這個小島，到那些白人中間去。他說，「是的，是的，你可以坐兩隻獨木舟去。」我聽不明白，就要他說清楚點，「坐兩隻獨木舟」是什麼意思，最後費了不少腦筋才搞懂，原來他是指坐一隻大船，有兩個獨木舟那麼大。

和星期五的這次談話很值得回味。從這時起我就抱了一種希望，總有一天我會找到機會逃出這個小島，而這個可憐的野人可以幫到我。

現在，星期五已跟我相處了很長一段時間，漸漸可以跟我說話，也能理解我了，我並非沒有給他心裡打下一點宗教知識的基礎。尤其是有一次我問他，是誰創造了他。

這個造物根本就不明白我在說什麼，還以為我在問誰是他父親呢——我就用另一種方式問他，誰創造了大海、我們行走的大地，以及群山和樹林。他告訴我：「一位貝納木基，他住在誰也不知道的遠方。」他對這個大人物什麼也不知道，只知道他很老，「比海洋或陸地老，比月亮或星辰老。」我就問他，假如這位老人創造了萬物，為什麼萬物不崇拜他呢？他立即顯得很嚴肅，以極其天真的口吻說：「萬物都對他說『奧』。」我問他，他們那裡的人死後是否會去某個地方？他說：「是的，他們都會到貝納木基那裡去。」接著我問，那些被他們吃掉的人是否也會到那兒。他說：「是的。」

由此，我開始教導他關於真正上帝的知識。我指著天空告訴他，萬物的偉大創造者住在那兒，祂用跟創造萬物一樣的能力和旨意管理著世界。祂是全能的，可以為我們做一切的事，既賜予我們一切，也可以把我們的一切拿走。我就這樣一點點地開了他的眼。他很注意地聽我講，很高興地接受了耶穌基督被差遣來救我們這一觀念，也接受了我們應該向上帝禱告，上帝即使在天上也能聽到我們的觀念。有一天，他告訴我，假如我們的上帝能夠在比太陽更遠的地方聽到我們的禱告，那他一定是一個比他們的貝納

2 千里達，位於南美洲委內瑞拉的巴里亞灣口，現屬拉美島國千里達和多巴哥。
3 南美洲東北部的印第安人，原分布在圭亞那、委內瑞拉、巴西和小安的列斯群島，因歐洲殖民者的屠殺，所剩無幾。
4 哥倫比亞海岸小鎮。

木基更大的神。貝納木基住得沒有上帝那麼遠，卻聽不到人們的話，除非人們爬到他所居住的大山裡，他才會對他們說話。我問他是否去過那兒對他說話。他說：「沒有。年輕人從來不去那兒，只有那些老人才去。」這些老人名叫「奧烏卡基」。我讓他解釋後才知道，這些人就是他們的祭司，或神職人員。這些人跑到山上說「奧」（他說是禱告），然後回來告訴他們貝納木基說了什麼話。由此我發現，即便是在世界上最盲目、愚昧的異教徒中，也存在著祭司制度、存在著把宗教神祕化的手段，以保持世人對神職人員的尊重，這不僅可以在羅馬那裡看到，也可以在世界上所有的宗教裡看到，甚至在最殘酷、最野蠻的野人那裡也可以看到。

我努力向我的僕人星期五揭露這個騙局，告訴他，他們的老人裝模作樣到山上對他們的神貝納木基說「奧」是在欺騙他們，他們把貝納木基的話從那裡帶下來更是欺騙。如果他們真的在那兒聽到什麼答案，或在那兒跟什麼交談過，那一定是遇上了邪靈。接著我就魔鬼的問題跟他進行了一次長談，談到了魔鬼的起源、魔鬼反抗上帝，魔鬼對人的敵視及其原因，魔鬼如何統治世界黑暗部分讓人崇拜他如上帝而不崇拜真正的上帝，他怎樣用詭計誘惑人類毀滅自己，他怎樣祕密地潛入我們的激情和情感中設下欲望的羅網，使我們誘惑自己，透過自己的選擇走向毀滅。

我發現，把關於魔鬼的正確觀念印到他腦子裡，要比把上帝的觀念印到他腦子裡困難得多。大自然幫助我向他證明，世界必然有一個「第一因」，一個凌駕並統治一切的力量、一個祕密地引導著萬物的神旨，以及我們向自己的創造者致以敬意是公平合理的，等等。但在討論魔鬼時情況就完全不同了。邪惡之靈及其起源，其存在及其本性，更重要的是他做惡的欲望，以及誘我們做惡的欲望，確是難以找到證明。可憐的星期五提出了一個又自然又天真的問題，把我一時難住了，差點無言以對。在此之前，我一直在跟他說關於上帝的問題：上帝的力量，上帝的全能，上帝的嫉惡如仇，上帝如何用烈火燒死不義之徒[5]，既然上帝造了我們，祂也能在一瞬間毀滅我們和全世界。我說話時他一直都在認真地聽。

在這之後，我又告訴他，在人心中，魔鬼是上帝的敵人，以他一切的怨恨和伎倆去破壞上帝的善良設計、去毀滅世界上基督的國度，等等。「哦，」星期五說，「但你說上帝是如此強大、如此偉大，他難道不比魔鬼更強大、更偉大嗎？」我說：「是的，是的，星期五，上帝比魔鬼強大——上帝高於魔鬼，所以我們才祈求上帝賜予我們力量，把魔鬼踩在我們腳下，有能力抵擋他的誘惑、滅盡他的火箭。」[6]

5《舊約・申命記》4：24。
6《新約・羅馬書》16：20、《新約・以弗所書》6：16。

「但是，」他又問了，「如果上帝要比邪惡的魔鬼強大得多、偉大得多，為什麼上帝不殺了魔鬼，使他再也不能做惡呢？」

我被這個問題驚奇到了。畢竟，我雖然已算老人，教師資格卻淺，不足以詭辯一通，或暫時解除他的疑惑。我一下子不知說什麼好，只好假裝沒聽見，問他說了些什麼。但他急於得到問題的答案，因此一字一句地蹦著單詞把問題重複了一遍。我這時已略微回過神來，說：「上帝最終將重重地懲罰他。他將罪有應得，被投入無底深淵，居於永火之中。」[7]星期五對此回答並不滿意，他重複著我的話，問：「最終？罪有應得？我不懂！為什麼不現在就把魔鬼殺了？為什麼不早點殺了他？」我說：「你這麼問就好像在問，為什麼上帝不把你和我都殺了，因為我們也有罪，忤逆了上帝。上帝留著我們，讓我們可以悔改，得到饒恕。」他想了好一會兒，激動地說：「好吧，好吧，你、我、魔鬼都有罪，都被留下、悔改，都得到上帝饒恕。」我被他弄得尷尬極了。在我看來，這證明了，純粹自然的本性雖然可以引導有理性的造物認識到有一個上帝，認識到應該崇拜至高的上帝，卻並不能自然而然地認識到神聖啟示告訴我們的一切，即認識耶穌基督，認識到祂為我們贖了罪，認識到祂是人神所立新約的中保，替我們在上帝寶座前求情的人——所有這些觀念，都需要天上降下來的啟示，才能在心裡形成。因此，我們的救主耶穌基督、我是說上帝的聖言，以及上帝答應派下來引導並聖化其選民的聖靈，這兩者都是絕對必需的教師，祂們教導世人，讓他們從心裡認識到上帝的救恩和拯救的手段。

因此我岔開了我和我的僕人之間的談話，急忙站起來，像是有急事要出門的樣子，同時把他打發到遠處辦一件什麼事。等他走後，我就認認真真地祈求上帝，求祂使我有能力把救贖的知識教給這個可憐的野人，在聖靈的引導下，幫助這個可憐無知的造物從心裡接受上帝在基督身上顯現出來的真理之光，使他與上帝復合。我還祈求上帝引導我憑著上帝的聖言對他說話，使他的良心得到確信、他的眼目得到開啟、他的靈魂得到救贖。當星期五回來，我又和他進行了一次長談，談到的主題是世界的救主給世人帶來的救贖、從天上傳來的福音的教義，即：向上帝悔改，信靠我們有福的主耶穌。然後我又盡我所能地向他解釋，為什麼我們有福的救贖者不是披上天使的本性而是成為亞伯拉罕的後裔，為什麼因此墮落的天使無份於救贖，救主來到世上只是為了以色列迷失的羔羊，等等。

上帝知道，在教導這個可憐造物的方法上，我是誠意有餘，知識不足。我必須承認，我以前有許多教義只是相信而並未理解，現在，為了教導這個野人、向他闡明，我

7《新約・彼得後書》2：4、《新約・啟示錄》20：1。

就必須把我以前不知道或沒有充分思考過的問題搞懂，這些問題在我探索的過程中有時自然而然地就弄明白了。這次，我對於探索這些問題比以往有了更多的熱情。因此，不管這個可憐的野人是否將來會讓我更好，我都有理由感謝他來到我這裡。壓在我身上的悲苦減輕了，我的居住環境變得極其舒適了。當我反思到，在我被囿於其中的這孤獨生活中，我不僅受到觸動而開始主動地去仰賴上帝，尋求那把我帶到這裡來的上帝之手，在上帝的旨意下，現在還被造成為一個工具，來拯救一個可憐野人的生命，同時還理所當然地拯救他的靈魂，教給他真正的宗教知識和基督教教義，使他有機會能認識基督耶穌，在祂裡面得到永生。當我回想所有這些事情時，我的靈魂裡就湧上了一股祕密的喜悅，常常禁不住為我被帶到了此地而欣喜不已。我以前一直視流落此地為我生平最大的災難。

在這種感恩的心情裡我度過了在島上剩下的幾年。我和星期五經常花時間進行這樣的談話，使得我們在一起的三年[8]過得幸福圓滿，倘若幸福圓滿這樣的事在月下世界[9]中真的存在的話。這個野人現在成了一個好基督徒，甚至比我都好得多。感謝上帝，我有理由盼望我們成為同等的悔罪者，得到安慰，改過自新，成為新人。我們在這裡有上帝的聖言[10]可讀，離祂聖靈的教導不遠，就跟在英國一樣。

在讀聖經時，我總是盡量讓他明白我所讀段落的意思，而他呢，透過認真的探求和詢問，使我對於聖經的知識比我光是一個人讀時要好得多了。這我在前面提過了。另一件我忍不住要在這裡記上一筆的事情，是我從島上隱居生活中體會到的，那就是，關於上帝的知識，關於借基督耶穌而來的拯救的教義，是如此明明白白地寫在了聖經裡，如此容易地去接受和理解，這真是一種巨大而難以言表的福分。因此，光是閱讀聖經就讓我能夠充分理解我的義務，讓我做到了真誠地為自己的罪而悔改，為永生與得救而將自己交付給救世主，言行一致地改造自己，服從上帝的一切誡命，而做到這一切都無需教師或導師來教——我是指同為人類的教師或導師。這同樣平實的教導，也足以用來光照這個野人，使他成為一個我生平少見的虔誠的基督徒。

至於世界上就宗教而展開的爭執、糾紛、鬥爭和辯論，不管是教義上的細微分歧，還是教會統治上的種種陰謀，對我們來說都毫無用處，並且，在我看來，對世界其他地方也毫無用處。我們擁有通往天堂的可靠嚮導，那就是聖經。感謝上帝，我們有上帝聖靈令人愉悅的智慧，用祂的話來教導並指引我們，引導我們明白一切的真理[11]，使我們

8 實為兩年，作者笛福記錯了。
9 來自亞里斯多德，指塵世世界。
10 這裡指聖經。
11《新約．約翰福音》16：13：「只等真理的聖靈來了，他要引導你們明白一切的真理。」

樂意於並服從於聖經的教導。而且，即使我們十分瞭解那些導致了世界上的大混亂的宗教爭端，在我看來也毫無用處。但我還是先言歸正傳，把發生在島上的大事按時間順序講下去吧。

我跟星期五混得越來越熟了，他幾乎能明白我對他說的一切，英語也說得很流利了，儘管有時是零零碎碎的。我給他講述了我自己的歷史，至少是跟我來到這個地方有關的部分都講了：我怎樣在這兒生活，生活了多久。我讓他瞭解了火藥和子彈的祕密，那時這對他還確實是個祕密，並教會了他怎麼開槍射擊。我給了他一把刀，對此他高興極了。我給他做了一個皮帶，皮帶上掛了一個搭環，類似我們在英國用來佩刀的那種。不過我在他搭環上佩的不是刀，而是一把小斧。小斧不僅在某些情況下是好武器，在另一些情況下還更有用。

我向他描述了歐洲，尤其是我家鄉英國的情況。我們怎麼住，怎麼崇拜上帝，怎麼彼此相待，怎麼乘船跟世界各地做貿易。我給他描述了我曾乘過的那艘大船失事的過程，並盡量近距離地向他指出它當時所在的地點。不過它老早就被打成碎片，四散無蹤了。

我又向他指出我們小艇的殘骸，小艇是我們逃命時丟下的，我曾經使盡全力想把它推到海裡，卻怎麼也推不動。現在它也幾乎成了一堆碎片了。一見到這隻小艇，星期五就站住了，他出了好一會兒神，但什麼也沒說。我問他在研究什麼，他說：「我看到過這樣的小艇到過我們的地方。」

我好一陣子都不能明白他的意思，但到最後，經過一番追問，我明白了他的意思是，曾經有一隻一樣的小艇來到了他們生活的地方，他解釋說，是被風浪沖過去的。我馬上想像，那定是某艘歐洲大船漂到了他們的海邊，小艇被放下來划到了岸邊。那時我很遲鈍，沒有想到可能是大船出事，船員乘小艇逃生上岸，我也沒想到他們可能是來自哪裡。我只是問了一下小艇的樣子如何。

星期五好好地把小艇的樣子描述了一番。他又帶著些得意地加了一句：「我們從水裡救了幾個白人。」這讓我更加明白了一些。我馬上問他，小艇上是否還有他所說的白人。他說：「是的，小艇上坐滿了白人。」我問他有多少人。他扳著他的手指頭告訴我有十七個。我接著問他們後來怎麼樣了。他說：「他們活著，住在我們那裡。」

這令我腦子裡產生了新的想法。因為我馬上就想到，這些人可能就是上次我在島上看到的那艘失事的船隻上的水手。他們在船隻觸礁失事後，看到它一定會沉沒，就坐上救生艇逃命，在野人那邊的岸上著了陸。

我更進一步地盤問了些他們後來的情況。他一再告訴我，他們還住在那兒，已經住了四年了。野人讓他們單獨居住，給他們食物吃。我問他，他們怎麼放過這些白人，而不殺了他們吃掉呢?他說:「不會的,他們和他們結成了兄弟。」對此,我的理解是,他們達成了停戰協定。他補充說:「他們不吃人,只是打仗時才吃。」這就是說,他們平時不吃人,但只要打仗抓到了俘虜就會吃人。

這之後過了很久,有一天,我們登上小島東邊的山頂,我說過,我曾在一個晴天從那裡發現美洲大陸。那天天氣清朗,星期五很熱切地向著大陸望去,忽然奇怪地手舞足蹈起來,大聲向我叫喊。我當時離他有一點遠。我問他有什麼事。他說:「噢,高興!噢,快樂!我看到了我的土地,我看到了我的部落!」

我看到他臉上有一種超乎尋常的歡喜神色,兩眼發光,整個表情流露出一種奇特的渴望,彷彿他有心再次回到故鄉。看到這點,我不禁多心,對我的僕人星期五起了疑心,不如以前融洽了。我毫不懷疑,假如星期五回到他自己的部族,他不僅會忘掉他的新宗教,還會忘掉他對我的責任,還會更進一步把我的消息透露給他的族人,或許還會帶著一兩百個人回來,拿我開一次人肉宴,那時,他一定開心得就跟以前打仗時抓住了敵人大吃一頓一樣。

但我嚴重地誤會這個可憐的誠實造物了,對此,我後來感到非常過意不去。但是我的疑忌與日俱增,一連持續了好幾個星期。我對他提高了防範,不再如以前那般親密和藹了。我這樣做也是大大地錯了。這誠實感恩的造物根本沒有想到這些事情上去,而是保持了做人的最高原則，無論是作為一個虔誠的基督徒還是作為一個知恩圖報的朋友，後來的事實證明了這點，對此我完全滿意。

在我對他尚有疑忌的時候，你可以想像，我每天都會試探他，看他是否有什麼新念頭，以證實我的懷疑。但我發現他說的任何話都是如此誠實無辜，沒有任何值得我懷疑的地方。儘管他令我不安，他自己卻對此毫無察覺，一如既往地做他自己，我無法懷疑他是在偽裝。

有一天，我們走上那同一座山頭，但那天海上有霧，因此我們看不到大陸，我向他喊：「星期五，你難道不想回到自己的故鄉，回到自己的部族裡嗎？」他說：「是的，噢，回到我部族裡我會很高興的。」「你在那兒會做什麼呢？」我說，「你會又變野，重新吃人肉，成為像你以前那樣的野人嗎？」他顯出鄭重其事的樣子，搖著頭說：「不，不，星期五告訴他們做好人，告訴他們禱告上帝，告訴他們吃穀物麵包、牛羊肉、喝牛羊奶、不再吃人。」我對他說：「那他們會殺了你的。」他聽了這話，臉色凝重，說：「不，不，他們不殺我，他們願意愛學習。」他的意思是說，他們會樂於學習。他補充說，他們從乘艇而至的那些長鬍子的白人那裡學習到了很多東西。接著我問他，他是否真的會回到他們那裡去。他笑了，告訴我他游不了那麼遠。我告訴他，我會為他造一隻獨木舟。他告訴我，如果我願意跟他一塊兒去，他會去的。「我去！」我說，「我去了他們會把我吃掉的！」「不會的，不會的，」他說，「我讓他們不吃你，我讓他們很愛你。」他的意思是說，他會告訴他們，我如何殺死了他的敵人，救了他的性命，這樣他就能讓他們愛我。接著他又想方設法地告訴我，他們對十七個白人或長鬍子的人是多麼和善，就是那些在災難中在他們那裡上岸的人。

我承認，從這時起，我就有心起航，看看有無可能會上那些長鬍子的人。我毫不懷疑他們是西班牙人和葡萄牙人，我也毫不懷疑，一旦我跟他們會合，我們就能找到逃離這裡的辦法。因為那邊是陸地，又有一夥人，要比我孤立無援地從這座遠離大陸四十海里的小島上逃離好得多。所以，過了幾天，在帶星期五做事的時候，我在交談中告訴他，我會給他一條船，讓他回自己的部族裡去。於是，我把他帶到島的另一邊我藏獨木舟的地方，把它裡面的水舀乾（因為我總是把它沉在水底），拖出來給他看，然後一起乘上去。

我發覺他是一個頂尖的划船好手，划起船來飛快，幾乎是我的兩倍。所以當他進舟時，我對他說：「好了，星期五，我們可以到你的部族去了吧？」聽到我的話他愣住了，好像是嫌這隻小舟太小，走不了太遠。我就告訴他我還有一條大的。因此第二天就去了當初我做了第一條獨木舟，但沒法把它推下水的地方。他說，船大是夠大了，但是，由於我一直沒有管它，在那一放就是二十三、四年，太陽早就把它曬裂曬爆，朽不可用了。星期五告訴我，有這麼一條船很好，可以裝載「很夠的食物、飲水和麵包」。

他就是這樣子說話的。

16 ＝ 從食人野人手裡救出俘虜

總之，我這時已下定決心跟星期五一起到對岸陸地上去了。我告訴他，我們可以再造一條跟這條一樣大的獨木舟，他就可以乘著回家了。他一句話也不回答我，看起來凝重而憂傷。我問他是否有什麼心事，他反問我：「為什麼你對星期五發氣發瘋？我做什麼了？」我問他這麼說是什麼意思。我告訴他我根本沒有生他的氣。「不生氣！」他說，重複了好幾次，「那為什麼打發星期五回家？」我說：「星期五，你不是說你希望回那兒嗎？」他說：「是的，是的，希望我們兩個去。不希望星期五去那兒，沒有主人那兒。」總之，他不想我不跟他一起去。我說：「我去那兒，星期五？我在那兒能做什麼？」他馬上回答我說：「你做大量好事，你教野人變成善良、聰明、溫柔的人，你告訴他們認識上帝、禱告上帝、過新生活。」我說：「哎呀，星期五！你不知道在說什麼。我自己還是一個愚昧的人呢！」他說：「你行的，你行的，你教我好，你教他們好。」我說：「不行的，不行的，星期五。你一個人去吧，讓我留在這兒，像以前一樣獨自生活吧。」他對這句話感到困惑，向他以前經常佩帶的一把小斧頭跑去，急急地拿起來，遞給我。我問他：「你給我這個幹什麼？」他說：「你拿來殺星期五。」我又問：「為什麼要殺你？」他回答得很快：「你打發星期五走幹什麼？拿來殺星期五，不要打發星期五走。」他很懇切地說這句話，我看到他眼裡有淚光。總之，我明顯地看到了他對我的一片至誠，以及堅定的決心。因此，當時我就告訴他，後來也常常告訴他，只要他願意跟我待在一起，我就永遠也不會把他從我身邊打發走。

總而言之，我從他所有的談話中發現，他對我的感情是堅定不移的，什麼都不能使他離開我。我也發現，他回故鄉的渴望也是出於他對鄉親的熱愛，希望我能為他們帶來好處。可是，我是否能為他們帶來好處，我自己對此並無把握，因此也就沒有去這樣做的想法、意圖或欲望。但我仍有一種強烈的逃出此地的願望，其根據就是從跟他的談話中獲知那裡有十七個長鬍子的人。因此，我毫不耽擱地就跟星期五開始行動，決定先找一棵容易砍倒的大樹，做一條大獨木舟，以啟動航行。島上的樹足夠多，用來建一支小小的船隊——不是獨木舟的船隊，而是大船的船隊——也沒問題。但是我要找的必須是靠近水邊的，這樣才好在做出獨木舟後把它放到水裡，避免我以前的錯誤。

最後，星期五終於挑到了一棵樹，我發現在這方面他比我能幹多了，清楚哪種樹最適於造船。我到今天都不知道我們砍下的那種樹叫什麼名字，只知道像我們所說的黃木，或介於黃木與尼加拉瓜木之間的一種樹，因為在顏色和氣味上都很相似。星期五希望用火把樹中間燒空，做成一隻船，但我教他用工具來鑿洞，我教他怎麼用後，他很快就上手了。我們辛苦勞動了個把月，把船造好了，像模像樣。特別是在我用斧頭教他怎麼做後，我們又砍又削，將船的外觀造得像個真正的小艇。然而，接下來我們又花了將近兩星期的工夫，才一寸一寸地把它放在滾木上推到了水裡。一旦它到了水裡，我們發現裝下二十個人都沒有問題。

船下水後，雖然很大，可是我的僕人星期五竟然操控自如，時而迴旋轉身，時而划槳如飛，靈巧而迅捷，令我大為驚奇。我就問他，他是否能、我們是否可以乘著它航行。他說：「是的，我們能乘著它過海，儘管吹大風也不怕。」不過我對船還有一個他不懂的設計，就是裝了一個桅杆和一張船帆，並配上錨和繩索。桅杆不難弄，島上到處都有杉樹，我在附近挑了一棵筆直的小杉樹，讓星期五把它砍下來，指導他怎麼做成桅杆的樣子。但船帆卻令我操心。我知道我藏了些舊船帆或不如說舊帆布，數量是夠的，但我藏了有二十六年了，也沒有精心保管它們，沒想過我還能把它們派上用場，因為我認為它們早就爛掉了。我看了一下，確實大部分都爛了。可是，我在裡面還是找到了兩塊仍舊相當好的，就用它們來做船帆了。經過一番辛苦，勉為其難的縫合——你可以想像其艱難，因為沒有針——我終於縫製出了一個三角狀的醜東西，很像我們英國人所說的三角帆，下面穿著一根橫木，頂上再裝一根斜杆，就跟大船上的小艇裝的帆一樣。對這種帆我頗為諳悉，因為我從巴巴里逃生時那艘長艇上裝的就是這種帆。這我在故事的第一部分已經說過了。

這最後一項工作，即搭桅配帆，費了我將近兩個月的時間。我做得很完備，我為它做了一個小支柱和前帆，以便在逆風時行船。最重要的是，我還在船尾裝了一個舵，以掌握航向。我雖是一個笨手笨腳的造船匠，卻知道哪些東西是有用而必不可少的，因此就不辭勞苦，盡力去做了，最後還做成了。在造船的過程中，我弄過一些發明，但搞砸了。如果把這些都考慮進來，那花費的工夫跟做這條船也差不多了。

這些都完事後，我開始教我的僕人星期五怎麼去駕駛這艘帆船。儘管他清楚怎麼划獨木舟，對帆和舵卻一無所知。當他看到我掌著舵在海上往來自如，又看到船帆隨著航行方向的變化而一會兒這邊灌滿風一會兒那邊灌滿風，真是大為驚訝，吃驚地站在那裡，直發呆。可是，不久我就讓他熟悉了這些東西，他成了一個老練的水手，只是羅盤他始終難以弄懂。不過，這一帶很少陰天，霧就更少了，晚上看得見星星，白天看得見海岸，因此羅盤派上用場的機會不多。當然雨季除外，那時沒有人敢出門，地上都少去，更別說海上了。

現在進入了我被囚在這個荒島上的第二十七個年頭。儘管最近的三年似乎可以略去不計。因為自從有了星期五跟我在一起，我的生活就跟以前大為不同了。我以跟最初一樣的感恩之情度過了我的上島紀念日，感謝上帝的仁慈。如果說我當初有充分的理由感謝上帝的話，那麼現在就有更多的理由感謝上帝了。我有了更多的上帝關懷我的見證，並有很大的希望很快就能成功獲救。我心裡明顯地感受到，我獲救的日子不遠了，可能無需在這裡待到明年。但是，我還是繼續幹農活：挖土、植樹、紮籬笆，一如往日。我採摘並曬製葡萄乾，這些日常工作，還是照常進行。

雨季就要到了，到那時我大部分時間都得待在室內。我們必須把新做的船放在安全的地方，把它移到我在故事開頭說過的那條我卸木筏的小河裡，趁水位高時把它拖到岸上。我讓我的僕人星期五挖了一個小小的船塢，寬度剛剛可以容得下小船，深度剛剛夠它在水上浮起。然後，當潮水退去時，我們在船塢口築了一道堅固的堤壩，把水擋在外面。這樣，小船就可以保持乾燥，潮水浸不到它。為了防雨，我們又在小船上鋪了一層厚厚的樹枝，就跟加了個屋頂似的。就這樣，我們等著十一月和十二月，到那時我就要冒險了。

旱季快要到了，天氣逐漸好轉，我的冒險計畫也要開始實施，我每天都為航行作準備。我做的第一件事就是貯備一些糧食，以供航海之需。我打算在一兩週內打開船塢，把小船放出來。一天早上，我正忙著做這類事，就叫星期五去海邊轉轉，看能不能找到隻海龜。我們通常一個星期抓一隻海龜，吃海龜蛋和海龜肉。星期五去了不多久，就跑回來了，一下子就飛過了外牆，彷彿腳不沾地似的。我還沒有開口說話，他就對我大喊起來：「噢主人！噢主人！噢不好了！噢壞了！」——「發生什麼事了，星期五？」我問。他說：「噢那邊，一、二、三隻獨木舟。一、二、三！」聽他這麼說，我判斷是六隻，但細問之下，發現才三隻。我說：「好了，星期五，別害怕。」我盡量給他壯膽。可是，我看到這個可憐的傢伙被嚇壞了，因為他腦子裡沒想到別的，只想著他們是來找他，要把他砍成碎片吃掉。這可憐的傢伙渾身發抖，我對他幾乎沒有辦法。我盡量安慰他，告訴他我面臨的危險跟他一樣大，他們也會把我吃掉的。「但是，」我說，「星期五，我們得下決心跟他們打一仗。你能打嗎，星期五？」他說：「我射擊，但來了大量的人。」「這不要緊」，我又說，「我們的槍就是打不死他們，也會把他們嚇跑的。」於是我就問他，假如我決心保護他，他是否也會保護我，站在我一邊，聽我的吩咐。他說：「我死，如果你吩咐我死，主人。」於是，我拿了一大杯甘蔗酒給了他。甘蔗酒我平時很少喝，因此還剩下很多。我們喝完甘蔗酒後，我叫他拿上平時總是攜帶的兩支鳥槍，裝上大號槍彈，大小如手槍子彈。我自己取了四把短槍，每把槍裡都裝上了兩顆彈丸和五顆小子彈，又在兩把手槍裡各裝了一對子彈。我又像往常一樣把無鞘之劍掛在腰上，把小斧頭給了星期五。

我這樣裝備好之後，就拿了望遠鏡，走到山坡上去看動靜，很快就從望遠鏡裡發現，有二十一個野人、三個俘虜、三隻獨木舟。看來他們此行的目的是拿這三個活人開一個慶功宴。真的是一場野蠻的吃人盛宴啊！但我知道，對他們來說，這是很尋常的事。

我還注意到，他們這次登陸，不是在上次星期五逃跑的地方，而是靠近我的小河那裡，那裡海岸低，並且有一片濃密的樹林直逼海邊。看到他們上岸，想到這些畜生就要幹的非人暴行，我真是憎惡極了。我怒氣沖沖地跑下山，告訴星期五，我決心下去把他們殺個一乾二淨。我問他能否站在我這一邊。他現在已克服了恐懼，精氣神也因喝了我給他的甘蔗酒而提起來了，他很興奮地告訴我那句老話：我吩咐他死，他就去死。

趁著這股子怒氣勁兒，我把裝好了的武器像先前一樣加以分配。我給了星期五一把手槍，插在他腰上，給了他三支長槍，扛在肩上。我自己則拿了一把手槍和另外三支長槍。我們就這樣全副武裝地出征了。我拿了一小瓶甘蔗酒裝在口袋裡，又給了星期五一大袋火藥和子彈。我命令他緊緊地跟著我，不要亂動，不要開槍，凡事聽我的吩咐，也不許說話。就這樣，我們向右手的方向繞了將近一英里，以便跨過小河，鑽進密林，在他們發現我們之前，就將他們置於我們的射程之內。我用望遠鏡觀察，這很容易辦到。

我在出征的過程中，過去的一些想法又回到了我心頭，我的決心開始動搖了。我不是說我害怕他們人數多。因為他們只是赤手空拳、沒有武器的惡人，跟他們比，我顯然占了絕對優勢——我一個人也不成問題。我想到的問題是，我有什麼使命、什麼緣由、什麼必要，讓我的雙手沾滿鮮血，去攻擊既沒有傷害也無意傷害我的人？對我而言，他們是無辜的。他們的野蠻習俗只是他們自己的災難，是上帝留給他們的一個記號，讓他們跟這個地區的其他民族一樣，停留在這種愚蠢與殘忍的狀態裡。但是上帝並沒有召喚我當法官去審判他們的行為，也沒有要我去執行祂的正義——上帝要覺得何時合適，祂自會親手去執行，對他們全民族性的罪行，進行全民族性的懲罰。即使那樣，也跟我毫無關係。當然，星期五倒是可以名正言順地去打仗，因為他是這群人公開的敵人，和他們處於交戰狀態，攻擊他們對他來說是合法的——但我就不能這樣說了。這些問題一路上都壓在我心頭，我決定只靠近他們，觀察他們的野蠻盛宴，然後根據上帝的指示行事。除非我聽到了某個聲音，比我以前所知的更像是上帝的呼召，否則我是不會干涉他們的。

我就帶著這樣的決定進到了林子裡。星期五盡可能地保持警覺，悄無聲息地緊跟在我後面。我來到靠近他們那一側的樹林邊緣，中間只隔著樹林的一角。我輕聲地招呼星期五，向他指了指在林角的一棵大樹，叫他到那棵樹後面，看能否看清楚他們在做什麼，可以的話就把情況告訴我。他去了，馬上就回來告訴我，說那裡看得很清楚——他們都圍坐在火堆邊，吃著一個俘虜的肉。另一個俘虜手腳被捆了，扔在旁邊的沙地上，他們下一個要殺的就是他。這點起了我胸中的怒火。星期五告訴我，地上的俘虜不是他們部族的人，而是一個長鬍子的人，就是他跟我說過的乘著小船到了他們那裡的人。我聽到他提到長鬍子的白人時心裡充滿了恐懼。我走到那棵大樹後面，用望遠鏡一看，清清楚楚地看到了一個白人，他躺在沙灘上，手和腳都被蒲草或燈芯草之類的東西捆住了。我看到他是一個歐洲人，身上穿著衣服。

我前面有另一棵樹，樹前頭有一小叢灌木，比我現在所在的地方離他們要近五十碼。我只要兜一個小圈子，就可以繞到那裡而不被發覺，然後我就可以距他們不到半個射程了。雖然我已怒火中燒到了沸點，卻還是壓制住了自己的激情。我走回了二十步，藏在一片矮樹叢後面，藉著矮樹叢的掩護，到了另一棵樹後，然後來到一小塊高地那裡，那裡距他們約有八十碼，我可以清楚地看到他們全部的舉動。

現在一分鐘都不能耽擱了，因為十九個野人正坐在地上，一個個緊挨著，他們另派了兩個野人去宰殺那個可憐的基督徒，然後大概會把他一條大腿一隻手地拿去火上烤。兩人正彎下身子為他的腳鬆綁。我轉過頭對星期五說：「現在，星期五，聽我的吩咐。」星期五說他會的。我說：「星期五，你看到我怎麼做，你就怎麼做，不要誤事。」

於是我把一把短槍和一支鳥槍放在地上，星期五也照著我的樣子做了。我端著另一把短槍向野人瞄準，命令星期五也瞄準。我問他是否準備好了，他說：「好了。」我說：「那就向他們開火。」我說話的同時就開了槍。

星期五的槍法比我強多了。他打的那邊打死了兩個，傷了三個。我打的這邊打死了一個，傷了兩個。你可以想像，他們被嚇得驚慌失措，那些沒傷到的野人都連腳跳了起來，卻不知道該往哪裡跑，也不知道該往哪裡看，因為他們不知道死神是從哪裡來的。星期五的眼睛一直注意著我，如我吩咐過的那樣，我做什麼他就做什麼。因此，第一陣槍擊之後，我放下短槍，拿起鳥槍，星期五也照做了。他見我閉著一隻眼睛瞄準，也就閉著一隻眼睛瞄準。我說：「星期五，準備好了嗎？」他說：「好了。」我說：「以上帝之名，開火！」說著，我就向那群慌亂不已的惡人開槍，星期五也照做了。由於這次我們的槍裡裝的只是小鐵砂或手槍子彈，因此只打倒了兩個，但傷的人不少，他們又跑又嚎的像野獸發了瘋，全身都是血，大部分受了重傷。有三個很快就倒下了，儘管還沒有完全死掉。

我把放完了子彈的鳥槍放下，拿起裝好子彈的第三把短槍，對星期五說：「星期五，跟我來。」他果然鼓足了勇氣跟著我。於是，我衝出樹林，出現在那些野人面前，星期五緊跟著我的腳步。我一發現他們看到了我時，就大聲吶喊，並命令星期五也這麼做。我一邊吶喊，一邊飛快地向前跑去——當然了，由於武器太重，跑得也並不快——直直向那個可憐的俘虜跑去。如前所說，他被扔在沙灘上，就在野人圍坐的地方和海水之間。那兩個準備殺他的野人在我們第一次開火時拋下了他，在驚恐中逃到了海邊，跳上了獨木舟。另有三個野人也向海邊逃去。我轉頭吩咐星期五追趕他們、向他們開槍，他馬上明白了，跑了大約四十碼，快靠近他們時才開槍。我以為他把他們都打死了，因為我看到他們都倒在船裡了，倒成了一堆。但其中的兩個很快又坐起來了。儘管這樣，星期五還是打死了兩個，打傷了第三個。那第三個躺在船底，彷彿死了一樣。

在我的僕人星期五向他們開火時，我拔出小刀砍掉了捆在那個可憐的俘虜身上的蒲草，給他的手和腳鬆了綁。我把他扶起來，用葡萄牙語問他是什麼人。他用拉丁語回答我，「基督徒」。但他太虛弱了，站也站不起來，說也說不出來。我把口袋裡的酒拿出來給了他，示意他喝一點，他喝了。我給了他一片麵包，他吃了。然後，我問他是哪個國家的人。他說是西班牙人。稍微恢復了一點後，他以各種手勢告訴我，多麼感謝我的救命之恩。我把自己會講的幾句西班牙語全派上了用場，我說：「先生，這些以後再說吧，現在必須先戰鬥。如果你還有力氣的話，就拿上這把手槍和劍再打一仗吧。」他感激地接過手槍和劍，一拿到手裡，就彷彿注入了新力量似的，滿腔怒火地朝他的仇人衝去，一下就把兩個人攔腰斬斷了。實際上，由於整件事都出乎野人的意料，這些可憐的造物完全被我們的槍聲嚇呆了，全都又驚又怕地倒在地上，連逃跑的力氣都沒有了，只得用血肉之軀來抵擋我們的子彈。星期五在獨木舟裡射擊的五個野人就是這樣的情況。其中三個因傷重而死，另外兩個是被嚇倒的。

我手裡還拿著槍支，但沒有開槍，只是裡面裝上了子彈以防不測，因為我把手槍和劍給了西班牙人。我叫住了星期五，命令他跑到我們起初開槍的那棵樹那裡，把放在那裡的幾把開過火的槍拿來，他很快就拿來了。我把我的短槍交給他，自己則坐下來把其餘幾把槍都重新裝上子彈，告訴他如果他和西班牙人需要槍支的話，可以來找我要。我正在給這些槍支上子彈的時候，西班牙人正和一個野人進行殊死搏鬥。那個野人手裡拿著把大木刀，如果我沒有及時阻止的話，野人早就把西班牙人殺了。西班牙人雖然虛弱，卻勇猛異常，跟那個印第安人廝殺了好一陣子，把他的頭砍傷了兩處。但那個野人粗壯有力，貼近西班牙人來個近身肉搏，把西班牙人摔倒在地，要把後者手中的劍搶過去。西班牙人被壓在地上，動彈不得，卻機靈地放開手裡的劍，拔出腰間的手槍，沒等我來得及跑過去幫忙，他便一槍結果了野人的性命。

星期五現在得了空，就追趕逃跑的野人，手裡沒有別的武器，只有一把小斧。他拿著小斧砍死了我前面說過的受傷倒地的三個野人，又把他追上的野人殺了個精光。西班牙人前來要槍，我給了他一支鳥槍。他拿著鳥槍追趕兩個野人，把兩個都打傷了。但由於他沒力氣跑，這兩個野人都逃進了樹林，星期五跑去追他們，殺了一個，另一個敏捷異常，雖然受了傷，卻一頭栽進了海裡，拚命游向那兩個留在獨木舟的野人那裡。這三個野人，連同一個受了傷倒下生死未明的野人，是二十一個野人中唯一逃脫了的。

全部戰果統計如下：

從樹後第一次開槍打死的：三名。
第二次打死的：兩名。
被星期五在船上打死的：兩名。
受傷後被星期五砍死的：兩名。
被星期五在樹林裡砍死的：一名。
被西班牙人殺死的：三名。
倒在各處因傷斃命或被星期五追殺而死的：四名。
乘獨木舟逃跑（其中一個非死即傷）的：四名。
以上合計：二十一名。

那幾個逃到獨木舟裡的野人，拚命划著船，想逃出我的射程。儘管星期五朝他們開了兩三槍，我卻沒看到他擊中了他們。星期五很想乘上他們的一隻獨木舟去追他們，我也很擔心他們逃回去後把消息告訴他們的族人，或許帶上兩三百隻獨木舟殺回小島，憑著人多的優勢把我們吃掉。所以我同意到海裡追他們，就向他們的一隻獨木舟跑去，跳了進去，吩咐星期五跟著我。但是當我進了獨木舟後，驚訝地發現，那裡有一個可憐的造物躺在那兒，像西班牙人那樣手和腳都被捆綁了，準備著被殺了吃掉。他快被嚇死了，不知道外面發生了什麼事。因為他不能夠抬起頭來看船外的情況，他的脖子和腳跟捆得很緊，時間久了，早已氣息奄奄了。

我馬上把他們捆在他身上的蒲草或燈芯草砍斷，想把他扶起來。但他站也站不起來，說也說不出來，只是悽楚地哼哼著，看來他是以為自己一被鬆綁，就要被殺掉了。

星期五到來時，我叫他跟這個野人說話，告訴他他得救了。我拿出酒瓶，讓他給這個可憐的野人喝兩口。這個野人聽到自己得救了，精神大振，從船裡坐了起來。不料星期五走近時，一聽到他說話，再一看他的臉，就立刻又是親吻他，又是擁抱他，兩人又哭又笑，又叫又跳，又是跳舞，又是唱歌，過一會兒又哭開了，扭著兩手，打自己的臉和頭，接著又是唱又是跳的，活像兩個瘋子。他們這樣子，真是足以令人動容，感動落淚。過了好一會兒，我才可以使星期五告訴我發生了什麼事。他稍稍平靜後，才告訴我，這是他的父親。

我難以描述我心裡有多麼感動，當我看到這可憐的野人見到他父親，得知他死裡逃生時的那種欣喜若狂和至孝之情。我也難以盡述隨後他那情難自禁的樣子，一半也寫不出來。他一會兒走進小舟，一會兒走出小舟，反覆多次。走進小舟時，他就坐在父親旁邊，敞開胸膛，把父親的頭抱在胸口，久久不放，使他感到舒服。接著又捧起父親被捆得麻木僵硬的手臂和腳踝，用雙手揉搓。我見他這樣做，就從酒瓶裡倒了些甘蔗酒給他，叫他用酒來按摩，效果果然好多了。

這件事讓我們無暇去追那幾個乘舟逃跑的野人，他們現在已幾乎淡出我們的視野了。幸虧我們沒有追去，因為兩小時後就刮起了大風，到那時他們也才走了四分之一的航程，可是風繼續刮了一整夜，正好是跟他們逆向的西北風，我猜測，他們的獨木舟就是不翻，也到不了自己的海岸。

回過頭來說星期五。他一直忙於照顧他父親，我真不忍心派他做事。只有在我覺得他可以離開他父親一小會兒時，才把他叫來。他跳著笑著走過來，興高采烈的。我問他有沒有給他父親麵包吃。他搖了搖頭，說：「沒有。我這醜狗自己把麵包吃光了。」於是我從特意帶的一個小袋裡拿了一塊麵包給他，還給了他一點酒讓他自己喝，但他嘗都不嘗，都給他父親拿過去了。我口袋裡還有兩三串葡萄乾，就抓了一把叫他給他父親吃。他馬上就把葡萄乾遞給了他父親。但是我看到他從船裡走出來，像中了邪似地跑了起來。他是我見過跑得最快的傢伙，他跑得這麼快，一會兒就看不到了。儘管我在後面喊他叫他，他還是一路頭也不回地跑掉了。一刻鐘後，我看到他又跑回來了，不過不像跑去時那麼快。他走近時，我才發現他手裡還端著東西，所以腳步慢下來了。

他來到我跟前時，我才發現原來他回了一趟家，拿了一個陶罐給他父親帶了些淡水過來，還拿了兩塊餅或麵包。麵包他給了我，淡水他給了他父親。不過，由於我也很渴，就順便喝了一點。他父親喝了淡水後恢復得好多了，比喝了我的酒管用，因為他的確是渴得快要暈過去了。

他父親喝水後，我便把星期五叫過來，想知道罐子裡有沒有剩下一些水。他說：「還有。」我便吩咐他把剩下的水給那個可憐的西班牙人，他跟他父親一樣快渴死了。我還讓星期五給西班牙人送一塊麵包去，那西班牙人還很虛弱，正躺在樹蔭下的一塊綠地上休息。他的四肢還很僵硬，因為被粗暴地捆過，而顯得有些腫脹。我看到星期五把水拿給他時，他坐了起來喝水，並接過了麵包，開始吃起來，我就走過去，給了他一把葡萄乾。他抬頭端詳著我的臉，表情中盡是感謝之意。但他實在太虛弱了，儘管在戰鬥中表現神勇，此時卻站都站不起來了——他試了兩三次，卻真的站不起來，腳踝又腫又疼。因此我叫他坐著別動，讓星期五用酒揉搓他的腳踝，就像揉搓他父親的腳那樣。

我看到那可憐深情的造物，人雖在這邊，卻每隔兩分鐘，或許還不到兩分鐘，便轉過腦袋看他父親是否還照老樣子坐在同一個地方。後來他發現看不到他父親了，便一躍而起，一言不發地向他父親那邊跑去，他跑得飛快，真是腳不沾地。他到那邊後，卻發現他父親只是為了放鬆四肢才躺下來，所以很快就回到了我身邊。然後，我對西班牙人說，如果可以，就讓星期五幫助他站起來，領他上舟，他會把他帶到我們的住處，在那裡我會照顧他的。但是星期五甚是粗壯，一把把西班牙人背在背上，向小舟走去，把他輕輕地腳朝裡放在船沿上，又把他抬起來往裡挪，緊挨著他父親。然後跳下舟，把舟推到水裡，划著槳沿海岸駛去，儘管這時風吹得很大，但他還是划得比我走路快。他把兩人都安全地帶到了我們的小河中，把他們留在舟裡，然後跑去取另一隻小舟。我在半路上遇到他，問他去哪裡。他說：「去再拿一隻小船。」然後就一陣風地走了，確實無論人還是馬都跑不過他。我從陸路剛走到小河邊，他就已經把另一隻獨木舟划到那裡了。他先把我運過小河，再去幫兩位新來的客人下船。他這麼做了，但是兩位客人都不能走路，所以可憐的星期五不知如何是好。

為了解決這一問題，我開始動腦筋想辦法，我叫星期五請他們坐在河岸上，他自己則到我這邊來，我很快做了一個擔架似的東西，讓兩人躺在上面，我和星期五一前一後地抬著他們。可是把他們抬到我們的外牆或城堡外面時，情況比先前更糟，因為不可能把他們抬過去，我不會把牆拆掉的。於是我又著手工作，星期五和我兩個人花了約兩個小時做了一頂很漂亮的帳篷，上面用帆布作屋頂，再鋪上些樹枝。帳篷位於外牆之外，也就是外牆和我栽出的那片新樹叢之間。在裡面，我們用現成的細稻草給他們鋪了兩張床，上面蓋了層毯子好躺著，再各加一條毯子作為被蓋。

我的島上現在有了人丁，我覺得自己部下不少了。每想到這我就喜不自禁，看上去多像一個國王。首先，整片土地都是我的財產，因此我有無可爭議的主權。其次，我的臣民都極為順服──我絕對是主人和立法者──他們都欠了我救命之恩，如果有必要，都準備為我獻出生命。還有一點值得一提，我雖然只有三個臣民，卻分屬三個不同的宗教──我的僕人星期五是新教徒，他的父親是異教徒和食人族，西班牙人是天主教徒。然而在我的領土上允許信仰自由。當然這只是順便一提罷了。

我救回來的兩個俘虜身體虛弱，一旦我給他們找到住處，得以休息後，我就開始想著給他們供應食物了。我做的第一件事，是命令星期五從羊圈裡挑了一隻不大不小的一歲的山羊宰了，把後半截砍下來，剁成小塊，讓星期五去煮燉，湯裡加上些大麥和大米，做成十分美味的羊肉湯。我是在門外面煮湯的，因為我從不在內牆裡面生火，於是就把湯搬到新帳篷裡去，在那裡為他們擺了一張桌子。我坐下來，跟他們一起吃了頓晚餐，我和他們有說有笑，盡量鼓勵他們。星期五是我的翻譯，主要是翻給他父親聽，但也翻給西班牙人聽，因為西班牙人會說野人的話，說得還很好。

在我們吃完晚飯後，我吩咐星期五駕一條獨木舟，去把我們的短槍和別的火器拿回來，當時由於時間緊急，我們把它們放在了戰場上。次日，我命他去把野人的屍體埋了。那些屍體被太陽曝曬，可能快要發臭了。我還命他把人肉宴剩下的殘渣一起埋了，這事要我自己做我連想都不敢想，真的，即使到了那裡，我看一眼都會受不了。星期五準時做完了所有的工作，清除了野人曾在那裡出現的所有痕跡。當我再次到那裡時，若不是樹林的一角指向那裡，我簡直都不知道是到了那裡。

接著我和我的兩個新臣民進行了簡短的談話。首先，我讓星期五問他父親，他對那兩個坐上獨木舟逃走的野人怎麼想？他們是否會帶一大幫野人回來，力量大得我們無法抵禦？他的第一個看法是，獨木舟裡的野人不可能熬過他們逃掉那晚的風暴，而必定會被淹死，或被吹到南邊別的海岸上，在那裡他們即使不被淹死，也會被吃掉。但是，至於如果他們平安上了岸會做什麼的問題，他說他不知道。但他認為，他們受到我們的攻擊，被槍聲和火光嚇壞了，他相信他們會告訴族人，他們是被霹靂閃電殺死的，而不是被人類的手殺死的。出現的兩個人——即星期五和我——是兩個天上的精靈，或兩團怒火，從天上降下來消滅他們的，而不是拿著武器的人類。他說，這個他是知道的。因為他聽到他們就是以自己的語言彼此這樣喊來喊去的。因為他們是不可能想像人可以噴火放雷，像當時那樣不用舉手便隔空殺人的。這個老野人說得沒錯。因為，後來的事實證明，那些野人再也不敢到這個島上來了，他們被那四個人（看來他們確實風浪裡逃生了）所描述的情景嚇壞了。他們相信，任何人去那個中了邪的島，都會被天神用火燒死的。

然而，這些情況我當時並不知道，因此好一段時間裡都提心吊膽，總是讓我的整個軍隊加強戒備。因為現在我們有四個人了，我可以迎擊一百個敵人，在開闊的平地上隨時都可以。

17 ＝ 叛亂者來了

過去了一些時候，並沒有獨木舟出現，我也漸漸放下心來，不擔心他們反攻了。我又開始有了以前的念頭，考慮航行到大陸去。我還得到星期五父親的保證，他說，如果我去他們部族，一定會受到友好的款待。

可是，我在與西班牙人認真交談之後，暫時擱置了這個念頭。我從他那裡得知，目前有十六個西班牙人和葡萄牙人在那裡，他們的船隻遇到海難後就逃到了那裡，在那裡與野人和平相處，但是生活必需品相當匱乏，難以維繫。我詳細地問了他們的航行情況，發現他們乘的是一艘西班牙船，是從拉普拉塔河開往哈瓦那的，準備在哈瓦那卸貨，貨物主要是皮貨和銀子，然後再看看能在那兒買上什麼歐洲貨帶回去。船上有五個葡萄牙水手，是從另一艘遇難的船隻上救下來的。他們自己的五個人在船隻剛失事時淹死了，其餘的人經過無數風險，在幾乎餓死的情況下，抵達了食人族的海岸。在那裡他們時時刻刻都擔心被野人吃掉。

他告訴我，他們帶了一些武器，但是根本沒有用，因為既沒有火藥也沒有子彈，海水把所有的火藥都浸溼了，只剩下一點點乾的，這一點點乾的他們在剛登岸時為充飢打獵而用完了。

我問他，在他看來，他們在那裡接下來會怎樣，他們是否想過逃跑呢？他說，他們曾就此討論過很多次，但他們既沒有船隻，也沒有工具去造一隻船，還沒有食品補給，因此他們的討論總是以眼淚和絕望收場。

我問他，他怎麼看，假如我給他們提出一條逃生的建議，他們能否接受？假如他們都來我這兒，這個計畫是否可以實現？我坦白地告訴他，我最害怕的是我將性命交在他們手裡，他們卻對我背信棄義、恩將仇報。因為知恩圖報並非人性中遺傳的美德，世人也並不總是以其所受的恩惠來行事，更多的時候，他們是根據所希望得到的好處來行事。我告訴他，我不可能成為他們脫險的工具，讓他們隨後把我變成在新西班牙[1]的俘虜。在那裡英國人必定會成為犧牲品，不管他是由於必然的原因還是由於偶然的原因去了那裡。我寧可被交付給野人，被他們生吃掉，也不願落入神父殘忍的指爪，被送進宗

1 指當時西班牙在美洲的殖民地。

教裁判所。我補充說，如果他們能讓我放心，那麼只要他們都來這兒，我們這麼多人一起動手，就可以造一艘大船，足夠載我們所有人，或往南去巴西，或往北去西印度群島或西班牙海岸。但是，假如我把武器都交到他們手裡後，他們卻用武力把我裹挾到他們自己人那裡去，那我豈非好人沒好報，處境更糟嗎？

他非常誠懇和坦率地回答說，他們的處境很慘，吃夠了苦頭，他相信，他們對一個幫助他們脫險的人是絕不會有恩將仇報的念頭的。如果我同意，他可以跟星期五父親一起去找他們，跟他們談這件事，再回來把他們的答案告訴我。他說他還會跟他們立約發誓，要他們把我當作長官和船長，絕對服從我的指令。他們要向聖禮和福音書宣誓忠誠於我，只去我同意去的那些基督教國家，而不去別的國家，完全地、絕對地只聽從我的命令，直到他們安全抵達我要去的國家。他說，他會叫他們親手簽約，並把約帶回給我。

接著他告訴我，他本人願意首先向我宣誓，沒有我的命令，他永遠都不會離開我。假如他的同胞有什麼背信棄義的事，他都會站在我這一邊，直到流盡最後一滴血。

他告訴我，他們都是十分文明、誠實的人，目前正處在大災大難之中，既沒有武器，也沒有衣服，還沒有食物，命運完全掌握在野人手裡，一點回到故鄉的希望都沒有。他敢肯定，假如我能救他們出此大難，他們一定會跟我生死與共的。

聽了他這些保證，我決心只要可能，便冒險救他們，並先把老野人和西班牙人派過去跟他們交涉。但當我們把一切事情都準備停當，西班牙人自己卻提出了反對意見，這意見一方面十分謹慎，一方面又十分真誠，令我好生佩服。由於他這個勸告，救他同胞的計畫推遲了至少半年。情況是這樣的：

他跟我們生活了大約有一個月了，在這段時間裡，我讓他看到，在上帝的幫助下，我用了什麼辦法來維持自己的生活。他清楚地看到我的糧食貯存有多少，這些糧食雖然足以供我一個人用，但若不好好種莊稼的話，是不足以供我一家人之用的，現在家裡已增加到四個人了。如果他的同胞來這裡的話就更不敷用了，他們仍有十六個人活著。何況我們還要造一條船，去往美洲的任一個基督教殖民地，在船上要裝上足夠的糧食，這就更不夠了。因此他告訴我，最好是讓他和星期五父子兩人一起開墾更多的土地，把我所有能省下來的種子都用來播種，我們可以等到再收割一茬莊稼，這樣才有足夠的糧食來接待他的同胞。因為糧食的匱乏會讓他們不認為，或不承認自己得到了拯救，認為只是才出虎穴，又入狼窩了。「你知道，」他說，「以色列人在剛出埃及時歡呼雀躍，但很快連救了他們的上帝都反了，就因為他們在曠野中吃不上麵包。」[2]

2《舊約．出埃及記》16章。

他的警告是合理的，他的勸誡是上好的，對他的建議我相當高興，對他的忠誠我也十分滿意。因此我們四個人就都開始挖地，用上了我們一切的木製工具。在大約一個月的時間裡在播種時節的末期，我們便已經開墾並平整出了一大片土地。我們把能省下來的二十二蒲式耳大麥和十六罐稻米種子，全都種了下去。實際上，我們並沒有留足在收割之前的六個月的大麥口糧，這裡說的六個月，是從把種子貯存起來準備播種用開始算起。這裡地處熱帶，一般不用六個月就可以收割了。

現在我們人數夠了，即使那些野人來也不用害怕了，除非他們來的人特別多。我們只要有機會，就會在全島自由走動。由於我們存了逃脫的心，因此，都無時無刻不在想辦法，起碼我是這樣的。為了這個目的，我挑了幾棵適合造船的樹，在上面作了記號，讓星期五和他父親把樹砍倒，然後我把自己的意圖告訴西班牙人，讓他監督和指導他們工作。我向他們展示，我以前是如何花大力將一棵大樹劈成小木板的，我讓他們也這樣做，直到他們做出了一打左右的橡樹大木板，每塊都接近兩英尺寬、三十五英尺長、二至四英寸厚。你們可以想像這得花多大的工夫。

與此同時，我計畫盡可能地增加羊群的數量。為此，我讓星期五和西班牙人外出值一天班，我和星期五父親值另一天班（輪流），用這種辦法我們獵到了二十隻小羊，跟我們其餘的羊圈養在一起。因為每當我們獵殺母羊時，我們就把小羊救下來，把這些小羊添加到我們的羊群裡。但是最重要的是，在曬製葡萄的季節裡，我讓大家採集大量的葡萄，懸掛在太陽底下曬乾。我相信，假如我們是在西班牙的阿利坎特[3]——那裡以曬製葡萄著稱——我們的葡萄乾可以裝滿六十或八十大桶。這些葡萄乾加上麵包就形成了我們的食物主體。我向你們保證，它們不僅味道甘美，還極富營養。

收割的季節到了，我們的莊稼收成不錯。雖不算島上增長最多的一次，卻足以滿足我們的需要。因為我們播下的大麥是二十二蒲式耳，得到的回報是二百二十蒲式耳以上。稻穀的收成比例也一樣。這足夠我們吃到下一次收穫季節了，哪怕十六個西班牙人全部來了都不怕。如果我們準備航海，有這些糧食在船上作貯備，我們就可以航行到世界任何地方，我是說美洲大陸的任何地方。

當我們把收穫的糧食妥善收藏好後，就著手編造更多的藤器，就是用來貯存糧食的大筐子。西班牙人是編織能手，他常常責備我沒有編一些藤器來作防禦工事，不過我覺得沒這個必要。

現在，我們為預想中的客人準備了充足的糧食，我就派西班牙人離開小島，去往陸地，看看他能不能幫一下那些留在那裡的人。臨走前，我給他下了一道嚴格的書面指

3 西班牙東南省分。

示，即任何人，如果不先在他和老野人兩人面前發誓，上島後絕對不傷害或攻擊我，就不能帶過來，畢竟是我好心好意地派他們兩人去救他們的。他們還要發誓，如果有人叛變，他們應該站在我這一邊、保衛我、反對任何這類的意圖，不管他們去哪裡，都要完全服從我的命令。這些都要寫下來，簽上他們自己的名字。不過，當我聽說他們既沒有筆也沒有墨水時，怎麼讓他們簽字，卻成了一個誰也沒有問的問題。

帶著這些指示，西班牙人和老野人即星期五的父親就上了路，他們乘的是把他們帶來的獨木舟中的一隻。那時他們是作為要被野人吃掉的俘虜來的。

我給了他們每人一把短槍，都帶著點火的燧發器，以及大約八份彈藥，吩咐他們一定要好好照管，不到緊急關頭不要用。

這是一件令人高興的事，是二十七年多來我為解救自己而採取的第一個行動。我給了他倆許多麵包和葡萄乾，夠他們吃好多天，也夠所有的西班牙人吃——大約八天的分量。我祝他們好運，目送他們離去。我跟他們約好他們回來時應該懸掛的信號，這樣他們返回時不等靠岸，我遠遠地就能把他們認出來。

他們走的那天正趕上一陣順風，月亮圓滿，據我猜測，應是在十月分。但要說到準確的日期，自從我把日曆記錯後，就再也搞不清楚了。甚至連年分是不是準確我也不敢確定。後來我檢查紀錄時，發現年分還是弄對了。

我等了他們至少八天，忽然發生了一件意外的事。這事情是那麼奇怪、那麼出人意料，或許是有史以來聞所未聞的。那天早上，我正在茅屋裡酣睡，我的僕人星期五向我跑來，大聲喊：「主人，主人，他們來了，他們來了！」我跳了起來，也不顧危險，就快速穿上衣服，穿過小樹叢（順便說一下，那時已長成了一片厚密的樹林）。我說不顧危險，是指我沒有帶上武器就走了，打破了我平時的習慣。令我吃驚的是，當我向海上望去時，我看到了一艘小艇在大約一里格半遠的地方，正向岸邊駛來，艇上掛著一張人家說的「羊肩帆」（三角帆）。風是順的，直把小艇往島上送。我還看到，他們不是從大陸方向來，而是從島的最南端來的。於是，我把星期五叫來，吩咐他不要走開，因為這些人並不是我們在盼著的人，我們還不知他們是敵是友。

然後，我回家去拿來望遠鏡，想看清楚到底是什麼人。我取出梯子，爬上山頂。我常常在意識到異常情況時這麼做，既可以把事情看清楚，又不被人發覺。

我的腳還沒踏上山頂，我的眼就清清楚楚地看到了一艘大船停泊在海面上，大概在東南偏南方離我兩里格半的地方，但離岸不超過一里格遠。我很清楚地看到這是一艘英國大船，那艘小艇看起來也是一艘英國長艇。

我無法表述當時我心頭的混亂。一方面，我看到一艘大船，而且有理由相信開船的是我的英國同胞，因此是朋友，心裡說不出的高興。另一方面，我心裡卻又湧起一種神祕的懷疑——我不知道這懷疑是從哪裡來的——敦促我做好自我防衛。首先，我必須考慮，一艘英國船跑到世界的這個角落來要做什麼，因為這裡並不處於英國人的貿易路線上。我知道也並非風暴把他們驅趕到這裡來。如果他們真的是英國人，那到這裡來也一定沒安什麼好心。我還是繼續過我的太平日子好了，可別落入一幫強盜和殺人犯之手。

希望大家不要輕視這種神祕的危險暗示和提醒。有時，當一個人以為不可能有這種危險的時候，卻得到了這種暗示和提醒。我相信凡是對事情能多留點意的人，都不會否認得到過這種暗示和提醒。我們不能懷疑，它們來自於一個看不見的世界，是一種靈性的溝通。假如它們是在警告我們有某種危險，為什麼我們不認為它們來自於某個友好的使者（它們是高於我們還是低於我們，這不是問題），是為了我們好呢？

眼前的問題充分證實了我這個邏輯的正當性。因為，假如我沒有因聽從這一神祕警告而小心謹慎——不管這警告是從哪裡來的——我早就不可避免地完蛋了，陷入了比以前糟糕得多的處境。你們看下去就會明白了。

我在山上望了沒多久，就看到小艇駛近了海岸，似乎在找一條小河停靠，以便登陸。由於他們還駛得不夠遠，因此沒有看到我以前停筏子的小河灣，而是把他們的小艇停在了離我約半英里的沙灘上。看到這，我心中竊喜，因為否則的話他們就會在我門口登陸，把我一頓痛毆，趕出城堡，說不定還會把我所有的東西都洗劫一空。

他們上岸後，我很滿意地發現他們都是英國人，至少大部分人是。有一兩個我想是荷蘭人，但後來證明並不是。一共有十一個人，其中三個我發現沒帶武器，我想是被捆綁著的。當頭四、五個人跳到岸上時，他們把這三個人作為俘虜帶出了小艇。我可以看到，這三人中有一個正激動地在那裡作手勢，擺出懇求、痛苦、絕望的樣子，甚至都有點誇張了。另外兩個也不時舉起雙手，彷彿憂心忡忡的樣子，但沒有第一個那麼誇張。

看到這一幕，我真的糊塗了。不知道到底是怎麼回事。星期五在一旁用英語對我說：「主人啊！你看英國人吃俘虜，跟野人一樣！」我說：「星期五，那你認為他們接下來要把那幾個人吃掉？」星期五說：「是的，他們要把那幾個人吃了。」我說：「不會的，不會的，星期五。我是恐怕他們把那幾個人殺掉，但可以肯定不會吃掉。」

在這時，我不知道事情的真相，看著這恐怖的景象，我站在那裡直發抖，每一刻都擔心著那三個俘虜被殺掉。我一度看到一個惡棍揮手舉起一把水手稱之為腰刀的長刀向其中一個可憐人砍去，眼看他就要倒下來了。看到這，我真是不寒而慄。

這時我真心希望西班牙人和老野人還沒有離開，或者我有什麼辦法悄無聲息地跑到他們前面，將他們置於我的射程之內，以便解救這三個人，因為我看到他們全都沒有帶槍。但是後來我終於想出了一個辦法。

我看到那夥盛氣凌人的水手把三個人虐待一通後，就在島上零零散散地散開了，好像是想看看這兒的情況。我看到那三個人也有了自由，可以去他們想去的地方。但三個人都坐在地上，一副心事重重、沮喪絕望的樣子。

這令我想起了我初上島時的樣子，那時，我舉目四望，以為自己必死無疑，我四處打量，只覺恐怖，最後爬到樹上過了一夜，只因擔心被野獸吃掉。

那天晚上，我絕不會想到，我將得到按照上帝旨意被風暴和浪潮沖到岸邊的大船上的東西，靠著它們的滋養和支持，才撐到了今天。現在這三個可憐的落難者也是這樣。他們絕對想不到，他們必定會得救，而且很快就會得救，實際上，他們的安全已經完全沒有問題了。而那時他們還以為自己就要喪命了，絕無出路呢！

我們看世界的眼光多麼短淺啊！我們該有多少理由依靠世界的偉大創造者，祂從不會讓祂的造物身陷絕境，而是即使在最惡劣的處境中，也給他們某種值得感恩的東西、某種比他們想像的更接近拯救的東西，不，甚至可以說，祂藉以拯救他們的手段，也恰是當初讓他們陷入危厄的手段。

這些人上岸時正當潮漲到很高水位，他們一部分跟那幾個俘虜交談，一部分則四處亂逛，想看看自己是到了哪裡，他們不知不覺地錯過了潮汛，海水退得老遠，把小艇擱淺在岸上。

他們本來留了兩個人在小艇上，我後來發現，那兩個人喝了不少白蘭地，睡過去了。不過其中一個先醒了過來，他發現艇擱淺的速度很快，他想推它下水都來不及了，就向其餘的人喊，那些人正在閒逛呢。他們很快都跑到艇邊，他們一齊推也推不動，小艇太重了，而且那邊的沙子又鬆又軟，跟流沙一樣。

遇到這種境況，他們就像真正的水手，顧前不顧後，就放棄了推艇，又跑到地上東遊西逛起來。我聽到一個對另一個大聲喊，讓他們不要管小艇：「傑克，別管它了行不行？下一波潮水一來，它就浮起來了。」聽到這，我就敢肯定他們是哪國人了。

到現在為止，我都隱藏得很好，一次也不敢離開城堡一步，只是爬到山頭觀察一下。一想到我的城堡築得頗為堅固，就禁不住暗暗得意。我知道要讓小艇再次浮起來，至少要過十個小時，而那時天已變黑，我就更有餘地觀看他們的行動，偷聽他們的談話了。

與此同時，我像以前那樣為戰鬥作好準備。這次我比以前更小心，因為我知道現在面對的是另一種敵人，不是先前的那種。我也命令星期五把槍上好子彈。他現在已被我訓練成一個神槍手了。我自己拿了兩支鳥槍，給了他三把短槍。真的，我的樣子一定很猙獰可怕。我披著嚇人的羊皮大衣，戴著那頂我描述過的大帽，腰裡佩著把無鞘之劍，皮帶裡別著兩把手槍，兩個肩膀上各扛著一支長槍。

上面說了，我的計畫是在天黑之前不要輕舉妄動，但是大約兩點鐘，正當一天中最熱的時候，我發現他們全都三三兩兩跑到樹林裡去了，我猜可能是躺著睡覺去了。而那三個可憐不幸的人，大概是過於擔憂自己的處境，難以入睡，就坐在一棵大樹的樹蔭底下，離我大約四分之一英里。我想，別的人也看不到他們那裡。

看到這，我決定向他們現身，打聽一下他們的情況。我馬上就出發了，我的僕人星期五在後面遠遠地跟著我，他全身披掛的樣子跟我一樣猙獰，但不如我那鬼怪般的樣子嚇人。

我盡量不被他們發覺地接近他們，然後，在他們任何一人看到我之前，大聲地用西班牙語對他們說：「先生們，你們是什麼人？」

他們被這聲音嚇了一跳，但當他們看到我那副怪模樣，更是吃驚十倍，他們根本答不上話來。我看他們似乎要從我面前飛快地逃掉，就用英語對他們說：「先生們，不要怕我。也許你們想不到，走近的這個人是你們的朋友呢！」「他一定是從天上直接派下來的，」他們之中的一個人很嚴肅地對我說，邊說邊向我脫帽致敬，「因為我們山窮水盡，非人力所能為了。」「一切援助都是天上來的，先生，」我說，「看起來你們正身處危難，你們能讓一個陌生人來幫助你們嗎？你們登岸時我就看見了。你們向那些粗暴的傢伙哀求的時候，其中一個人舉起劍要殺你們，這些我都看到了。」

那可憐的人當場淚流滿面，顫抖著，像是受了驚，他回答說：「我是在跟上帝說話還是在跟人說話？真的是人，還是天使？」我說：「這個你不用害怕，先生。假如上帝派了天使來救你們，他會穿得比我好得多、武器也不會像我這樣子。請你們放心吧，我是人、一個英國人，想要幫助你們。你們看，我只有一個僕人。我們有武器和彈藥。請大膽地告訴我們，我們能為你們效勞嗎？你們遇到什麼事了？」

「我們的事，先生，」他說，「說來話長，而害我們的人就在咫尺。現在就長話短說吧，先生，我是那艘大船的船長，我手下的人背叛了我。我費盡唇舌才說服他們不殺我，最後，他們把我跟這兩個人一起押送到這個荒涼的島上，一個是我的大副，一個是乘客。在這裡我們只有一死，我們相信這是一個沒有人煙的地方，不知道拿它怎麼辦。」我問：「你們的敵人，那些暴徒，現在在哪裡？」「你知道他們去哪裡了嗎？他們正在那兒躺著呢，先生，」他指著一個灌木林說，「我的心在發抖，害怕他們看到我們、聽到你說話。如果他們看到、聽到了，一定會把我們都殺了。」

我問：「他們有槍嗎？」他回答說：「他們只有兩支，一支留在艇上了。」我說：「那好吧，把其餘的人交給我。我看他們都睡了，把他們都殺了很容易。不過，是不是活捉更好？」他告訴我，裡面有兩個亡命之徒，對這兩個人絕不能心慈手軟。只要他倆被解決了，他相信別的人都會回到各自的崗位。我問是哪兩個人。他說現在太遠，他看不清楚，但他會服從我的命令，給我指出來的。我說：「那好，我們退遠一點，免得被他們看到或聽到，驚醒了他們。回頭我們再想辦法吧。」於是，他們就高高興興地跟我往回走，直到樹林將我們嚴嚴地遮住。

「先生，請聽著，」我說，「假如我冒險救你們，你們願意答應我兩個條件嗎？」他沒等我把條件說出來，就先告訴我，無論是他還是船，無論在什麼事上都會完全地聽我指揮和命令。假如船收不回來，無論天涯海角，他都會和我生死與共。另外兩個人也說了相同的話。「那好，」我說，「我只有兩個條件。第一，你們跟我同在這島上期間，絕不可侵犯我的權威。如果我把武器交到你們手裡，無論何時我都可以要回來。在這島上不可反對我或我手下的人，同時要完全聽從我的命令。第二，如果大船被收了回來，你們必須無償地把我和我的僕人送到英國。」

他向我作了種種的保證，凡是人能想得出和信得過的保證，統統都作了。他說，我的這些要求至為合情合理，他都會滿足的。他還感謝我的救命之恩，只要他活著，就時刻都不會忘記。

「那好吧，」我說，「現在給你們三把短槍，還有火藥和子彈。告訴我，你們下一步怎麼做合適。」他竭力向我表示感謝，願意完全聽從我的指導。我告訴他，輕舉妄動很危險，我能想到的最好的辦法，還是趁他們睡覺時一齊開槍，如果第一排槍放過後還有沒被殺死的，願意投降的話，就可以饒他們一命。接下來就完全讓上帝的旨意來引領子彈吧。

他很謙遜地說，如果可能的話，他不願意殺他們，但那兩個無可救藥的惡棍發動了船上的叛變，如果讓他們逃掉了，我們還會遭殃的，因為他們會回到船上，發動全體船員反叛，把我們全部殺掉。「那好吧，」我說，「我的建議也是迫不得已，因為這是救我們自己的唯一辦法。」不過，看到他還是不願意殺人流血，我就告訴他，他們可以隨自己的意，見機行事。

正在我們談話的時候，我們聽到他們之中有人醒了，很快就看到有兩個人站了起來。我問他，這兩人中是否有發動叛變的頭目？他說：「沒有。」「那好，」我說，「你可以讓他們逃命。看來上帝是為了救他們，才把他們叫醒的。可是如果你讓其餘的人跑了，那就是你的錯了。」

受到我這話的激勵，他就把我給他的短槍拿在手裡，皮帶上別著一把手槍，他的兩個同伴跟他一起，也都手各一槍。那兩個人先走，弄出了一些聲響。那兩個醒來的水手中的一個向他們轉過頭來，看到他們正衝過來，就向其他人喊叫，但已經太遲了，因為他剛一喊，他們就開槍了——我是說船長的兩個同伴，船長本人則明智地沒有開槍。船長兩個同伴的槍法很準，一下就打中了他們要找的兩個人，一個被當場打死，一個身受重傷，卻沒有死，他掙扎著爬起來，急切地向別的人呼救。船長向他走去，告訴他現在呼救太遲了，他應該籲求上帝饒恕他的惡行。船長說完這句，就一槍把他打倒在地，讓他永遠開不了口。他們還有三個同伴，其中一個受了輕傷。那時我也趕過去了。當這三個人看到自己的危險，看到抵抗毫無意義時，就只好乖乖求饒了。船長告訴他們，他可以饒他們一命，但他們要向他保證，對所犯的反叛之罪表示痛悔，並發誓向他效忠，幫他奪回大船，再把船開回他們出發的地方牙買加。他們竭力向船長表現誠意，船長也願意相信他們，饒他們的命。對此我並不反對，只是要他在他們留在島上的時候，把他們的手腳都捆綁起來。

與此同時，我派星期五和船長的大副到小艇那兒去，把小艇扣留起來，拿走槳和帆，他們照做了。不一會兒，三個離開了（算他們幸運）其餘的人到別處閒逛的水手，因為聽到槍響，這時也回來了。看到剛才還是囚犯的船長現在成了他們的征服者，也就都投了降，被捆了手腳。我們贏得了全勝。

接下來，船長和我應該打聽彼此的情況了。我先講，告訴了他我全部的歷史，他認真地聽著，驚奇不已——尤其是我用奇妙的辦法得到糧食和軍火那段。實際上，由於我的故事是一連串的奇蹟，他被深深地打動了。當他由此而回想自己的遭遇，想到上帝彷彿讓我在這兒活著以救他的命時，不禁淚流滿面，哽咽無語。

我們交談完後，我帶他和兩個同伴到我的住所去。我領著他們用梯子翻牆而入，到了屋裡，我拿出我常吃的食物款待他們，還把我這麼多年來在此獨居期間發明的種種設施都指給他們看。

我給他們看的、我跟他們說的，都令他們極為驚奇。但最讓船長佩服的，是我的防禦工事，我完美地把自己隱藏在一叢樹林當中，這樹叢已栽種了將近二十年，樹又長得比英國的快得多，因此早已變成了一片小樹林，極其茂密，牢不可越，只有從我留下的一條曲折小徑方可入內。我告訴他，這是我的城堡、我的居所，但是，像許多王公那樣，我在鄉間還有一座別居，有機會我就去那裡休養一段時間。如有時間，我也會帶他去看看，但是現在最要緊的事，是考慮怎麼把船奪回來。他同意我說的，但說他完全不知道該採取什麼措施，因為大船上仍有十三名船員，他們參與了該死的陰謀，也因此犯了死罪。這些人現在一定鐵了心，要把叛變繼續下去，否則一旦被抓住送回英國或英國殖民地，等待他們的將是絞刑架。我們人數這麼少，是難以向他們發起攻擊的。

我把他說的話思索良久，覺得有理，因此必須速戰速決，要把那些船員出奇不意地引入圈套，防止他們登上岸來消滅我們。這時候，我忽然想到，大船上的船員要是過了一陣還不見小艇上同夥的動靜的話，一定會乘上別的小艇來找他們，那時他們也許會帶著武器，人多勢大強過我們。他承認確有可能如此。

想到這裡，我告訴他，當務之急是要把沙灘上的那隻小艇鑿破，讓他們沒法推動它，並且把它上面的東西統統搬走，讓它徹底無用，根本沒法下水。於是，我們都上了小艇，拿走他們丟下的那把槍，以及別的東西——包括一瓶白蘭地、一瓶甘蔗酒、幾塊餅乾、一角火藥、一大包用帆布包著的糖（約重五、六磅）——這些東西我都需要，尤其是白蘭地和糖，我好多年前就吃光了。

當我們把所有這些東西都搬到岸上（槳、桅杆、帆、舵先前已搬走了），就在艇的底部鑿了一個大洞，這樣即使他們有充分的力量打敗我們，也不能把艇帶走。

說真的，我認為奪回大船的可能性不大，但我認為，只要他們滾回大船而不帶走小艇，我無疑還可以把小艇修好，讓它載著我們到背風群島[4]，順便把我們的那些西班牙朋友也叫走，因為我心裡還惦記著他們。

4 原文為利華德群島（Leeward Islands），位於拉美小安的列斯群島北部，因其位置背風，故亦名背風群島。

18 ＝ 奪回大船

我們就這樣按計畫行事，首先竭盡全力，把小艇推往沙灘高處，即使漲潮也浮不了水。另外，在艇底鑿了一個洞，大得無法很快修好。正當我們坐在地上，想著下一步怎麼做時，聽到大船上響了一槍，並且揮動旗子，發信號叫小艇回去。看到小艇一動不動，便又放了幾槍，向小艇發了幾次信號。

最後，我從望遠鏡裡看到，當他們發現信號和槍聲都毫無效果、小艇一動不動時，便放出另一隻小艇，向著岸邊划來。他們划近時，我們發現艇裡不下十人，身上帶著武器。

大船停在離岸兩里格以外的地方，他們坐小艇過來時，我們都看得到，划近時甚至能清清楚楚地看到他們的臉。因為潮水把他們沖到了前一隻小艇稍微偏東的地方，於是他們就往西划，以抵達前一隻小艇著陸停放的地方。

這樣，我們就把他們看了個一清二楚，船長清楚艇上所有人的人品，他說，裡面有三個是很誠實的夥計，他敢肯定，他們是受了其他人的挾迫和恐嚇才參與這場陰謀的。至於那看起來是裡面的頭目的水手長，以及其餘的幾個人，都是大船船員中最凶殘的傢伙，他們既已發動叛變，便無疑會硬幹到底。船長擔心我們非他們的敵手。

我向他笑了一下，告訴他，我們背水一戰，早已無所畏懼。無論何種境遇，都要強過我們現在所處的困境，我們只看結果，無論是死是活，對我們都是一種解脫。我問他，對我生存的環境作何感想，是否值得為解脫而冒險一搏？「先生，」我說，「你剛才的信念去了哪裡？你剛才還相信，我在這裡活著，是為了能救你的命，並為此精神振奮。至於我，好像只有一件事留下遺憾。」他問：「什麼事？」我說：「那就是你說的，他們當中有三、四個誠實的傢伙，我們可以饒他們一命。但假如他們也屬邪惡的船員，我就只好認為是上帝的旨意把他們挑出來送到你手裡了。我敢保證，每個上岸的人都將是我們的俘虜，他們是生是死，依對我們的行為而定。」

我說這話時，聲音高昂，臉帶笑容，令船長勇氣倍增，所以我們就精神十足地準備戰鬥了。我們在看到他們從大船上放下小艇時，就考慮到了要把前面抓獲的俘虜分散，我們很快就實施了。

有兩個俘虜，船長尤其不放心，我讓星期五跟船長的一個同伴，一起把他們送到地洞裡去，那裡夠遠的，沒有被聽到或發現的危險，即使他們能掙脫也會在林子裡迷路。他們都被捆了起來，但給了他們食物，並告訴他們，只要他們安安靜靜地待在那裡，就在一兩天後給他們自由，如果他們試圖逃跑，就毫不客氣地打死他們。他們誠心發誓，會耐心地受囚，並為受到的優待表示感謝，因為他們有吃有喝，還有一盞燈照明。原來星期五為了讓他們舒服點，給了他們幾根蠟燭（是我們自己做的）。當然他們並不知道，星期五一直站在洞口看守著他們。

其他的俘虜得到更好的優待。有兩個一直被綁著，因為船長不能信任他們。但另外兩個在船長的推薦下，加入了我的陣營，鄭重地發誓，要跟我們生死與共。他們這兩個，加上船長三個，我們就一共有了七個人，而且全副武裝。我一點兒也不懷疑，我們足以對付那正在前來的十個人，更何況他們裡面還有三、四個誠實的人呢。

那幫人一到前一艘小艇停靠的地方，就把他們的小艇駛到了沙灘上，全部上了岸，然後一齊把小艇拉上了岸。看到這，我很高興，因為我怕他們把小艇拋錨，泊在離岸較遠之處，留下人手看守，那我們就奪不了小艇了。

上岸後，他們做的第一件事就是跑到前一隻小艇那裡，不難看到，當他們發現艇裡空空如也，底下還有個大洞時，都感到十分驚訝。

他們愣了一會兒之後，就一起扯著嗓子高聲喊叫了兩三次，想試試他們的同夥能否聽見。但毫無結果。接著他們圍成一圈，放了一排槍。我們聽見了這槍聲，它的回聲震撼了樹林。但結果還是一個樣。我們確定，那兩個關在地洞裡的俘虜聽不到槍聲，而被我們看著的俘虜雖然聽得清槍聲，卻不敢回應他們。那幫人一看全無動靜，簡直驚呆了，後來他們告訴我們說，當時他們就決定登上小艇重新回到大船上去，讓船上的人知道第一艘小艇上的人全都被殺掉了，第一艘小艇也被鑿沉了。於是，他們立刻把小艇推到水裡，全都上去了。

看到這，船長非常吃驚，不知如何是好。他相信，他們會再次登上大船，揚帆而去，就當他們的同夥都已失蹤。這麼一來，他想收回大船的希望就落了空。但是，他很快就又被一個新的情況嚇壞了。

他們剛把小艇划出去沒多久，我們就看到，他們又掉頭回到了岸邊。這次他們有了新的舉措，看來是商量好的了，那就是留三個人在艇上，其餘的人上岸，到地上四處走走，尋找他們的同夥。

這讓我們大失所望，不知怎麼辦才好。如果我們只抓住了上岸的七個人，而讓小艇跑掉，那對我們並無好處，因為小艇會划到大船那裡，船上的人肯定會起錨揚帆，我們奪回大船的計畫就會落空。

但是我們別無良策，只能靜觀待變，看看事情如何發展。那七個人上岸後，三個人仍留在艇上，讓艇跟岸保持一定的距離，拋了一個錨泊在那裡，所以我們不可能接近小艇，向他們進攻了。

那幾個上岸的緊挨在一起，向著山頂出發。我的居所就在山下。我們可以清楚地看見他們，他們卻看不到我們。如果他們向我們靠近，那我們就會很高興，因為近了就可以向他們開槍。他們走遠一些也好，這樣我們就可以來到外面。

但是，他們走到了山的高坡上，從那裡可以看到遠處的山谷和森林，森林一直向著東北方向綿延，是島上地勢最低之處。他們又是喊又是叫，最後聲嘶力竭停了下來。看來，他們並不想遠離海岸深入腹地，也不想彼此遠離，於是就一起坐在一棵樹下想辦法。假如他們認為那裡適合睡覺，像前一撥人那樣就好了，那我們就好下手了。但是他們也充分意識到了貿然睡覺的危險，儘管他們說不清自己所擔心的危險是什麼。

正當他們在那裡聚議的時候，船長向我提了個良策，就是，也許他們會再放一排槍，以讓他們的同夥聽到。然後我們就可以趁他們還沒有裝子彈的時候衝上前去，他們一定會束手就擒，不流一滴血就被我們抓獲。對此建議我表示贊同，只是我們必須離他們夠近，讓他們來不及裝彈就衝到他們前面。

但他們並未放槍。我們靜靜地在那裡趴了很長時間，不知道下一步該怎麼走。最後，我告訴他們，我認為，天黑之前還是不要輕舉妄動的好。天黑的時候，如果他們還不回到小艇上去，我們就可以在他們和海岸之間抄一條小路，設計把小艇上的人引到岸上來。

我們等了很長時間，對他們還不走很不耐煩，心裡變得忐忑不安。忽然，我們看到，他們在經過長時間的商討後，都站了起來，向海邊走下去。看來他們害怕這地方真有什麼危險，決定重回大船了，就當他們的同夥業已失蹤，繼續他們原定的航程。

我一看到他們朝海邊走去，就猜測他們真的放棄搜尋，準備回去了。我把想法告訴船長後，船長也憂心忡忡，心情沉重起來。但我忽然想到了一個計策，可以把他們引回來，後來果真也達到了我的目的。

我命令星期五和大副去小河西邊，到當初救星期五時野人上岸的地方，然後讓他們在一個半英里遠的小高地上，竭盡全力高聲叫喊，直到那幫水手聽到為止。只要一聽到水手回答，他們就要馬上回答，但不要讓他們看到，這樣一邊應答一邊繞圈子，盡可能地把他們誘入腹地、誘到樹林深處，然後按我指示的路線繞到我這邊來。

他們正要上艇，星期五和大副就大聲喊了起來。他們馬上聽到了，就一邊回答，一邊沿著海岸向西跑，奔向喊話的方向，直到被小河擋住了前路。那時河水高漲，他們過不去，就叫小艇過來把他們搭過去。這正是我所期望的。

我看到，他們過河後，又把小艇向小河上游划了一段距離，到了類似內河港灣的一個地方。他們讓三個人中的一個下了艇，跟他們一起走，只留下兩個人在艇上。他們把艇繫在岸邊的一根小樹樁上。

這正是我所希望的。我讓星期五和大副繼續忙他們的事，自己則帶上其餘的人，神不知鬼不覺地渡過小河，令那兩個人措手不及。他們一個正躺在岸上，一個正坐在艇裡。岸上的那個傢伙正在半夢半醒之際，正準備跳起來，衝在最前頭的船長一下子就衝到了他面前，把他打倒了。然後叫艇上的那傢伙投降，不然就沒命。

當這傢伙看到我們有五個人，而他的同夥也被打倒在地時，已無需多費口舌來勸其單人匹馬投降。更何況他是被迫參加叛變的三個人之一，因此很容易就被說服，不僅投了誠，還忠心耿耿地加入了我們這一邊。

與此同時，星期五和大副也出色地執行了引誘其餘幾個人的任務，他們邊喊邊應，從一個山頭到另一個山頭、從一片樹林到另一片樹林，不僅把他們累得吐血，而且把他們拋在偏遠之處，天黑之前根本回不到小艇那裡。當然，他們倆回來時，自己也累了個半死。

現在，我們除了暗中監視他們外，別無他事，只待時機到來，將他們一舉擊潰。

星期五回到我身邊幾小時後，那幫人才回到他們的小艇那裡。我們可以聽到他們的前鋒向後面的人大聲喊，叫他們快點跟上。也能聽到後面的人一邊回答，一邊抱怨走得又瘸又累，實在走不快了。這對我們真是好消息。

最後，他們到了小艇那裡，但當他們看到因退潮而擱淺在岸上的小艇，還有兩個同夥都不見了時，他們的驚慌失措真是難以言表。我們可以聽到，他們以最淒慘的方式，彼此相告，他們是到了一座魔島上。這島上要麼住了人，那他們都會被殺掉；要麼住了妖魔鬼怪，那他們都會被抓住吃掉。

他們又喊起來，叫著他們兩個同夥的名字，叫了許多次，但是並無回答。過了一些時間，藉著那裡的微光，我們可以看到，他們扭著雙手，四處亂跑，似已絕望，有時則會走到小艇裡坐下休息一會兒，然後再跑到岸上走來走去，如此反覆多次。

我的人恨不得我立刻下一道命令，趁著夜色向他們撲去。但我想找一個更有利的時機下手，放他們一條生路，盡可能少殺幾個。我知道對方也是全副武裝，因此更不願意我方冒傷亡之險。我決定等待時機，看看他們是否分散。為了更有把握，我把包圍圈縮小，命令星期五和船長盡量貼近地面匍匐前進，免得被發現，在他們開槍之前靠近他們。

他們匍匐了沒多久，水手長就帶著兩個水手朝他們走了過來。這個水手長就是這次叛變的大頭目，現在他是這幫人裡面最垂頭喪氣的了。船長急於消滅這個首惡，沒耐心等他走到跟前，在只聞其聲而未見其人的情況下，就和星期五一躍而起，衝到了他們前面。水手長被當場擊斃，第二個被打中身體，倒在水手長身邊，不過過了一兩個小時才死。第三個落荒而逃。

聽到槍聲，我馬上帶著全班人馬前進。現在我們有八個人了，即：我自己，總司令；星期五，副司令；船長和他的兩個人，以及三個我們信得過並給了其武器的戰俘。

我們在黑暗中向他們發起猛攻，這樣他們就看不清我們的人數。那個當初他們留在艇上的人，現在成了我們的人了。我讓他喊他們的名字，看看能否讓他們跟我們談判，或許這樣可以讓他們投降。結果我們如願以償，因為不難想像，以他們當時的處境，他們是很願意投降的。於是，他盡量提高嗓門，喊了一個人的名字：「湯姆．史密斯！湯姆．史密斯！」湯姆．史密斯馬上回答說：「是魯賓遜嗎？」看來他聽出了那個人的聲音。這個也叫魯賓遜的人回答說：「啊，是的。看在上帝的分上，湯姆．史密斯，拋下你們的武器投降吧，不然你們馬上就完了。」

史密斯問他：「我們要向誰投降？他們在哪兒？」這個魯賓遜說：「他們就在這兒。這是我們的船長，帶著五十個人，這兩小時一直在搜尋你們呢。水手長被打死了，威爾．弗萊受傷了，我成俘虜了。如果你們不投降，你們就全完了。」

「我們投降，」湯姆．史密斯說，「那他們會饒了我們嗎？」「如果你們保證投降的話，我就回去問問。」魯賓遜說。他問了船長，船長於是親自喊話說：「喂，史密斯，你聽得出這是我的聲音，只要你們立即放下武器投降，就能活命。唯有威爾・阿金斯除外。」

聽到這話，威爾・阿金斯喊了起來：「看在上帝的分上，船長，饒了我吧。我做什麼了？他們都跟我一樣壞啊！」事實並非如此，因為他們叛變時，正是這個威爾・阿金斯第一個把船長抓住，捆住他的雙手，用污言穢語罵他，態度十分蠻橫。但是，船長告訴他，他必須先放下武器，然後請求總督饒恕。他口中的總督就是我，他們都這麼稱呼我。

總之，他們都放下了武器，請求饒命。我派那個剛剛和他們談判的人及另外兩個人過去把他們綁了起來。然後，我那五十人的大軍——加上他們三個，實際上總共才八人——走過去把他們和他們的小艇都扣了起來。因為身分的問題，我和另一人暫不現身。

我們的下一項工作是修理那條破艇，想法奪回大船。至於船長，現在有了空閒跟他們談判了。他歷數了他們對他的無賴行徑、揭露了他們的險惡計畫，這些惡行最後一定會給他們招災引禍，或許要把他們送上絞刑架。

他們一個個都表現得悔恨莫及，苦苦哀求饒命。對此，他告訴他們，他們不是他的俘虜，而是島上司令的俘虜。他們本以為把他送到了一座杳無人煙的荒島，卻不料上帝有意引導他們把他送到了一座不僅有人煙，而且其總督還是英國人的島上。只要總督高興，就可以把他們全都絞死。但既然總督決定饒了他們，他就認為他可以把他們送到英國，在那裡接受正義的審判。但唯有阿金斯除外，總督判了阿金斯死刑，明天早上就把他吊死。

儘管這都是船長瞎掰的，卻達到了其預期的效果。阿金斯雙膝跪地，乞求船長向總督求情饒他一命，其餘的人也都乞求他，看在上帝的分上，別把他們送到英國去。

這時我忽然想到，我們得救的時候到了。現在把這些人爭取過來，讓他們真心真意地奪取大船，正是時機。於是我退回到黑暗深處，免得他們看到有一位怎樣的總督。然後就叫船長過來。我叫他的時候，因為中間隔著一段很大的距離，就派了一個人去傳話，對船長說：「船長，司令叫你。」船長馬上回答說：「回去告訴閣下，我馬上就來。」這讓他們非常驚奇，都相信司令就在附近，帶著他的五十個人。

船長來後，我把我的奪船計畫告訴了他，他覺得太巧妙了，決定第二天早上立即執行。

但是，為了執行得更有技巧、確保成功，我告訴他，我們必須把俘虜分成兩撥。他應該去把阿金斯和另外兩個最壞的傢伙捆綁起來，送到我關別的壞蛋的地洞裡。這件事交給了星期五和那兩個跟船長一起上岸的人去處理。

星期五他們把那三個人押到了地洞裡，那裡就跟監獄一樣。實際上，那還真是一個陰森可怕的地方，尤其對他們這個處境的人來說。

別的俘虜我命令押送到我的鄉間居所去。關於這鄉居，我已費過不少筆墨談過了。由於那裡有圍籬圍著，俘虜又都被捆綁著，因此把他們關在那裡安全可靠。他們也清楚自己的表現將決定自己的命運。

第二天早晨，我便派船長到他們那裡去，跟他們談判，簡而言之，試探一下他們，然後請他告訴我，他是否認為他們值得信任，可以上大船來一場奪船奇襲。他跟他們談到了他們對他的傷害、談到了他們目前的處境，還說雖然在此總督已經饒了他們的命，但如果他們被遣送回英國，他們都會被鐵鍊絞死。但是，如果他們都加入奪回大船的正義之舉，他一定會請求總督同意赦免他們的。

誰都可以猜到，這些人在此處境中對這個建議是多麼地求之不得。他們跪倒在船長跟前，賭咒發誓，一定會至死效忠，永遠感激他的救命之恩，追隨他到天涯海角，只要活著，就把他當父親一樣對待。

「那好，」船長說，「我現在去向總督報告你們的意思，看看能否讓他同意赦免你們。」於是他向我報告了他們的想法，說他完全相信他們會盡力效忠的。

不過，為了萬無一失，我告訴他，他應該再走一趟，從那七個人中挑出五個來。然後告訴他們，他現在並不缺人手，他只是要挑五個人來作幫手。其餘的兩個人，連同被關押到城堡（地洞）裡的三個俘虜，都會被總督扣作人質，以保證參加行動的五個人的忠誠。如果他們在執行行動時不忠誠，那五個人質就會在海岸上被鐵鍊活活吊死。

這看起來很嚴厲，使他們相信總督是說一不二的。除了乖乖接受，他們別無他法。現在輪到那五個作了人質的俘虜，像船長一樣來勸這五人一定要恪盡職守了。

我們出征的兵力如下：首先是船長、大副及其旅客；其次是第一批俘虜中的兩個水手，我從船長那裡知道其人品，早已給了他們自由，並信任地給了他們武器。第三，另外兩個我一直捆綁著關押在鄉居裡的俘虜，現經船長的提議，被釋放了。第四，剛才那五個人最後也釋放了。所以，除了關在洞裡作人質的五個人外，他們一共有十二個人。

我問船長，他是否願意帶著這些人冒險上船。至於我和我的僕人星期五，我覺得不宜出動，因為還有七個人留在島上，他們住得分散，看好他們並供給他們食物就夠我們忙的了。

關在地洞裡的五個，我決定看緊一些。星期五一天看他們兩次，給他們帶些食物。我要其他兩人先把食物送到一個指定的地點，再由星期五帶過去。

當我向那兩個人質現身的時候，船長和我在一起，他告訴他們，我是總督派來看管他們的。總督下令，若沒有我的指示，他們不得擅自亂跑。如果他們亂跑，就會被抓到城堡，用鐵鍊捆起來。這樣，就避免了讓他們知道我就是總督，我以另一種身分出現，並不時向他們談起總督、駐軍和城堡等等。

船長現在諸事順遂，只須把兩隻小艇裝備好，補好一隻小艇的裂口，對人員加以分配。他讓他的旅客成為一隻小艇的船長，手下四個人。他自己、他的大副和另外五個人，上了第二條小艇。他們的事規畫得很好，大約夜半時分，他們划到了大船旁邊。當到達了可以喊話的距離時，他叫那個魯賓遜向船上打招呼，跟他們說，他們把人和艇都找回來了，但找到他們花了很長時間，等等。他們一邊說著話敷衍，一邊向大船邊靠攏。船長和大副帶著武器率先上了船，用槍把一下子就把二副和木匠打倒了。船長的手下都很忠誠，在他們的幫助下，很快就制伏了前後甲板上其他的人，並關緊艙門，把艙底下的人都關在下面。這時，第二條小艇和裡面的人也從船頭的錨索上爬了上來，占領了船頭和通向廚房的小艙口，把那裡碰到的三個人變成了俘虜。

這些事做完，並肅清甲板後，船長命令大副帶領三個人衝進船尾的小房間，去抓睡在裡面的新船長，這新船長是叛變後當上船長的。那新船長得到警報，早已起床，身邊有兩個水手和一個小聽差，手裡都拿著武器。當大副用一根撬棍破門而入時，新船長和他的人狠命地向他們開火，一顆短槍子彈打傷了大副，把他的手臂打斷了，還傷了其他兩個人，但沒有人死。

大副儘管受了傷，卻一邊呼救，一邊衝向小房間，用手槍打中了新船長的腦袋，子彈從他嘴裡進去，從他一隻耳朵後出來，所以他就永遠也說不了話了。看到這一幕，其餘的人便都屈服了，大船被成功地奪回來了，沒有更多傷亡。

一奪回大船，船長就命令人連放七槍。這是我們約好的信號，通知我他成功了。你們可以想像，我聽到這信號是多麼興奮。此前我一直坐在岸邊等待信號，等到將近凌晨兩點。

清楚地聽到了這個信號後，我倒頭就睡了。這真是忙得非常疲憊的一天，我睡得很香，直到被一聲槍響驚醒。我馬上爬起來，聽到一個人在叫我「總督！總督！」我聽出這是船長的聲音。當我爬上山頭，發現他站在那裡，他指著船，用雙臂抱著我。「我親愛的朋友、救命恩人，」他說，「這是你的船。因為它完全是你的，我們也完全是你的，它上面的一切都是你的。」我投眼向大船望去，只見它就停泊在離岸不到半英里的地方。原來他們在掌控大船後，一看天氣晴朗，便起了錨，把船開到小河口，在那裡拋錨停泊。等潮水漲起來時，船長又把長艇划到了當初我停木筏的地方，於是就正好在我門前上了岸。

起初，這突如其來的驚喜幾乎讓我暈倒了。因為我清楚地看到，自己的得救已盡在掌握之中，一切順利，一條大船可以載我去任何我想去的地方。起初，有好一陣子，我一句話都答不上來。如果不是他用手緊抱著我，我也緊靠著他，或許我早就暈倒在地上了。

他感到了我的驚喜，馬上從他口袋裡掏出一瓶提神烈酒給我，這是他特意為我準備的。喝完後，我坐到了地上。雖然這瓶酒使我緩過了神來，我卻仍過了好半天才能對他說上一句話。

在這段時間裡，這可憐的人也跟我一樣狂喜，只是不如我這般驚奇。他對我說了一千種親切溫柔的事，想讓我安定下來、清醒過來。但我胸中盡是喜悅的洪流，讓我的精神一片混亂。最終它決堤而成為眼淚流了下來。不久之後我才恢復了我的言談。

現在輪到我了，我擁抱著他，把他當作我的救命恩人，我們都喜不自禁。我告訴他，我把他視為上帝派來拯救我的人，整個事情看來就是一連串奇蹟。這樣的事情證明了，有一隻祕密的上帝之手在掌管世界，證明了上帝之眼能夠洞徹世界最遙遠的角落，只要祂高興，就會援助不幸的人。

我沒有忘記衷心感謝上帝。在這樣一個荒涼寂寞的島上，上帝不僅以神奇的方式供給我一切，還一次又一次地無可懷疑地救我，我怎能不對祂感恩戴德？

我們談了一會兒後，船長說他給我帶了一些飲料和食品來，都是惡棍劫後剩下來的，因此只能拿出這麼一點了。說著，他就向小艇高聲叫喊，吩咐手下把獻給總督的東西拿到岸上來。這真是一份厚禮，看起來我不是將要跟他們一道乘船而去的人，而是要在這島上繼續住下去呢。

首先，他給我帶來了滿滿一箱子上等的提神烈酒、六大瓶馬德拉白葡萄酒（每瓶能裝兩夸脫）、兩磅上好的菸、十二塊上等的牛肉、六塊豬肉、一袋豆子、大約一百磅餅乾。

還帶來了一盒糖、一箱麵粉、滿滿一袋檸檬、兩瓶檸檬汁和許多別的東西。但除了這些，還帶來了對我來說有用一千倍的東西，包括六件乾淨的新襯衫、六條上好的領帶、兩雙手套、一雙鞋、一頂帽子、一雙長襪、他自己的一套上好的西裝，雖然穿過但是很新。總而言之，他把我從頭到腳都裝扮一新。

你們可以想像，對我這樣處境的人來說，這真是一份慷慨宜人的大禮。可是我剛剛穿上這些衣服的時候，覺得世界上沒有比它們更令人感到不舒服、不自在、尷尬的了。

在贈禮儀式結束，東西都搬到我的小屋裡後，我們開始討論處置俘虜的問題。我們必須考慮，是否要帶著他們跟我們一起冒險，尤其是其中的兩個，他知道他們是不可救藥、冥頑不化到了極點的惡棍。船長說，他清楚他們是十惡不赦的惡棍，沒法寬大為懷，如果要帶他們走，也必須把他們用鐵鍊捆住，船一到第一個英國殖民地，他就會把他們作為罪犯移交法辦。我發現船長挺為此事擔憂。

為此，我對他說，如果他願意，我會把他所說的這兩個人帶來，讓他們自己請求他，把他們留在島上。「如果你能辦到，」船長說，「我會由衷地感到高興！」「好吧，」我說，「我現在就讓人把他們找來，我替你跟他們談談。」於是，我吩咐星期五和兩個人質去辦這件事。由於其同夥履行了諾言，這兩個人質如今獲得了釋放。我派他們到地洞那邊去，把那被捆綁著的五個人帶到鄉居那裡，仍舊關押著，等我去處置。

過了些時候，我穿上新裝過去了。現在我又被稱為總督了。船長跟我去了那裡，跟我們的人先碰頭，然後讓人把那五個人帶到我跟前來。我告訴他們，我完全瞭解他們對船長的暴行，他們怎麼劫船、並準備繼續實施強盜行徑的，但上帝讓他們投入了自設的羅網、落入了自挖的陷阱。

我讓他們知道，由於我的指示，大船已奪回來了，現在就泊在海口裡。他們過一會兒就可以看到，他們的新船長已惡人有惡報，他們會看到他被吊在桅杆頂上示眾。

至於他們，我想要知道，他們對於自己的海盜行徑，會招致的嚴厲處罰有什麼好辯解的。他們完全不應懷疑，我有足夠的權力把他們當海盜處死。

他們中的一個人作為代表回答，他們對此無話可說，只是他們被俘時，船長許諾過饒他們不死，現在他們只有謙卑地乞求我的憐憫。但是我告訴他們，我不知道該給他們什麼憐憫。就我自己來說，我已決定帶著我所有的人離開這座小島，跟船長一道去英國。至於船長，他只能把他們當作叛變和劫船的囚犯捆上鐵鍊帶回英國。他們必須知道，這麼做的後果就是絞刑架。因此，我真說不出怎麼辦才對他們好，除非他們有心待在這座小島上，聽任命運的安排。如果他們想留下，我本人沒有意見，反正我要離開這裡了。如果他們願意留下來自謀生計，我願意給他們一條生路。

他們看來十分感激，說他們寧願冒險留在這裡，也好過被送到英國吊死。我就決定這麼辦了。

然而，船長似乎不太同意，好像不敢把他們留在這裡似的。我裝著對船長很生氣的樣子，對他說，他們是我的俘虜，不是他的。既然我已給了他們如此大的恩惠，我就當說話算數。如果他覺得這個辦法不妥，我就把他們放掉，就當我沒有抓住過。如果他不喜歡，他可以再去抓他們，只要他抓得到。

聽到這裡，他們似乎非常感謝，於是我就恢復了他們的自由，吩咐他們退回到樹林子裡他們出來的地方，我會給他們留一些武器彈藥。我還會教導他們如何在島上生活得舒服安逸。

解決了這個問題後，我就開始為上船作準備。我告訴船長，我要在島上待一晚，好準備我的東西，希望他先上船，把船上的事都安排好，明天把小艇派到岸邊來。我吩咐他，無論如何，都要把那個被殺死的新船長懸掛在桅杆頂上示眾。

船長走後，我派人把那五個人叫到我小屋裡來，就他們的處境進行了嚴肅的談話。我對他們說，我認為他們做了一個正確的選擇。如果船長帶他們走，他們一定會被吊死的。我向他們指了指懸掛在桅杆頂上的新船長的屍體，告訴他們，他們不要存任何指望。

當他們都宣稱願意留下來，我就將我在這裡生活的故事告訴了他們，教他們怎麼生活得舒服一點。為此，我給他們講了這個地方的整個歷史，我是怎麼來到這裡的。我領他們看了我的城堡，告訴他們我是怎麼做麵包、種莊稼、曬葡萄的，總之，一切能使他們生活得舒服點的辦法我都告訴了他們。我還講了將要到來的十七個西班牙人的故事，並給這些西班牙人留了一封信。我讓他們承諾對他們一視同仁。這裡要提一下，船長在船上是有墨水的，他非常吃驚地發現，雖然我製造過更難造的東西，卻從來沒有試過用炭和水來製造墨水，或類似的東西。

我把我的武器留給了他們，包括五把短槍、三支鳥槍、三把劍。我還留下了超過一桶半的火藥。這些火藥我只有在頭一兩年用過，但用得少，一點也沒有浪費。我詳細描述了我養羊的方法，指導他們怎麼擠奶、怎麼把羊養得肥嘟嘟、怎麼製作奶油和乳酪。

總而言之，我把自己的故事原原本本地告訴了他們。跟他們說，我要勸船長給他們多留兩桶火藥，以及一些菜種。菜種是我一直渴望的東西。我還把船長帶來的那袋豆子給了他們，囑咐他們一定要記得播種，多多增產。

19 ＝ 回到英國

辦完這些事後，第二天我就離開了他們，上了船。我們準備立刻就開船，但直到晚上都沒有起錨。次日大早，那五個人中間的兩個游到船邊，以最為可憐的腔調抱怨那另外三個人欺負他們，乞求看在上帝的分上讓他們上船，否則他們會被那三個傢伙殺了的。他們懇求船長讓他們上船，哪怕馬上把他們吊死也心甘情願。

看到這，船長假裝沒有我的允許他無權決定。後來，經過種種為難，他們也發誓痛改前非後，才把他們收到船上。然後，給他們每人一通鞭打，打完後再用鹽和醋擦傷口[1]。此後，他們就老老實實、安分守己了。

此後，趁著漲潮，我吩咐用小艇把答應給那三個人的東西送到岸邊。經過我的說情，船長派人把他們幾個的箱子和衣服拿給了他們，他們收了，十分感激。我又鼓勵他們說，倘若將來我有船可派來接他們的話，我一定不會忘記他們的。

我離開小島時，把我做的大羊皮帽、傘和一隻鸚鵡帶上了船，作為紀念。我還沒有忘記拿走我前面提到過的錢。這些錢一直堆在那兒，根本用不上，早已鏽跡斑斑、銀光黯淡，若非拿在手裡摩挲擦拭一番，絲毫看不出原來是銀元。我從西班牙破船上拿來的錢也是如此。

就這樣，根據我在船上找到的日曆，我於一六八六年十二月十九日離開了這座小島。在這座小島上，我一共待了二十八年兩個月零十九天[2]。我第二次得救的日子，跟我第一次得救的日子相同。第一次得救，是指我乘著長艇從薩累的摩爾人那裡逃了出來。這次，乘著這隻大船，在漫長的旅程之後，我於一六八七年六月十一日抵達了英國。中間三十五年過去了。

到了英國，我才發現我到了一個完全陌生的世界，彷彿沒有一個人認識我。那位替我保管錢財的恩人和忠實管家還活著，但在這個世界裡活得很慘，她改嫁後又變成了寡婦，境況淒涼。我要她不要把欠我的錢放在心上，安慰她說我不會找她麻煩。相反，為了報答她以前對我的照顧和忠心，我盡我微薄之力給了她一點接濟。當然，那時我財力

1 這麼做既可以增加痛苦，又可以防止感染。
2 作者計算錯誤，應為二十七年。

有限，只能給她一點點的幫助，但我安慰她說，我永遠也不會忘記她從前對我的好。將來只要有足夠的能力來幫助她，我也絕不會忘記她。這都是後話了。

後來，我去了約克郡。我父親已經死了，我母親及全家人也都沒了。我只找到兩個妹妹，和我一個哥哥的兩個孩子。由於我長年在外，大家都以為我早已不在世上，因此沒有給我留一點遺產。總之，我完全得不到一點救濟或幫助，我帶的那麼點錢無法讓我在世上安身立命。

出乎我意料的是，這時卻有人找我報恩。事情的經過是這樣的。由於我欣然伸手，救出了船長，並讓船隻和貨物逃過一劫，船長在回國後，便向各位船東詳細地報告了我是如何救出人和船的，他們聽後，便邀請我跟他們以及一些相關的商人見面。他們對我的行為大大地表揚了一番，又送了我兩百英鎊作為報答。

但是在對自己的生活處境作了幾番思考後，我感到這樣下去實在難以成家立業，便決定去里斯本，看看能否打聽到我在巴西的種植園的一點情況，以及我那位合夥人怎麼樣了。我有理由相信，他一定以為我死去多年了。

抱著這一想法，我搭上了去里斯本的船，於第二年四月分到了那裡。在我這樣奔波的時候，我的僕人星期五一直忠誠地跟著我，他證明了自己無論何時何地都是最可靠的忠僕。

我到里斯本後，經過一番探詢，找到了我的老朋友，就是那位把我從非洲海面救起來的船長。我真是喜出望外。船長現在老了，不再出海了，讓他的兒子接手船上的事，而他的兒子也老大不小了，仍舊在做巴西的生意。老人家認不出我了，說實話，我也幾乎認不出他了，但不久我就想起了他的模樣。當我告訴他我是誰時，他很快就記起我來了。

老朋友重逢，免不了有一番熱切的交談。接著你們也知道，我問到了我的種植園和合夥人的情況。老人家告訴我，他已有九年未到巴西了，但他可以保證，他離開那裡的時候，我的合夥人還活著。我曾委託他和另外兩位代理人照管我的產業。那兩位代理人都已經死了。儘管如此，他相信，我還是可以得到一份種植園發展的詳盡報告。因為，在大家以為我出事淹死了之後，我的幾位代理人就將我在種植園股分內應得到的收入，報告給了財政檢察官。財政檢察官怕我永遠也不會來認領這筆財產了，就作了如下的分配：三分之一給國王，三分之二給聖奧古斯丁修道院，用來救濟窮人，以及讓印第安人皈信天主教。但是，如果我回來了，或者有人聲稱繼承我的遺產，那麼這筆錢就當歸還。只是劃撥給慈善事業的歷年收入是不能歸還的。但他向我保證，國王的土地稅收官以及修道院的管家一直監督著我的合夥人，要他把每年的收入都列一個真實可信的帳目，並上繳我應得的那部分。

我問他，他是否知道，種植園的發展已達到何等規模、他是否認為還值得經營。倘若我去巴西索回我應得的那部分，是不是會遇到什麼麻煩。

他告訴我，他不清楚種植園發展到了何等規模，但他知道，我的合夥人單靠他那一半股分所獲的利益，就已經成為當地土豪了。他跟我說，他現在想起來了，他曾聽說，上交國王的那三分之一，好像是撥給了某個別的修道院或宗教機構了，每年超過兩百莫艾多。我要收回這筆財產應該是沒有問題的。我的合夥人還活著，可以證明我的股權，我的名字在巴西也登記在冊。他還告訴我，我那兩個代理人的繼承人都是十分公正誠實、也十分富有的人，他相信我不僅可以得到他們的幫助拿到我的財產，還可以從他們手裡拿到一筆可觀的屬於我的現款。那是從他們父親受我委託照管我的種植園開始，到他們放棄權利、收入繳公為止，大約十二年之內我的種植園的收入。

聽了他的話，我顯得有些焦慮不安。我問老船長，他既然知道我已立下遺囑，而且指定他這位葡萄牙船長作為我的全權繼承人，他怎麼會讓代理人來處置我的財產呢？

他跟我說，他確實是我的繼承人，但是並沒有關於我死亡的證據。如果沒有我業已死亡的確切證據，他是沒法成為我的遺囑執行人的。此外，他也不願意對遠在天邊的事情插上一手。他確實登記過我的遺囑，簽上了他的聲明。如果他能提交我的死亡證明，他早就會依據財產委託權，接過我的糖廠（他們叫糖屋），並命令如今在巴西的兒子去處理了。

「但是，」老人家說，「我有一個消息要告訴你，可能不像別的事那麼容易接受。當時我們都以為你死了，全世界都以為你死了，你的合夥人和代理人以你的名義，把你最初六至八年的收入給了我，我也收了。當時種植園正要大發展，需要擴充設備、建造糖廠、購買奴隸，不像後來那麼賺錢。不過，我一定會把我的收入及花銷的情況如實報告給你。」

我和這位年邁的朋友又連續談了好幾天，他給了我一份帳單，是我種植園頭六年的收入紀錄，上面有我的合夥人和代理人的簽名。當時交出來的都是現貨，如成捆的菸葉、成箱的糖。此外還有甘蔗酒、糖蜜等，都是糖廠的副產品。從這個帳單我發現，每年的收入都在增加，但是如他所說，由於開銷大，起初實際收入是很少的。然而，老人還是告訴我，他欠我四百七十個莫艾多，外加六十箱糖和十五大捆菸葉。那些貨物在回里斯本的海上失事，全部沒有了。那是我離開巴西十一年後的事。

這位老好人跟我說起他的倒楣事，他迫不得已，只好動用我的錢來彌補他的損失，入股買了一條新船。「但是，我的老朋友，」他說，「你要是缺錢的話，錢不會少你的。我兒子一回來，就可以把錢全部還給你。」

說完這話，他就打開一個老舊的錢袋，給了我一百六十莫艾多。那條新船，他和他兒子各占四分之一的股份，現在由他兒子開到巴西去了。他把他和他兒子的股份開了一張讓渡證明給我，用作對我的其餘欠款的擔保。

我被這位可憐老人的誠實和善良深深感動了，以至於都有些不忍了。想起他過去對我的好、想到他怎麼把我從海上救起、他怎麼一直慷慨仁慈地待我，尤其是現在仍舊對我赤誠以待，聽到他對我說的話，我忍不住地痛哭。因此，我先問他，以他目前的境況，能否拿出這麼多的錢，會不會弄得手頭太緊？他告訴我，他不好說手頭不緊，但是這都是我的錢，我可能比他更需要。

這個好人說的每一件事都充滿感情，他說話時，我禁不住落淚。簡而言之，我拿了一百莫艾多，並讓他拿了筆和墨，給他寫了一張收據。我把剩餘的錢給了他，跟他說，如果我能拿回種植園，我會把其餘的錢也退回給他的（後來我做到了）。至於他在他兒子船上的股權讓渡證明，我是斷斷不能收的。我說，如果我需要用，他一定會給我的，我知道他是誠實的人。但是如果我不需要，我絕不會向他多要一分錢的。因為，他認為我完全有理由收回我在巴西的產業。

說完這些，老人家問我，是否要他幫忙想一點辦法，來收回我的種植園。我對他說，我想自己去巴西走一趟。他說，如果我願意，可以去一趟。如果不願意，也有很多辦法保證我的權利，立刻把收入撥給我用。里斯本河恰好有船準備去巴西。他勸我在官方登記處登記自己的名字，他自己也寫了一份擔保書，宣誓證明我還活著，並證明當初在巴西拿地建種植園的正是我本人。

我把他的擔保書照常規做了公證，又附了一份委託書。他指導我將這兩份文件加上他寫的一封親筆信，寄給他在巴西的一個熟悉的商人。接下來就叫我跟他待在一起靜等回信。

沒有什麼是比這次委託手續辦得更光彩的了。因為在不到七個月的時間裡，我就收到了一個大包裹，是那兩位代理人的繼承人寄來的。正是由於這兩位代理人我才出海遇險的。包裹裡有下面這些東西，尤其是書信和文獻：

第一，是我種植園收入的流水帳。開始於他們的父親和這位葡萄牙老船長結算那一年，共有六年，應該給我一一七四莫艾多。

第二，在政府接管之前的帳目，也就是他們把我作為失蹤者（他們稱為「民法死亡」）期間代管的帳目，共有四年。由於種植園的價值遞增，結存合計三八八九二克魯紮多[3]，等於三二四一莫艾多。

第三，聖奧古斯丁修道院院長的帳單。他已獲得十四年的收益。他很誠實地說，除

3 葡萄牙的一種銀幣，上有十字架圖案。

了醫院的開支外，他還有八百七十二莫艾多原封未動，他現在承認是我的了。至於上交國王的部分，則不能償還了。

還有我合夥人的一封信。他熱烈地祝賀我還活著，向我報告了我們產業蓬勃發展的情況、每年的生產情況，並具體談到我們的種植園現在有多少英畝或平方米、是怎麼種植的、裡面有多少奴隸等等。他在信紙上畫了二十二個十字架，為我祝福，告訴我說，他說了無數遍「萬福馬利亞」，以感謝萬福馬利亞保佑我活著。他熱情地邀請我過去收回我自己的產業。同時，他還說，如果我不能親自去，我可以給他命令：他應該將我的財產交給誰。在信的結尾處，為了表達他和他家人對我的深情厚誼，又送了一份禮。那是七張精美的豹子皮，這些豹子皮是他派到非洲去的另一艘船給他帶回來的，看來那艘船的航行要比我幸運多了。他還給我送了五箱優質的蜜餞，一百枚沒有鑄過的金元，後者的樣子比莫艾多略小。

我的兩位代理人的後人還讓這同一支船隊給我載來了一千兩百箱糖、八百捆菸葉，還把我帳上結餘的財產折算成黃金，一起給我運了過來。

現在可以說，實際上也的確是，約伯的末端要比開端好得多。[4]當我知道我的財富都送到我跟前時，我內心的狂跳真是難以言喻。因為巴西的船隻都成群結隊，那帶了信來的同一批船也必定帶了我的貨物來，因此在書信傳到我手裡之前，我的財產已平安到達里斯本河了。總之，我面色蒼白，宛如病人。要不是老人家跑去給我拿了一瓶提神烈酒，我相信，這突如其來的驚喜違逆了本性，定會讓我當場死掉。

即使是喝了酒後，我仍感到非常難受，幾個小時也沒有好轉，最後請來了一個醫生。他問明了我的病因後，就讓我放血。放血後，我才緩解了很多，最終痊癒。我完全相信，我那種精神狀態，若不是用這種猛瀉的辦法去減輕的話，我早就沒命了。

突然之間，我就成了五千英鎊現金的主人，並且在巴西還有不動產（假如可以這樣稱呼的話），每年有超過一千鎊的收入，就像在英國擁有土地不動產一樣。總而言之，我現在的處境，就連我自己都莫名其妙，更不知道怎麼靜下心來享受它了。

我做的第一件事，就是報答我當初的恩人、我善良的老船長。他在我受難之時仁慈待我，自始至終都以善意和忠誠待我。我把收到的每樣東西都給他看，告訴他，除了掌管萬事的上帝外，我所有的一切都是靠他而得的。現在，輪到我回報他了，我要百倍地回報。因此，我先把他給我的一百莫艾多還給了他，然後請來一位公證人，請他起草一份字據，將老船長承認欠我的四百七十莫艾多痛痛快快徹徹底底地一筆勾銷。然後我又請他起草了一份委託書，委託老船長作為我那種植園每年利潤的接收者，並指示我的

4《舊約・約伯記》42：12。魯賓遜這是在說自己的命運跟約伯一樣。

合夥人向他報告帳目，把我應得的收入交給那些常年往返的船隊帶給他代為接收。委託書最後一款寫明：在其有生之年，老船長每年都從我的收入中得到一百莫艾多，在他死後，他的兒子也將每年獲得五十莫艾多，終生如此。這樣，我總算是報答了老人家了。

現在，我接下來得考慮該走哪條路，拿上帝放到我手裡的不動產怎麼辦。實際上，跟荒島上的生活狀態相比，我現在要操心的事情更多。在荒島上時，我除了所擁有的，別無他求，除了我需要的，別無所求。而現在，我卻有了一大堆要緊的東西，我的事就是怎麼保證它們的安全。我現在可沒有洞穴來藏錢財，也沒有地方無需上鎖便可放金銀幣，直到這些錢財生鏽發霉也沒有人動用。相反，現在我不知道該把它們放在哪兒，或該託給誰來保管。只有我的監護人老船長是誠實可靠的，是我唯一可以託付的人。

另一方面，我在巴西的利益似乎在召喚我去那裡一趟，但在我辦妥這些事，把錢財託給可靠的人保管之前，怎麼能貿然前往呢？起先，我想到了我的老朋友那個寡婦，我知道她誠實，也會公正待我，但現在她一把年紀了，人也窮，據我所知，可能還欠著債。總之，我還是得自己攜著財產先回英國，捨此別無他法。

等我下定決心辦妥這件事，又過了幾個月了。我既然已充分報答了從前的恩人老船長，令他心滿意足，我就開始想著這位可憐的寡婦。她的丈夫曾是我的第一個恩人，而且她本人在有能力時，一直是我的導師和忠實的管家。所以，我做的第一件事，是請一位在里斯本的商人寫信給他在倫敦的客戶，除了請他兌現我的匯票外，還請他把她找出來，把我匯過去的一百鎊現款送給她，跟她談一談，安慰她，告訴她，雖然她手頭窘迫，但只要有我在，她就會不斷得到接濟。同時我又給我住在鄉下的兩個妹妹各寄了一百鎊，儘管她們並不急需錢用，但兩人的光景都不太好，一個結了婚但成了寡婦，一個雖然有丈夫但待她不好。

但我所有的親戚朋友中都找不出一個人，讓我敢把財產託付給他，免除我的後顧之憂，以便我遠赴巴西的。這真是讓我傷腦筋。

我一度起心去巴西定居，因為我以前也入過巴西籍。但我在宗教上總是有一點顧忌，讓我打退堂鼓。不過當前阻止我去那兒的並非宗教問題。我以前在巴西人之中的時候，已經公開而毫無顧忌地皈依了他們的宗教，現在當然更無顧忌了。只是我會時不時地想起這件事，最近又想得比以往多，我一想到要在他們當中生和死，就開始後悔當初自己皈依了天主教，我認為以這樣的宗教身分死去可能並非最好。

但正如我上面所說，阻止我去巴西的並非宗教問題，而是我真不知道該把財產交給誰保管，因此我最後決定去英國，我到那裡後，也許可以認識一些忠誠的朋友，或找到幾個可靠的親戚。於是，我準備帶著我的財富回英國了。

回家之前，我決定（巴西船隊開船在即）先寫幾封得體的回信，答覆巴西寄來的那些既真實又公正的報告。首先，對聖奧古斯丁修道院院長，我寫了一封充滿感激之情的回信，感謝他公正無私地對我。我願意把那原封未動的八百七十二莫艾多都捐了，其中五百給修道院，三百七十二給窮人，聽院長怎麼發落。希望院長能為我祈禱，等等。

接著，我給兩位代理人的繼承人寫信表示感謝，讚美他們真是公正無私、誠實守信的楷模。至於給他們送禮物，一想到他們什麼也不缺，也就作罷。

最後，寫給我的合夥人，讚揚他勤勤懇懇，擴大了種植園的規模，廉潔正直，提升了企業股份。我就我那部分未來要如何管理作出了幾點指示，請他按照我賦予老船長的權利，把屬於我的收入轉給他，以後如有改變，我會再詳細通知他。我跟他保證，我不僅想去看他，還想在那裡定居下來，直到生命終了。寫完後，我就添上了一份漂亮的禮物：給他妻子和兩個女兒送了一些義大利絲綢，因為船長的兒子告訴我，我的合夥人已經結婚了。還送了兩匹精美的英國細呢——那是我在里斯本能買到的最好的英國細呢、五匹黑呢，以及一些價格不菲的法蘭德斯花邊。

搞定這些事後，我就賣了我的巴西貨，把所有錢財換成可靠的匯票。我的下一個困難是，選哪條路線去英國。我對海洋已足夠熟悉，當時對從海路去英國卻有種奇怪的厭惡，我自己也說不清原因。這困難積壓在心頭，越發嚴重，竟至於我有一次把行李都搬上了船準備走，卻臨時改變了主意。這樣的事發生了不只一次，而是發生了兩三次。

確實，我在海上總是倒楣，這可能是原因之一。但也不要小看了這種時刻內心產生的強烈衝動。我曾經挑了兩條船，是經過比較後精心挑的，一條我已把行李搬上去了，另一條我已跟船長說好了，但最後這兩條船我都取消了。這兩條船後來都出了事。一條被阿爾及利亞人搶走了，另一條在托貝灣附近的斯塔特岬角遇難，除了三人生還，其他人都被淹死了。因此，不管我上哪條船，我都得倒楣。至於哪個最倒楣，那倒難說。

這些事煩擾我心。由於我跟老船長無話不談，他力促我不要走海路，而是走陸路。要麼是先到拉科魯尼亞[5]，穿過比斯開灣[6]到拉羅謝爾[7]，從那裡經陸路到巴黎，既容易又安全，然後從巴黎到加萊[8]和多佛[9]。要麼是直上馬德里，然後一路穿過法國。

總而言之，除了從加萊到多佛那一段，我根本就不想走海路，我決定全程從陸路走。既然我不著急，也不在意花費，就欣然全程走陸路，一路愉快。為使路上更愉快，我的老船長為我找了一位紳士作伴。他是里斯本一位商人的兒子，他願意與我同行。後來我們又載上了兩個英國商人，以及兩個葡萄牙紳士，後兩人只去巴黎。這樣一來，我

5 西班牙西北部海港。
6 位於西班牙北岸、法國西岸之間。
7 法國西部海岸城市。
8 法國北部港口。
9 英國港口，在倫敦東南。多佛與加萊隔海相望，為英法之間最近海道。

們就一共有六個人，加上五個聽差。兩個商人和兩個葡萄牙人為了省錢，各共用一個聽差。至於我，則在星期五之外，還找了一個英國水手當聽差，一路上跟著我。星期五在這裡人生地不熟，難以擔起聽差的責任。

就這樣，我從里斯本出發了。我們的旅伴都騎著馬，全副武裝，組成了一支小小的軍隊。由於我年紀最大，又有兩個聽差，還是整個旅程的源頭，因此被尊稱為隊長。

正如我沒有用航行日記煩擾你們，我也不會用陸上旅行日記煩擾你們。不過，在這趟疲憊而艱難的旅行中發生的幾件險事，卻不能略而不提。

我們到達馬德里時，由於我們都是第一次到西班牙，都想停留幾天，看看西班牙皇宮，以及其他值得參觀的地方。但時值夏末，我們不得不匆匆重新啟程。離開馬德里時已是十月中旬。我們到納瓦拉[10]邊境時，一路上在好幾個城鎮得到警告，說法國那邊大雪封山，好幾個試圖冒險翻越山區的旅行者已被迫退回到潘佩盧那[11]。

我們到達潘佩盧那時，發現確實如此。對我來說，由於長期習慣了熱帶氣候，習慣了少穿衣服，現在的寒冷一下子讓我難以忍受。尤其是，十天前，在離開舊卡斯蒂利亞時，那裡的氣候還不僅溫暖，而且炎熱，卻立即從庇里牛斯山刮來一股寒潮，冷得讓人無法抵擋，手腳冰涼發麻，快要被凍掉了。這樣的天氣變化帶來的痛苦甚於驚奇。

可憐的星期五，當他看到一輩子沒見過的大雪封山，感受到一輩子沒感受過的嚴寒，真的是被嚇壞了。

更糟糕的是，我們到潘佩盧那後，雪繼續下，下得又大，又持續不停，大家都說，今年冬天來得比往常早，路面以前就難走，現在就更不可行了。總而言之，雪在某些地方積得太厚，我們沒法旅行。這裡的雪不像北方國家那樣凍得很硬實，而是又鬆又軟，每走一步都有被活埋的危險。我們在潘佩盧那停留了不下二十天。眼看冬季已臨，天氣不像要轉好的樣子，這是大家記憶中全歐洲最冷的一個冬天。於是我提議，我們改走封塔拉比亞[12]，從那裡坐船去波爾多[13]，那段海路很短。

正當我考慮這件事的時候，來了四個法國紳士。他們曾在法國境內的通道上受阻，正如我們在西班牙這邊受阻一樣。但他們找到了一個嚮導，這個嚮導帶著他們繞過朗格多[14]附近，走出了山區，一路上沒那麼多積雪。有的地方即使雪多，卻很硬實，可以讓他們的人馬踩過。

我們找來這位嚮導，他跟我們說，可以帶我們走同一條路去那邊，而不會遇到大雪

10 位於西班牙北部和法國西南部，原為一獨立王國，一五一二年併入西班牙，成為其一省分。
11 納瓦拉省會。
12 比斯開灣附近的一個西班牙港口城市。
13 法國西南部大海港。
14 法國南部的一個省分。

擋路，只不過我們要武裝好自己，免遭野獸之害。他說，在下大雪的日子裡，常常有一些狼在山腳出沒，因為大雪覆山，狼找不到食物，餓得很。我們告訴他，對付這樣的野獸，我們準備充分，但他能否保證我們不會遇到兩條腿的狼，因為我們聽說，這一帶強盜出沒，尤其是在法國一側的山裡。

他安慰我們說，我們要走的路上沒有這種危險。所以，我們就欣然跟從他了。還有十二個紳士跟他們的僕人與我們同行。他們裡面有法國人，也有西班牙人，就是我說過的曾試圖過境、但不得不返回的那些人。

於是，十一月十五日，我們和我們的嚮導從潘佩盧那啟程。令我驚訝的是，嚮導不是帶我們直向前走，而是折回到二十里外我們從馬德里來時的那條路上，跨過了兩條河，來到平原地區，那裡氣候溫暖，鄉土宜人，看不到雪。但他突然向左一拐，從另外一條路上了山。這一路懸崖峭壁，山勢險峻，看似十分可怕，可是嚮導左拐右轉，迂迴曲折地領著我們蜿蜒前行，不知不覺就爬過了山巔，而的確沒有為雪所阻。忽然，他指給我們看富饒美麗的朗格多省和加斯科尼省[15]，儘管距離還相當遠，卻看得到兩個省都綠意蔥蘢、植被茂盛。要到那裡，我們還要走一段崎嶇的山路。

不過，令我們有些不安的是，這時下起了大雪，下了整整一天一夜，簡直叫我們沒法通行。但嚮導叫我們放鬆，我們很快就能過去。我們也確實發現，每天都在往下走，越來越向北走。這樣，我們就跟著嚮導繼續前進。

大概是在天黑前兩小時，我們的嚮導遠遠地走在我們前面，超出了視野，突然跑出三隻可怕的狼，後面還有一頭熊。牠們是從靠近密林的一個山坳裡過來的。有兩隻狼直向我們的嚮導撲去，要是他離我們再遠點，那我們就來不及救他，他早就被狼吃掉了。一隻狼緊緊地咬住了他的馬，另一隻狠狠地撲向他本人，他來不及拔出手槍，或壓根就沒想到拔槍，只是拚命朝著我們大喊大叫。我的僕人星期五就在我旁邊，我吩咐他騎馬過去看看發生了什麼事。星期五一看到嚮導，就跟嚮導一樣大喊大叫起來，「噢主人，噢主人！」但他立刻就像個莽夫一樣，策馬衝到可憐的嚮導前面，對準那隻襲擊嚮導的狼的腦袋，一槍就結果了牠的性命。

這個可憐人，幸虧是遇到了我的僕人星期五。因為星期五在他老家見慣了這類野獸，不僅不怕，還能湊近了打牠。倘若是其餘的人，那就會從遠處開槍，要麼打不到狼，要麼誤射嚮導。

但即使是膽子比我還大的人也會被這場景嚇壞的。我們一行人都被嚇得不輕，因為星期五的手槍一響，我們就聽到路兩邊都傳來最淒厲的狼嗥。狼嗥在山裡激起回聲，傳

15 加斯科尼省亦為當時法國南部的一個省分。

到我們耳裡，彷彿千萬頭狼在那裡埋伏似的。也許真的不止這幾隻狼，要不我們也不會如此驚恐。

星期五殺死咬嚮導的這隻狼後，那隻咬馬的狼就立刻鬆嘴逃跑了。幸虧這隻狼只咬住了馬頭，而馬勒上的鐵圈剛好卡住了狼牙，因而馬沒怎麼受傷。不過嚮導受的傷可不輕。因為那隻發狂的狼咬了他兩次，一次是手臂，一次是膝蓋上。儘管他也做了一點防衛，星期五上前射狼時，他卻差點因馬受驚而被摔下來。

你不難想像，星期五的槍聲讓我們都加快了步伐，儘管道路艱難，卻一路策馬加鞭地趕過去，看看究竟怎麼回事。一拐出遮住我們視線的樹林，我們就清楚地看到發生了什麼事、星期五如何幫嚮導脫險。只是我們當時還看不清他殺的是什麼野獸。

20 人熊大戰、人狼大戰

接下來，我們目睹了一場人熊大戰。星期五和那隻大熊之間爆發了一場雖然艱辛，卻也出人意料的戰鬥，儘管一開始我們都為星期五擔驚受怕，最後卻都被逗得開懷大笑。熊是笨重的大塊頭，腳步蹣跚，不像狼那樣健步如飛，因此牠行動起來有兩大特點。首先，牠通常不把人當作牠的獵物（除非是人先攻擊牠，牠一般不會撲人，但如果牠餓得受不了了，像現在這樣大雪覆地，說不定也會）。你如果在樹林裡碰到了牠，只要你不惹牠，牠也不會惹你。但你要非常小心，對牠客氣一點，給牠讓路，因為牠是小心眼的紳士，即使是王子當道，牠也不會讓路的。如果你真的嚇呆了，最好另找一條路埋頭走下去。因為有時如果你停下來，站在那兒盯著牠，牠就會當你在冒犯牠。你如果向牠扔一根哪怕只有你手指大的小樹枝，牠也會認為受到了侮辱，會把別的一切要事都暫且拋下，而只顧報仇，直到挽回面子為止。這是牠的第一個特點。第二個特點是，牠一旦被冒犯，就永遠不會離開你，日日夜夜都會跟著你，直到牠報了大仇。牠哪怕繞上許多彎路，也要抓到你才甘休。

我的僕人星期五救了我們的嚮導，等我們趕到時，他正在扶嚮導下馬，因為嚮導既受了傷，又被嚇破了膽。正在這時，我們突然看到那頭熊從樹林裡走了出來，這是一頭巨熊，是我生平見過最大的一頭熊。我們看到牠時，都不禁有點慌亂。但星期五看到牠時，反而顯出興高采烈、精神抖擻的樣子。「噢！噢！噢！」星期五一連發出三聲，指著熊說，「噢主人，你不要管我，我跟牠握個手。我讓你們好笑。」

這傢伙這麼高興，我很吃驚。「你這傻瓜，」我說，「牠會吃了你的。」「吃我吧，吃我吧！」星期五一連說了兩遍，「我吃牠。我讓你們好笑。你們都站這兒，我演給你們好笑。」於是他就坐下來，迅速脫下靴子，換上一雙便鞋（就是我們所說的平底鞋，他一直放在口袋裡），把他的馬給了我的另一個聽差，然後就拿著他的槍跑了，跟一陣風似的。

那頭熊正慢條斯理地走著，看來並不想招惹任何人。星期五欺身上前，向牠叫喚，彷彿熊能聽懂他似的。「你聽著，你聽著，」星期五說，「我要跟你說話。」我們遠遠地跟著，這時已往山下走，到了加斯科尼省的這一邊。我們進入了一片大林子，那裡土地平坦，視野開闊，四處散布著許多大樹。

星期五跟上了那頭熊，很快欺近牠。他揀起一塊大石頭向牠扔過去，正好打中了牠的腦袋。但這沒有傷到牠，就跟扔到了一堵牆上似的。可是這達到了星期五的目的，因為這個傢伙毫無畏懼地這麼做，只是為了讓熊追趕他，好給個機會讓我們笑一笑。

熊感到有人打牠，並且看到了他，就轉過身來追趕他。牠邁開大步，搖搖擺擺地飛跑起來，速度跟馬中速跑差不多。星期五撒腿就跑，向我們這邊跑來，彷彿是向我們求援似的，因此我們都決定立即向熊開槍，以救出我的僕人。只是這頭熊本來好端端地自走自路，他卻把牠引到我們這邊來，這很是令我生氣。我更加生氣的是，他把熊引向我們之後，自己卻跑了。所以我就對他喊：「你這王八蛋！你這是在逗我們笑嗎？快走開，騎上你的馬，我們要開槍打牠了。」他聽到我說的，就叫道：「別開槍，別開槍，站著別動，你們會好好笑。」這傢伙身手敏捷，他跑兩步，熊才跑一步。突然他一轉身就從我們身邊跑開了。他看到有一棵大橡樹很合心意，就示意我們跟他過去。他三步併作兩步，一溜煙爬到了樹上。他把槍放在離樹根大約五、六碼遠的地上。

熊也很快來到了樹下，我們遠遠地跟著。牠做的第一件事是在槍跟前停步，嗅了一會兒，沒有動它，然後就向樹上爬去，牠雖然體形巨大笨重，爬起來卻跟貓似的。我對我僕人這種愚蠢的行為十分驚愕，根本看不出有何好笑之處。我們一看到熊上樹，就策馬靠近那裡。

我們到達大樹跟前時，看到星期五早已爬到一根大樹枝向外伸展的小枝梢上，那頭熊也正爬過去，爬了有一半了，越往前爬，枝梢就越細。「哈！」星期五對我們說，「現在你們看我教熊跳舞。」於是他就跳動並且晃動樹枝，這下把那頭熊弄得搖搖欲墜，只好趴著不動，開始往後望，看看能否退回去。看到這一幕，我們真的開懷大笑了。不過，星期五還沒有完，看到熊趴在那兒不敢動，他又向牠嚷開了，彷彿他以為熊會說英語似的：「啊？你怎麼不走了？你再往前走呀！」於是他停止晃了。那頭熊彷彿聽懂了他的話似的，真的往前進了一點點。星期五一看，又開始晃了，熊又停住了。

我們認為這正是向熊的腦袋開槍的好時機，於是叫星期五站著別動，我們要打熊了。但他一直向我們大聲嚷嚷：「啊，求你們，求你們了。別開槍，我等會兒開槍。」長話短說。就這樣，星期五跳得一陣一陣的，熊站得一晃一晃的，我們在下面笑得東倒西歪的，但都不知道這傢伙接下來要幹什麼。起先我們以為他要把熊晃下來，可是我們發現熊也不笨，並不上當。只見牠用寬大的熊掌死勁抓著樹枝，不肯往前多走一步，免得被搖下來。這樣，我們就不知道這事的結果會如何，這個玩笑要開到哪裡了。

但星期五很快就令我們疑團頓消。他看到熊緊緊攀附在樹枝上，不能再誘前一步，就說：「好吧，好吧，你不往前，我往前。你不近我，我近你。」說著這話，他就向樹枝的末梢爬去，用體重將末梢壓彎了垂到地面。他順著末梢輕輕地往下滑，等末梢挨低地面，他兩腳一下子就跳了下來。他跑到槍那兒，把槍拿到手裡，站好了不動。

「好了，」我對他說，「星期五，你還要做什麼？怎麼不向牠開槍？」「別開槍，」星期五說，「現在別。我現在開，我殺不了。我站著，讓你們笑多一次。」他真的這麼做了。因為當熊看到敵人走了，也就從牠所站的樹枝那裡退回來，但牠退得很小心，每一步都向後看一下，一直退到了樹幹那裡。然後，牠腦袋朝上屁股朝下地往下爬，牠用爪子抓著樹，一步一步地向下退，顯得十分從容。在這節骨眼上，就在牠的後腿要著地時，星期五一個箭步跑到牠跟前，把槍口塞進熊的耳朵，一槍就結果了牠。

然後，這傢伙轉過身來，看我們有沒有笑。當他看到我們都喜形於色時，他自己也大聲地笑了。「我們那裡就是這麼殺熊的，」星期五說。「你們這樣子殺熊？」我說，「怎麼做到的？你們沒有槍。」「沒槍，」他說，「沒槍，但我們用很長的箭射。」

星期五的這場人熊大戰是我們一個很好的消遣，但我們仍舊在荒野中行進，我們的嚮導傷得不輕，我們真不知道該怎麼辦。剛才的狼嗥還一直在我耳邊縈繞。除了我在本書前面提到的我在非洲海岸聽過的野獸咆哮外，我還從來沒聽過這麼可怖的聲音。

由於這些事情，以及天就要黑了，我們不得不匆匆離去，不然的話，我們一定會依星期五的意思把這巨熊的皮剝下來，這皮值得收藏。但我們還有三里格要走，我們的嚮導也一再催促，故此，我們只好扔下熊不管，接著趕路了。

地面上仍覆蓋著雪，儘管不如山上的深厚而危險。我們後來聽說，猛獸受到飢餓的驅使，從山上跑進森林和平原地區覓食，在村子裡造成了許多損害。他們驚擾到了村民，咬死了不少羊和馬，甚至還有人。

我們還有一個危險地段要穿過，我們的嚮導告訴我們，這一帶的狼主要集中在那個地段。那是一個小平原，四周樹林環繞。要穿過樹林，我們就要經過一條狹長的林間小道，然後才能到達我們借宿的村莊。

我們進入第一個樹林時，離太陽落山只有半小時了。我們進入這片小平原時，太陽剛剛落山。在第一個樹林裡，我們什麼也沒有遇到，只是在林中一塊兩百碼長寬的空地上，看到了五隻大狼穿過道路，一隻接一隻地飛掠而過，彷彿在追趕牠們眼前的什麼獵物。牠們沒有注意到我們，轉眼之間就不見蹤影了。

看到這，我們的嚮導——順便說一下，他是十分膽小的傢伙——要我們作好準備，因為他相信更多的狼正在飛奔過來。

我們都拿起武器，環顧四周，但並沒有看到更多狼，直到我們穿過那個長約一里格半的樹林，進入那個小平原。我們遇到的第一個東西是一匹死馬，就是說，一匹被狼群咬死了的可憐的馬。至少有十二隻狼正在那裡吃馬。說牠們在吃馬，不如說牠們在啃馬骨頭，因為馬肉早就被吃光了。

我們覺得打攪牠們的盛宴不應該，牠們也不太注意我們。星期五想向牠們開槍，但我怎麼也不想讓他這麼做。因為我覺得，前面的麻煩可能比我們意識到的還要多。我們還沒有走完小平原的一半，就開始聽到左邊林子裡傳來一片可怖的狼嗥聲，立刻看到大約一百隻狼朝我們直奔過來。牠們聚在一起，排成一字陣，規整如一位久經沙場的軍官調教出來的軍隊。我簡直不知道用什麼方法對付牠們，只是覺得我們也應該聚在一起，排成一排。於是我們馬上照此擺開陣勢。我們當時的裝備是，每人都有一支長槍和兩把手槍。為了不使火力中斷太久，我命令一次只能一半人開火，另一半人做好準備。第一排槍放過後，如果狼群繼續撲來，就開第二排槍。在開第二排槍時，那些開完第一排槍的人不要忙著給他們的長槍裝彈，而是要抽出手槍，作好準備。這樣，我們就能夠連開六排槍，每次都有一半人開槍。不過現在我們沒有必要這樣做了。因為，在我們放完第一排槍後，敵人完全止步不前，被槍聲和火光嚇壞了。四隻狼被擊中頭部，倒斃了。另幾隻受了傷，淌著血跑了，這在雪地上可以看到。我發現牠們停步了，卻沒有馬上撤退。我忽然想起來，曾經有人告訴我，最凶猛的野獸也怕人的聲音，因此就讓所有同伴一起扯起嗓子高喊，這招還真有點管用，因為牠們一聽到我們的喊聲，就開始後退，掉頭走了。我又命令朝牠們背後開了一排槍，這才使牠們飛快逃命，竄到樹林裡去了。

這為我們爭取了時間來給槍支重新上彈。我們不能耽擱時間，因此繼續前進。但就在我們剛給長槍裝好子彈，作好準備的時候，就聽到從我們左邊的林子裡傳來一陣可怕的嗥叫。只是這一次聲音較遠，而且就在我們要去的正前方。

夜幕降臨，光線昏暗，這對我們更糟。叫聲越來越響，我們很容易就聽出那是這些地獄般造物的嚎叫聲和嗚咽聲。突然，我們察覺到有三群狼包圍了我們，一群在我們左邊，一群在我們後面，一群在我們前面。可是，由於牠們並沒有向我們撲來，我們就快馬加鞭全速前行，然而由於路面粗礪，只能讓馬一路小跑。我們就這樣跑著，看到前面有一個樹林的入口，我們必須穿過那片樹林，才能走出這個小平原的外沿。但當我們走近林間小道時，卻大吃一驚，看到數不清的狼正站在樹林入口等著我們呢！

突然之間，從樹林的另一個開口處傳來一聲槍響，我們朝那邊一望，看到一匹馬衝了出來，背上還帶著馬鞍和韁繩，牠跑得像風一樣快，後面跟著十六、七隻狼，全速追趕。馬比牠們跑得快，但我們都認為這種速度不能持久，不懷疑牠終將被牠們趕上。最後牠們確實趕上了。

這時我們看到了最可怖的一幕。當我們策馬來到剛才那匹馬衝出來的樹林入口時，發現了另一匹馬和兩個人的殘骸，是被這些凶殘的野獸吃掉的。其中一個人無疑是剛才開槍的人，因為他身邊還扔著一支開過火的槍。這個人的頭和上半身都被吃掉了。

這令我們不寒而慄，不知如何是好。但狼群很快就幫我們解決了這個問題，因為牠們馬上就圍了過來，等著將我們捕食果腹。我確信，一共有三百隻左右。幸運的是，在樹林入口附近，有一些大原木堆在那兒，大概是夏天砍下來後放在那裡等待搬運的。我把我這支小小的軍隊拉到這堆木頭那裡，找到一根特別長的木頭，叫大家在它後面一字排開。我叫他們都下馬，把這根大木頭當作胸牆，站成一個三角形，或排成三面，把我們的馬圍在中間。

我們這麼做了，也幸虧這麼做了。因為這群餓狼向我們發起了進攻，其凶狠程度即使在當地也是少見的。牠們咆哮著向我們撲上來，竄上了我們用來作胸牆的那根長木頭，彷彿牠們只是直撲其獵物而來。從牠們那怒嚎的樣子來看，牠們的獵物主要是我們身後的馬群。我命令我們的人像上次那樣分兩批人輪流開槍。他們都射得很準，第一排槍就殺了好幾隻狼。但有必要持續開槍，因為牠們像魔鬼一樣不斷地後浪推前浪地撲上來。

我們放完第二排長槍後，以為牠們會歇一會兒，我希望牠們走掉，但過不了一會兒，別的狼就又撲上來了，所以我們又放了兩排手槍。我相信在開了四次槍後，我們一共殺死了十七、八隻狼，打瘸的至少是兩倍，但牠們還是又擁了上來。

我不願把子彈匆匆射完，因此就把我的聽差叫來——我說的不是星期五，星期五有更重要的事得做，在戰鬥時，他以極快的速度給我和他自己的長槍重新裝好了子彈——

我把那個水手聽差叫來，給了他一角火藥，叫他沿著長木頭撒下火藥，撒成一條又寬又長的火藥線。他照辦了。他剛轉過身，群狼就撲了過來，有幾隻還衝上了長木頭。這時我抓起一支沒有放過的手槍，貼近火藥線開了一槍，把火藥點燃了。衝上木頭的幾隻狼被灼傷了，六、七隻倒了下來，或不如說，由於火光的力量和驚恐，而跳到了我們中間。我們馬上就把牠們解決了。其餘的狼被火光嚇壞了，由於天已黑下來，夜色使得火光對牠們來說更為可怕，這樣牠們退後了一點。

見及此，我就命令大家用手槍放出最後一排槍，然後齊聲吶喊，在這種情況下，這群狼就掉轉尾巴逃走了。我們馬上向那些正在地上垂死掙扎的將近二十隻瘸狼衝去，用劍一通猛砍，正如我們期待的那樣，因為牠們臨死前發出的嗥叫和嗚咽，牠們的同類更能理解，把牠們嚇得落荒而逃，離開了我們。

從頭到尾，我們打死了共約六十隻狼，如果換了白天，我們會殺得更多。打掃完戰場，我們就繼續前行，因為我們還有將近一里格的路要走。一路上，我們有幾次聽到猛獸在林子裡嗥叫嗚咽，有時似乎影影綽綽地看到了幾隻，但雪光耀眼，不敢確定。大概一個多小時後，我們到了借宿的小鎮，在那裡，我們發現居民處於驚恐之中，人人手裡都拿著武器。原來昨天晚上，有不少狼和幾頭熊闖進了村莊，把他們嚇壞了，不得不晝夜巡守，尤其是在晚上，以保護他們的牲畜，尤其是人命。

第二天早上，我們的嚮導病得很重，他的兩處傷口發膿，四肢腫脹，再不能走動了，所以，我們只得在當地找了個新嚮導，去往土魯斯[1]，發現那裡天氣溫和，土地富饒宜人，既沒有雪，也沒有狼，也沒有任何這一類東西。當我們在土魯斯跟當地人說起我們的故事時，他們告訴我們，這在山腳的大森林裡實乃尋常之事，尤其是在大雪覆蓋之時。他們很好奇我們找到的是何等嚮導，竟敢在嚴寒時節帶我們走那條路。他們告訴我們，我們沒有都被猛獸吃掉，真是令他們吃驚。當我們告訴他們，我們如何列出陣勢，把馬圍在中間時，他們重重地責怪我們，說我們沒被吃掉完全是九死一生的僥倖，因為狼要吃馬，見了馬群便奮不顧身地撲了上去。在別的時候牠們也真的怕槍，但在極端飢餓的情況下，見到了馬，牠們就會忘記危險，迫不及待地撲上前去。倘若我們不是連續開槍，最後還燃起火線，嚇住牠們，我們早就被牠們撕成碎片吃掉了。其實，如果我們只是騎在馬上，像騎手那樣向狼群開火，牠們見到馬上有人，也就不會把馬視作嘴邊肉了。最後他們還告訴我們，如果我們緊挨著站在一起，放開馬群，狼就會只顧著去吃馬，而可能放過我們了，尤其我們有槍在手，人數還不少。

就我來說，這次遇險是我生平最驚心動魄的一次。當時，看著三百多個魔鬼嚎叫著

1 土魯斯，法國南部大城市，原為朗格省的省會。

衝來，張著大嘴要吃我們，而且我們沒有地方可作掩護或退路，我以為一定要完蛋了。說實話，此生我再也不想翻那些山過那些嶺了，與之相比，我寧可走一千里格的海路，哪怕一星期遇上一次風暴也可以接受。

在法國的路上，沒有什麼特別的事值得記下來。即使有，也是別的旅行者曾經記下過的，他們也記得比我好。我從土魯斯到了巴黎，一路馬不停蹄地到了加萊，在經歷了整整一個嚴冬的旅行後，於一月十四日在多佛平安著陸。

現在我來到了這次旅行的目的地。在很短的時間裡，我新獲得的財產就安全地轉到了我手上，我隨身攜帶的匯票都兌換成了現鈔。

我的主要導師兼私人顧問，也就是那位善良的老寡婦，對我匯給她的錢十分感激，不假思索、不辭勞苦地就接受了我的委託。我對她也百分之百地放心，輕輕鬆鬆地就把所有的財產都託她保管。說真的，對這個毫無瑕疵、廉潔高尚的善女子，我自始至終都非常滿意。

就在我想著把財產委託這個女人保管，自己啟程去里斯本，再去巴西的時候，我又產生了另一個顧慮，那就是宗教問題。當我在海外，特別是在島上孤居期間，我就對羅馬天主教產生了懷疑。我知道，除非我毫無保留地擁抱羅馬天主教信仰，否則我還是不要去巴西的好，遑論在那裡定居了，要不然，我就要下定決心成為自己原則的犧牲品，成為宗教殉道士，死在宗教裁判所裡。這麼一想，我決定還是待在自己家鄉，並看看能否找到辦法，把我的種植園處理掉。

為此，我給里斯本的老朋友寫信，他在回信裡說，他可以很容易地幫我把種植園賣掉。如果我覺得合適，可以委託他以我的名義通知那兩位商人——我當初兩位代理人的繼承人——他們住在巴西，很清楚那個種植園的價值，他們就住在那兒，我也知道他們很富有。他相信他們會樂於買下。他不懷疑，我至少可以多賣四、五千比索。

於是我同意了，授權他把種植園賣給他們，他照做了。八個多月後，船回來了，他送給我一份報告，說他們接受了我要的價格，給他們在里斯本的一個代理匯了三萬三千比索，讓他給我。

我在他們從里斯本寄來的買賣契約上簽了字，寄給我的老船長，然後他給我寄來了一張三二八〇〇比索的匯票，就是我賣掉種植園的所得。我恪守了先前的承諾，每年給老船長一百莫艾多，終其一生，在他死後，再每年給他兒子五十莫艾多，終其一生。這筆錢我原來是打算從種植園每年的收益中支付的。

至此，我就講完了我充滿幸運和冒險一生的前半部分。我這一生，可以說是上帝手中的一枚棋子，歷經了人世間少有的滄桑。以愚蠢始，以歡喜終，超出了我當初的期盼。

任誰都會以為，在這好運交集的狀態裡，我是不會再出去冒險的了——如果沒有別的情況發生的話，我也確實會在家養老賦閒的——但我是一個習慣了漂泊生涯的人，一沒有家庭，二沒有幾個親朋，儘管富有，卻沒有交上多少密友。因此，儘管我已賣掉了巴西的種植園，卻時不時會想起那地方，很有心去故地重遊，尤其是抵擋不住想要去我的小島看一看的強烈願望，想知道那些可憐的西班牙人是否已經住到了那兒，我留在那裡的幾個惡棍又是怎麼對待他們的。

我真誠的朋友，就是那個老寡婦，懇切地勸我打消這個念頭，她說服了我，在將近七年的時間裡都沒有讓我遠遊。在這段時間裡，我收養了我的兩個侄兒，就是我一個哥哥的兩個孩子，予以照管。大侄兒本來有點遺產，我把他培養成了一名紳士，又撥給他一點產業，將在我死後併到他的財產中。另一個侄兒我託付給了一個船長。五年後，我發現他成了一個通情達理、有膽有識、胸懷遠大的青年，就給他買了一條好船，讓他航海去了。後來，這個年輕人把我這個老頭子拖進了另一場冒險。

與此同時，我讓自己部分地安頓了下來。首先，我結了婚，這樁婚事可算門當戶對，差強人意，生了三個孩子，包括兩個兒子、一個女兒。但是我妻子不久就死了。這時，我侄兒正好從西班牙航海回家，獲利不菲，我出海的念頭又蠢蠢欲動，加上他的一再強求，於是我就以一個私人貿易商的身分，搭他的船到東印度群島去。這是在一六九四年。

在這次航行中，我探訪了我在島上的新殖民地，看到了我的繼承人——那群西班牙人，瞭解到他們自己的故事，以及我留在島上的那幾個惡棍的情況。他們起初是如何侮辱可憐的西班牙人的，後來又是怎麼跟他們好好歹歹、分分合合的，最後西班牙人又是如何被迫對他們施以武力，他們是如何屈從於西班牙人，以及西班牙人是如何真誠地對待他們的——這是一部歷史，如果可以記載下來的話，會跟我的故事一樣，充滿豐富多姿、精彩奇異的事情——尤其是，他們是如何跟幾次登陸的加勒比人打仗的，如何為了島上的發展，而派了五個人攻打大陸，帶回十一個男俘和五個女俘的，正因如此，我到島上時，發現那裡有大約二十來個小孩。

我在島上停留了大約二十天，給他們留了一切必要的東西，特別是武器、火藥、子彈、衣服、工具，還留下了我從英國帶去的兩個工匠，其中一個是木匠、一個是鐵匠。

此外，我把島上的土地加以劃分後分配給了他們，我自己保留了整個島嶼的主權，他們都各按協議獲得了土地。在替他們安排了所有的事，並叮囑他們不要離開這個地方後，我自己就從那裡走了。

從那裡我到了巴西。在巴西，我買了一條三桅帆船，我把這艘帆船送到了島上，又送了一些人過去。在那條船上，除了生活必需品之外，我還送了七個婦女，都是我挑的，有的適合當傭人、有的適合當妻子，就看他們怎麼處理了。至於那幾個英國人，我答應，只要他們願意勤勞地種莊稼，我就從英國送幾個婦女給他們，以及一船生活必需品——這些我後來都說到做到了。這幾個傢伙被制伏後都成了勤奮誠實的人，都分到了土地。我還從巴西給他們送去了五頭母牛，其中三頭已懷上了小牛，還送了一些羊和豬，後來我再去時，其數量已明顯增加了。

這些事情之外，島上還發生了許多驚險的故事，比如三百加勒比人是如何來到島上侵犯他們，並毀壞他們的種植園的，他們又是如何跟這些野人打了兩次仗，第一次被野人打敗，一個人還被殺了，但是最終，一場風暴毀滅了他們敵人的獨木舟，其餘的野人不是被餓死了就是被殺死了。然後他們又重建了他們的種植園，仍舊住在島上。

所有這些事情，加上我自己十年後的新冒險中令人驚奇的事件，我將在我故事的第二部分予以更詳細的敘述。

譯本說明：

現在這個中譯本所依據的英文版本是 *The Life and Adventures of Robinson Crusoe*, Daniel Defoe, Seeley, Service & Co. edition, 1919，還對照了Robinson Crusoe, Daniel Defoe, Pengiun Classics. 2001。在翻譯過程中，參考了前賢徐霞村、郭建中、金長蔚等人的譯本。原書名直譯應為《羅賓遜．克盧梭生平與歷險記》，現依通常的翻譯改為《魯賓遜漂流記》。笛福原文標點與今天不同，句子有時十分冗長，譯者盡力貼近原文，使之符合中文閱讀習慣。倘有不周之處，尚祈讀者包涵。

周偉馳

譯者簡介

周偉馳

知名詩人、學者。中國社科院宗教所研究員。

代表譯著《沃倫詩選》、《梅利爾詩選》、《英美十人詩選》、《第二空間》；評論集《旅人的良夜》、《小回答》；詩集《避雷針讓閃電從身上經過》。

二〇一六年簽約作家榜，翻譯了完整版《魯賓遜漂流記》，獲好評無數。

魯賓遜漂流記 / 丹尼爾．笛福著；周偉馳譯 . -- 初版 . -- 臺北市：時報文化 , 2019.11
368 面；14.8×21 公分 . --（愛經典；28）
譯自：Robinson crusoe
ISBN 978-957-13-8024-7（精裝）

873.57 108018833

作家榜经典文库®

ISBN 978-957-13-8024-7
Printed in Taiwan

愛經典 0 0 2 8

魯賓遜漂流記

作者—丹尼爾．笛福｜譯者—周偉馳｜編輯總監—蘇清霖｜編輯—邱淑鈴｜美術設計—FE 設計｜內頁繪圖—Slava Shults｜校對—蕭淑芳、邱淑鈴｜董事長—趙政岷｜出版者—時報文化出版企業股份有限公司 台北市和平西路三段二四〇號四樓 發行專線—（〇二）二三〇六—六八四二 讀者服務專線—〇八〇〇—二三一—七〇五、（〇二）二三〇四—七一〇三 讀者服務傳真—（〇二）二三〇四—六八五八 郵撥—一九三四四七二四時報文化出版公司 信箱—一〇八九九台北華江橋郵局第九九信箱 時報悅讀網—http://www.readingtimes.com.tw｜電子郵件信箱—new@readingtimes.com.tw｜法律顧問—理律法律事務所 陳長文律師、李念祖律師｜印刷—勁達印刷有限公司｜初版一刷—二〇一九年十一月二十二日｜初版二刷—二〇二四年八月十三日｜定價—新台幣三八〇元｜（缺頁或破損的書，請寄回更換）

時報文化出版公司成立於一九七五年，並於一九九九年股票上櫃公開發行，於二〇〇八年脫離中時集團非屬旺中，以「尊重智慧與創意的文化事業」為信念。